九歌一〇三年——小說選

主編 賴香吟

九歌一〇三年小說選
年度小說獎得主

黃錦樹

〈祝福〉

得獎感言

黃錦樹

上次入選年度小說，應該是一九九五年的〈魚骸〉，迄今也將近二十年了。其間，偶爾會有散文進入那樣的體制，也不知道是怎麼一回事，也不必在意。不是玩笑話，這些年我自己倒是寫過——而不只是編過——幾本《小說選》。

停筆數年，自二〇一二年五月以〈嗨，同代人〉回應賴香吟的《其後》之後，突然渡過自己的馬華文學無風帶，重新開啟了夢的眼睛，馬戲團從天而降。

這兩年稍稍多寫，也多發表了些。我不知道有哪些人在看，也不是那麼在乎，只要刊出來——最好配上美美的插圖——我就很開心了。可憐的編輯一定被迫看過了。我自己常只看插圖。但作品未定稿前，它會躁動不安，少了幾句話，漏了一些小細節，都會讓它呻吟不已。

〈祝福〉不見得是我去年最好的小說。星馬老左都是魯迅的讀者，魯迅的負面遺產一直都在，那魯迅的幽靈還需要我們挺身搏鬥呢。

目錄

《九歌一〇三年小說選》編序

老虎悲傷的腳印

——賴香吟

卡夫卡〈變形記〉，寫的是人變成甲蟲的故事。這當然只是引子，說的其實是你我的處境與掙扎。卡夫卡的作品裡動物不少，說這是擬人、圖騰、借喻都好，總是經由動物化來做點戲謔，或假裝差異以築防火牆，一旦把人與動物的界限給弄混，「其為形也不類」，文章超出既有認識與分類，卡夫卡得以禮貌拒絕溝通，全心全意寫他無數迷人的悖論。

今年的小說獎得主黃錦樹，筆下亦不乏動物。烏龜、猴子、公雞、四腳蛇、蜈蚣、蠍子、貓頭鷹，在小說叢林裡跑來跑去有串場之功，趣味兼索引，其中使人格外記得的是登場多次，主敘者卻未正面遭遇的老虎。

迷戀老虎者不少，文學界為人所知是波赫士，他那作為靈感之源的金黃之虎。黃錦樹筆下老虎是南洋熱帶雨林裡埋伏的兩隻銅鈴大眼，泛著幽幽藍光，吃掉了青年作家，吃掉了孩子。二〇一四年小說〈W〉，黃這樣寫：「老是有家園被毀的野生動物闖到膠園裡來，常遭狗吠，甚至追殺，如四腳蛇、成群的雉、犀鳥、石虎和鼠鹿、蛇、猴子；但如果是大型的獸狗也只敢遠遠的、謹慎、膽怯的吠，膠園裡確曾留下老虎悲傷的腳印。」

這些文字，踩在寫實的根基之上，藏有鄉愁，也彷彿另有殺氣，另有和諧，自然生生滅滅，歷史無情碾過。儘管黃錦樹在現實訪談說過，他成長的樹林裡並沒有老虎，然而，老虎悲傷的腳印，經由文字作出來卻意象滿天，甚至隱喻作者的性格、背影與路程。文學是什麼？什麼是文學？這些老套大哉問，回答千百種，說了也未必有人聽。在此不妨簡單說：文字。文字能寫老虎，甚至能寫牠悲傷，是的，老虎也可能悲傷，我們未必親眼見到老虎，卻由腳印聞出血肉凶猛，也隱隱感染永恆追逐與失落的悲傷。若此處再問文學是什麼，或可答曰，那腳印正是文學。

文學裡的小說，有時也最像老虎，樹叢見影，驚魂未定。要從樹林一年揀選所有美麗腳印，難說沒有疏漏，再者，有些作品受限版權或因字數，不得不割捨。編選原則，基本上，以二〇一四年間發表於臺灣各平面或網路媒體或參加各文學獎項、字數約在一萬五千字之華文作品為收錄範圍。年內雖有不少短篇小說集新出，但內容若非新作，則略過。長篇雖非對象，但經作者自行裁量成短篇形式發表者亦納入考慮。

如此，選出十六篇作品，簡略介紹如下：

蔡素芬的〈別著花的流淚的大象〉寧靜開場，如遠景慢慢拉近，溫柔又懸疑地帶我們進入動物園，看一隻沒了生育能力，身體蹣跚笨重的老象，同時對應書寫困居當代文明公寓裡的老婦。別在大象耳旁的玫瑰花，看似美麗幸福，實則棘傷了牠的眼。現代硬體小公寓裝著舊時三代同堂，表面看似符合倫理，禮數做足，內裡卻是無奈的經濟算計。文明秩序井然，人人背負壓力，看似潔淨、犀利，實則缺乏體貼，彼此禁錮。蔡素芬向來擅寫家庭情緒，明明蛛網纏繞，她總能寫得乾淨俐落，意有所指。

另一位文字同樣溫醇，深具火候與力道的張翎，繼成名作《金山》之後，《陣痛》同樣處理橫跨三代的故事，聚焦於疼痛指數最高的陣痛，「和閻王爺的臉就隔著一層紗」的生產過程。小選〈逃產篇〉萬把字篇幅，將主角個性由同題材的陳腔濫調裡拉脫出來，以不同筆觸寫弱女，寫恐懼，寫悲辱理應尋死，更精采在攀高一層，陡地縱身一跳，寫了角色不為所知、非到此境不能知的求生本能。張翎挑選題材看似舊瓶沉重，其文字卻非常新美，有種精益求精的嚴格，甚至剛強，釀足了新酒的滋味。

另兩位男性作家：王定國一系列短小說，結集成《誰在暗中眨眼睛》，頗受好評。其中〈妖精〉、〈斷層〉兩篇，都寫貌合神離婚姻制度之外面目從未親見的第三者，題材相映成趣。〈妖精〉看似消遣第三者如何妖美終須一老，實則暴露搖搖欲墜的婚姻，徒守法律支配而不肯放手，換來何嘗不是終生折磨。〈斷層〉震後餘生的年輕人，既給荒墳除草，也進城兜售盆栽，看盡錢之天堂與死之地獄，富人若缺幾分愛，也不比死人快活多少。兩文分別由不快婚姻關係長大的兒子，以及失去家庭愛情之信的看墳青年來做主述，冷靜也透澈，王定國的小說，材料尋常，視角卻絕不平常。

年過八十依然寫作孜孜不倦的鄭清文，韌性早為後輩典範，每年新作都讓人服氣。〈蚵仔麵線〉一樣節制，淡漠，以對白編織關係，推動故事進展。蚵仔麵線聽似日常小吃，放進小說卻談到科學數據與現實參照，經典一旦食古不化可能成為自我中心的無情。人生是非對錯往往一線之間，也常因人而異，這些拿捏只能以同理心去經歷與學習。鄭清文的小說從來沒寫長過，沒說出口的遠遠超過說出口的，就算寫上數萬字也不稀奇的人情變化，在這篇小說裡僅僅用蚵仔一湯匙、兩湯匙就寫妥了。

賀淑芳出身馬來西亞，文字鍊金術堪稱用盡苦心，字字意象充滿，兼顧潑辣與清麗，又近乎神經質地守著字句上的韻律與乾淨。〈十月〉寫的是二十世紀初山打根（馬來西亞沙巴東海岸）的情慾社會，主視線落在因窮苦而從日本九州流離至此賣春的女性菊子身上。同段歷史材料，過往由日本電影《望鄉》（サンダカン八番娼館，一九七四）為人所知，賀淑芳以在地視角重寫該地族群、階級生活混雜，畫龍點睛加上宗教謎之音。歷經遺棄與殘忍的菊子，如不死蜥蜴，打滾、汙穢、黏糊糊地活在歷史的皺摺裡，黃錦樹稱此作為婆羅洲版的施叔青《她名叫蝴蝶》，也算恰當。

伍淑賢和賀淑芳同樣善用對白，如果說，賀習慣用野氣的對白來沖淡或轉化文字的凝練氣氛，伍淑賢則喜用簡淨對白，且用得大膽，十幾年光陰有時就在一句話之間過去。〈古古〉有點兒像撕貼，一種不斷碎接的畫面與節奏。關於一個人在沙丁魚擁擠腥臭的都會裡如何處境，港澳作家似乎格外能寫那些感覺，人物看似表情劃一，實則基底個性都有那麼點不可商量，不過是怕麻煩也是回避罪惡感，聲色不動，老神在在，驚濤駭浪都藏在細節裡。

本地青年作家方面，選入四篇，恰恰呈現不同風格。

據說在耕耘下一本長篇的甘耀明，今年選錄發表〈美齡山莊〉、〈松羅森林〉，把說書人趣味推向更遠的時光之河。〈美齡山莊〉海拔雖高，空氣稀薄，照舊光芒鮮活，趣味橫生。一群人惡地求生，避難、取暖、生火、煮食，各式方法就算不是實戰演練，也必然有相當的田野調查作底。甘耀明把人寫得如猴子樸素、作亂、活蹦亂跳，也如老猴能由自然習得智慧，悲哀與恐懼時刻，不忘摻雜一絲戲謔、樂天知命。至於題名〈美齡山莊〉從何而來，就暫且賣個關子吧。

童偉格的〈事件〉，以海色茫茫、山風蒼蒼的東北角為舞臺。創作者一以貫之描繪同組概念，到底是正是負？是限制還是風格？一個作家該不該有不可替代的風格？這些問題，在閱讀童偉格之際，或會不斷浮現。愛荷華歸來的童偉格有意識切鑿不同地景、人物、關係，為喜歡他的讀者提供閱讀上的新鮮（如〈虛構〉、〈無人稱〉），不過，似乎還是這篇關於故土的〈事件〉，最熟練於看見「所有這些並非全無意義」的畫面，善用地景的馬拉松、竊賊、病院，也最豐富隱喻了「未來與過去亂數相參」的人生。

葉佳怡與童偉格有些類似，傾向剝除文體文字的常用慣性，使讀者頓失依賴，閱讀失去重心，可又難以拒絕其陌生美學而被吸引讀到最後一個字。推薦他們的作品，與其是推薦故事，不如是借機會把這些「背光性」（張亦絢說法）的文字帶到讀者眼前。〈骸〉情節看似懸浮，實則相扣有所依，篇末俐落歸位。葉佳怡說故事，屬於新世代少有的自制，情感求少而不求多，彰顯角色而埋藏作者，這並非安全招式，不過，凡事破而後立，期待新手。

黃淑假的〈裕琴〉也是一篇破而後立的作品，她動搖了範式的道德判斷，打破了好角色與壞角色的刻板印象。全文以常見社會角落人物、日常生活細節、家庭戲碼為底，情節上並不驚奇，但敘述語氣卻讓人眼睛一亮。一個受人討厭也實在難讓人為她說幾句好話的惡角色，被寫得豐潤生姿，事事皆有委屈可說，自私與作惡都情有可原，你不了解我的難處與寂寞而已。

文學獎方面，今年多所斬獲的盧慧心，〈一天的收穫〉與去年作品〈車手阿白〉類似，取材非典型人物，不從明確關係下手，轉攻各種懸宕、捉摸不定的人與人狀態，編寫不在讀者期待之中的劇情。盧慧心與今年亦有新作的劉梓潔同樣具有編劇經驗，兩人文字都以畫面感見長，深諳如何以情境造情緒，勤於探勘尚未被寫到陳腔濫調的情感癢處，加以當代日常生活細節，瞬間感受，直戳讀者共感，對白也特別機靈，小說閱讀總不落入冷場。

兩篇首獎：〈廁所裡的鬼〉、〈跨界通訊〉不約而同處理到老死問題。老與死在文學裡從不稀奇，稀奇的是網路衝浪世代如何面臨老死終須將至？虛擬世界上天下地，穿古越今，可有什麼不能超克？不能超克之物事一旦逼近眼前，那感覺會是什麼？〈廁所裡的鬼〉從老年失智下手。追求自由、流動為理所當然的一整代人，如何面對生命終將反噬，人可能衰老、癡傻、植物化？無限上綱的自我與記憶一旦失了序，垮了臺，潰散與沖回的可能是什麼？本文的想像與對白，經由失智的偷渡，得以放縱潑灑，反倒成為勝點。〈跨界通訊〉進一步攻入死亡空間。死去之人經由資料儲存與傳輸，繼續在活人日常裡對話。「只要網路還在，他們就還活著。」這是科技時代的夸父追日嗎？是深信科技而自不量力，還是依靠文字對話彼此取暖安慰？文學未必非得就主題上窮碧落下黃泉不可，而是想像力隨世代更新，材料因時地轉，每代都存在生死之問，每年都是同樣的春與冬，可當風真正吹到每個人身上，每次感受都可能不同。

葛愛華的〈那天〉與徐念慈的〈紹興南街〉，同屬熱情冷筆，以永不退時的細膩語言，把他者的跌宕人生，冷靜摺疊在主述者的淡漠口吻裡。〈紹興南街〉寫算命也寫算命人自身的殘缺，順道把喧騰一時的紹興南街拆遷事件拿來做背景，讓此區的歷史波折與人情風景在小說裡留下一景。〈那天〉同樣帶到市井變化與族群關係，瀰漫古典氣息的文字，看似寫大人婚姻與交易百態，實則埋藏著孩童心眼裡一股好大的失落與疑惑，愈是對外界觀察寫得細，愈是對舊日氣息模擬得傳神，愈反證出（母親離去）那天的記憶有多難抹去，寫作是如此漫長的人生。

最後，年度小說獎為黃錦樹的〈祝福〉。二〇一三年的《南洋人民共和國備忘錄》、二〇一四年《猶見扶餘》陸續結集，黃錦樹火山爆發般的小說能量，悲憤、感懷、撒野或妄言，難以規範。王德威十來年前為黃作序曾言：「黃錦樹如果要繼續寫小說，套句大陸的辭兒，就得悠著點兒。」如今看來，這個「悠著點兒」，或是到了時候。這一系列所謂重寫馬華文學的小說殺氣騰騰、虎虎逼困，卻也情慾橫流，篇篇相連，黃錦樹自言「田鼠的戰略」，地面幾個開口，地底串聯、縱橫交錯，也像「一幢開著無數窗子的閣樓，風從四面八方吹進來」，想從這一連串作品裡選出哪篇較其他篇更好，更具代表性，不甚必要也實難，終而選了〈祝福〉，只因有那麼點尾聲與祝福之意。

黃之〈祝福〉當然互文於魯迅的〈祝福〉，甚或遙遠對話於魯迅所有歸鄉之作。黃錦樹向來長於就名作進行比附、疊套、改寫；書讀破處，感觸俯拾皆是，互文如行雲流水，自然生成。〈祝福〉裡，第二代帶父親骨灰回「雖說故鄉，然而已沒有家」的馬來亞，是了心願，也是「專為了別他而來」。革命青年總愛讀魯迅，然而，時移事往，有的晚年寄情於龜甲刻字，從毛主席到魯迅，臨字如向天祝禱，有的缺腿度過餘生，書法練到「魯迅體」幾可亂真，開起玩笑來，連「野草」的憂憤悽徨都可被「敬抄」成浪語淫詞。

這當然是黃錦樹的「謔而且虐」，也有他對腐朽、墮落、贗品的悲憤，不過，近年小說讀來挺「悠著點兒」，似乎是人近中年，既然沒被老虎吃了，往事又如洶湧大河來，難免厭煩「替代的隱語」（魯迅〈祝福〉：「當臨近祝福時候，是萬不可提起死亡疾病之類的話的，倘不得已，就該用一種替代的隱語」），直接敞開來說，隨手就把看不見的高牆給推了，把隔閡的氣悶給順了，把那虎虎革命過一場，非死即傷的歷史給翻了，新魂舊鬼，從龜甲之文到小說之術，歸來吧，也轉頭離開，留下老虎悲傷的腳印。

命運離散，同父異母的姊姊，臨別除了隨俗的金飾，另外給了幾顆故鄉的橡膠種子，雖知在異地未必種得活，但還是緊緊擁抱：「祝妳幸福。」

悲傷與祝福。小說是什麼？在資訊傳媒發達的今天，如果我們只求個順口、慰安或如雲霄飛車摔盪快感的故事，或可轉向其他途徑與產品，更能提供多元便利：災難現場，人間異語，以致全球連線目睹敵我虐殺人質洩恨，簡直將人帶回圍觀／展示殺人的原始時代，嗚呼哀哉。人性考驗至此，現實比虛構更不留餘地，再問一次，小說是什麼？今天的小說還能勝出什麼？

談小說是（用文字說故事的）藝術，聽來像高調，但也只能往這定義走，否則沒有存在的必要。這是個勤於瀏覽，但未必有閱讀的時代，是個不乏光怪陸離，但未必能鑿切故事有光的時代，設計難以周全的點閱率也混淆著我們的價值判斷。如此情勢要保住小說，雖然還是故事，但得更準直指本性，返璞歸真，也得如電腦不斷升級，知識綿綿密密積沙成塔，文字技藝反覆修煉，共同傳輸時代風貌、價值與情感結構。為什麼我們樂於敞開自我於科技進化，讚歎次次變革不斷更新使用者習慣，也突破想像力的疆域，為何文學我們卻未必靈敏於技巧與風格的推進，無法耐心、甚至帶著驕傲去試讀其細節？

「其為形也不類」，卷首語繞回來講，被認為是太平盛世象徵的麒麟，倒底長成什麼模樣？小說稱之以藝術又是什麼？人人知道麒麟是祥物，卻沒人清楚說出其模樣，因為，其為形也不類，既不像日常豢養的家禽，又因少見以致就算有人親見，也未必敢於辨識。其為形也不類，波赫士遙遠借用韓愈這句話來向另個遠方的卡夫卡致意，這是個極高的讚賞（還巧妙點到卡夫卡的動物癖），將卡夫卡（及其同類）看似言之成理，又似詭辯的文字與內容，予以「麒麟」化：一種難以親見、難以證實、卻又有所美化，人未必解卻受其吸引的象徵／動物。

這幾乎是一個可與所有文學人共勉的結論：文學是祥物（!?）。不過，在多元流動，蛇也可能長腳的現今時代，就把餘話說完吧。受限於語言障壁，波赫士沒引完的韓愈〈獲麟解〉，最後還有兩句：「不可知，則其謂之不祥也亦宜。」既然其他物種都可辨視，只有麒麟不可知，那麼，（無人認得的情況下），它被說成不祥物也未嘗不可。

文字本起源於占卜，祥或不祥本是宿命，發展成文學更註定徘徊於同樣大哉問，甚至愈來愈疑凶而不報吉，為自己的預感付出代價。這本小說選的文字未必篇篇討好，有些作者有些段落還討打似的令人不安，我無意定義好小說形體該是什麼，因為我就算見過牠／它們也不覺得牠／它們有一定共同的模樣，反之，總是牠／它們活生生展現的個性與意志，拍打著我即使未曾親見也願打開心靈辨視牠／它們。在文字普世使用的現在，家禽萬種，文明方便指認，也很容易就使我們滿足，即便是老虎，到動物園去也能看見，但那真是老虎嗎？那眼神裡可有波赫士的靈感之源？地球上老虎與象的棲息地（如久遠之前的馬來亞）愈來愈少，倘若你在哪些遠走的腳印裡，讀出了祥或不祥的悲傷，祝你幸福。

一九七〇年出生於馬來西亞吉打州。

曾任工程師和馬來西亞華文報章《南洋商報》副刊專題記者。

二〇〇八年政大中文所碩士畢業。曾獲中國時報文學評審獎、亞細安青年微型小說首獎、聯合報文學獎評審大獎。曾於馬來西亞霹靂州金寶拉曼大學中文系執教（二〇〇九～二〇一二年），目前就讀新加坡南洋理工大學中文博士班。著有短篇小說集《迷宮毯子》、《湖面如鏡》。

十月——賀淑芳

每天晚上都誘使他做海的夢。

——三島由紀夫

颳北風了。

寂靜像滑落海灣的岩崖。

海風吹過菊子的鬢髮與花卉繽紛的衣領。這是十月，季候風交替之際，風向亂竄。早上可能還颳著西南風，到了下午就轉成東北風了。這些日子出海也很危險。本來要去蘇祿島的，說不定半途就會漂到巴拉望島去。如果去了太平洋，就不必指望回來了。

本來應該靜止無風，因為氣球在風裡。然而當它停頓、轉換方向之際，一縷暖風忽爾飄過。此時你看見大地滴溜溜地在眼皮底下轉圈，屋頂、船桅、人群粼粼發光如眾星圍繞。海灣像個藍色的盤子，慢慢自西轉到東。氣流雖靜似無，但你知道它在推送，須臾海岸就在腳底下徐徐退後。大海如織，閃爍熾熱地滑來。

這不是飛行的好季節，但北婆羅洲特約公司的高官，金森魏（Sir Kimson Wings）爵士仍一意孤行，因為荷蘭來的漢斯（Hans）告訴他，山打根（Sandakan）的風勢最穩。

「風轉向了，」爵士說，「大雨恐怕就要來。」

漢斯說：「下雨不怕，熱氣足，照樣飛。」

「不會掉下來？這很好，」金森魏說，「菊子妳先上吧。來個女空中飛人，在吊籃底下接個鞦韆，妳會喜歡的。」

放屁，菊子心想。「親愛的爵士先生，我原來以為只需要站在吊籃上繞山打根一圈，」菊子說。「您說還有一艘設計得美美的船給我坐。」

「刺激一點會更好，來點精采的！我要使山打根火紅起來，讓世人矚目。這個地方以後可以辦氣球大賽。」金森魏說。

十來個助手在草坪上圍著氣球散開，竹竿一支支舉高了抵著球上的網罩。唯恐熱氣一洩，氣球塌下燒焦。

早晨的風輕柔，但金森魏先生的腮鬚上，都是亮晶晶的汗水，背後與兩腋下方濕了一大片，他背後斜掛一個白色的長筒，裡頭大概裝著望遠鏡。他興致勃勃在籃子裡轉了一圈。這籃子可裝三、四個人。菊子好奇地探頭往裡看，看見在氣球下方，有個小碳匣，裡頭燃著一枚金黃色的火焰。

要上升，就點火，漢斯說，點了火，它就會很快上升。

漢斯先生長得瘦小，講話時眼珠子一直往上翻，好像腦海裡有個放映室似的。他解釋怎麼打火，怎麼接熱氣筒，怎麼開關洩口來升降。至於方向，他說，很抱歉，這種簡單的裝置沒辦法，除非是齊柏林。

可惜，齊柏林，我不會。他抱歉地說，我只懂熱氣球。

那就算了，金森魏說，誰他媽的要德國佬的狗破爛！

啊，這個沒錯，德國人，就是沒趣，漢斯說，飄浮，就是飄浮，就是純粹的，離開大地。

菊子撐著陽傘靜靜聆聽。火在嘶嘶細響，不知道乘著它飛行會是什麼滋味。

這氣球是這麼大，氣管又似乎太小，等了好久，它依然扁癟癟的。直到雨絲沙沙地落在傘上。四周變暗了。

屎，遮拉咳（註❶），混帳！金森魏爵士說。

不用停，可以，漢斯說，繼續，燒。

這是徒然的。雨絲斜飄，裸露的腳趾與脖子變得又濕又冷。紅氣球漸漸瘦下去。終於一陣風吹來把它壓倒。它斜斜地，巨大地傾倒在潮濕的草上。

火熄了，他們只好把它拖去棚下避雨。

註❶ Celaka，馬來語，意為倒楣，不幸。口語使用有發洩怒氣與懊惱之意。

金森魏百無聊賴地望著灰濛濛的草坪。

你明天最好給它飛，巴銳（註❷），你這樣浪費我的錢和時間已經兩周了。

漢斯抓下帽子，扭乾它再戴回頭上，它皺得有點可笑，活像頂著一塊抹桌布。這氣球可能，哪裡，有個縫，他說。這縫很難找，因為這球有三層：塔夫綢、紙、塔夫綢……。

你要是個男子漢，就克服這個縫。你難道沒長傢伙嗎你？金森魏不耐煩地吼他。

金森魏爵士臉上一綹黑髯，長得很像海報上的耶穌。他在北婆羅洲已居留超過三十年，比菊子待得更久。早年駐紮亞庇（Api），靠著槍砲火彈，把附近的海盜殺得屁滾尿流，連橫行南洋海域超過三十年的曹家父子都給嚇得銷聲匿跡。近年才調派山打根。部隊裡除了錫蘭與孟加拉來的士兵，也有一些杜順人，他們熟諳地勢，專門追捕那些從監獄逃跑的犯人，耐力與腳力都出了名。

各種傳聞把他說得像洪水猛獸，菊子面對他也有些戰戰兢兢的。

然而，猶記最初在教堂裡見面，他蹲下幫她把勾著的裙襬從長椅子凸出的木條拆脫下

註❷ Palui，蘇祿語，笨蛋。

來，那股溫柔很難不令人心動。每見一次，就越發感到對方難以捉摸，菊子覺得自己彷彿是在跟一叢同株分岔的異人打交道似的，他裡頭裝著一些小孩、一些老人、一些男人，甚至也可能有一些女人。此刻，坐在爵士身邊，菊子心裡有不妙之感。爐子上的火焰像燒進了太陽穴裡。她知道那在鐵絲上融化冒泡的是什麼東西。但大門已砰然闔上。那個平時一臉傲慢、站在客廳四周臉色陰沉的總管，也不知溜到哪裡去了。屋裡的女傭越來越少，使她不由得懷疑，爵士是否都把她們吃了。她記得第一次進來時，在那場熱鬧的筵席上，有個廚娘走到餐桌前失魂落魄地跌落一盤燒雞，臉色青得就像等待槍斃。

金森魏其實不喜歡用槍。他說他比較喜歡用鞭子，而且「還要按照馬來古法執行」，鞭後撒鹽，浸河口，敲鐵釘，往七竅塞泥和蚯蚓，「那些貴族真加（jin-jia）gila babi」（註❸），吃飽沒事幹，還記授成典。

「可惜他們現在信回教了，」爵士一臉惋惜地說，一邊托起一支長長的菸桿，把燙熱的鐵絲探入凹斗裡，一撮黑膏輕輕抖落。「總得有人繼承。」

註❸ gila，馬來語，意思是「瘋」。babi，豬。二詞常連用，對伊斯蘭教徒具有強烈的羞辱之意。馬來人也有發展此語為「Cina babi」回罵。

那個含卵小子還沒死過，他說，他不知道我是誰。我要把他送到那些荒島上，一座島就一個刑法。

過後他沒再說了。他深深地吸一口菸，這煙從鼻子呼出來白茫茫地彌漫散開，眼神變得柔和愜意。稍後他把菸桿遞給菊子，朝她揚了揚下巴。

菊子起初不願意，但不知怎的還是照做了。煙在眼前裊裊繚繞。有一封信箋被火焰跳上來，迅即吞沒了它。

時間滴滴答答地踱步。廳裡懸著一張地圖。菊子只知那是地圖，卻不知圖上畫著什麼。上面也許有日本，因為有一次金森魏爵士跟她說，妳看見了嗎？這個從褲襠飛出來掉在太平洋旁邊的小雞巴……妳們的天皇只是上面的一隻小小陰蝨，打從娘胎就躲在女人恥毛裡，連蛋連腦都沒有，就想吞山東。

他把她翻倒在一張奇特的椅子上，那張是牛角狀的椅子，循著它岔開的道口，再把她雙腿扯開。雞芭忒底（註❹），他說。大林公（註❺）的女人。

註❹ 忒底，Getek，蘇祿語，意思如同馬來文的 Gatal，發癢，發騷，淫蕩。

註❺ 大林公，Telingung，杜順人部落中的神話生物，原指「長鬼」，用來罵人搞怪，笨蛋。

她感到自己是如此羞慚。從額頭開始，那慾望如潮湧至兩腿之間。她很焦慮，又極渴望。她想撫摸他，撫平他的焦慮。但他不再提那個讓他生氣的毛頭，似乎根本不把總督府的諭令放在眼內。

信在桌上已熄滅成灰燼。

天窗上最後一抹金色的餘光，讓她想起米歇爾教堂的聖壇。她曾經對那無數個周日神父冗長的禱詞感到萬般不耐，那些根本聽不懂的英國口音，跟眼前這位流氓混合了本地蘇祿話、客家話而雜七雜八的英語比較起來，前者真是過度高尚，而後者說的每一句，只要聽懂了就會讓人感到屈辱不已。暮靄漸漸降臨，廳內只有那個烤鴉片用的小火爐在發亮，而這個正在赤身裸體俯視她的流氓，天啊，我的主，他們長得多像啊——菊子心裡再度驚顫。某些時候，幻覺壓倒一切，她感到金森魏爵士與裘守清牧師像給八月劈開的兩個孩子。她注視著他皮膚上的顫抖，那種像水波一樣的緊繃與放鬆，然後她想像著那裡面的靈魂。一念及此，便滾燙戰慄，幾乎就要昏厥過去。

如果您鄙視我，她想，這樣我好痛苦——

這真教人想死。世界在兩片暗潮之間閉闔。當金森魏把她放下來時，兩人在波斯地毯上搞得不要命似的。此時的金森魏異常甜美，就像花蜜，菊子則像剛孵化的蟲子那樣渴望吮吸他。結蛹是容易的，回去洞穴裡睡到天昏地暗就更容易。但她感到自己很老了，如果再害怕，時間的門就永遠閉上。因此便做了和從前完全相反的事：把礙事的殼刮掉，冒險把身體拔開。這就像脫光衣服撲進山谷裡，再柔軟的泥也會生出尖刺飛來的幻覺。一枝一枝，像雨後的野草瘋長，一擦過就沒入骨頭裡，把身體攪得直滾冒泡。

但從九月開始，菊子就下定決心，即使這些刺都是真的，也要愛它。

雨越來越大，嘩嘩籠罩。一剎那間亟欲去到遠方。然而這天空不會變，除了這滂沱雨夜，哪裡也沒去成，陸地都很遠——樂園卻很近了。

天窗凹溝的雨痕都看得清清楚楚，波浪屋瓦彷彿觸手可及。

婊子，金森魏說，跟拔掉船栓一樣。

他弄痛她時，她立刻下跌至谷底。一會兒他很體貼，便再度悠悠浮上來。

這當然不是真的，金森魏是金森魏，裘牧師是裘牧師。菊子對自己說，當鴉片的刺激退去之後，早前的痛楚又重新捲回。她靜靜地穿上衣服，並仔細觀察金森魏爵士的臉。

在某一瞬間，她可以肯定，那是因為顴骨的緣故，它造成兩頰線條拉長的效果。而且，再加上眼神凝視的專注，以及翹起的嘴角，使得他們兩人的臉上，有著近乎神祕的重複特點。他們彼此長得多像啊。她想，恐怕只有我發現這一點。

認識金森魏爵士才不過兩個月。爵士當時和她隔著走道，坐在另一邊的長椅上。那時裘牧師已經坐船回去了，說是回去爭取友人支持。待三個月以後，就會搭下一季的船回來。但估計很快的，牧師就會再度離開山打根，和同盟會的人一起去廣州起義。

菊子本想安安靜靜待一個早上，待得看清對方的臉之後，便覺得有什麼把自己勾住了。走出教堂時，腳步一亂，差點摔在階梯上。

那個對天主虔誠，一直說服菊子上教堂做禮拜的懷特牧師，怎樣都沒想到結果只是促成了菊子跟這個有爵士頭銜的大流氓混在一起。

大約是去年年初，懷特牧師親自上來菊子開的咖啡屋，跟她談耶穌。他來了好幾次，把好幾節詩篇譯成日語，念給她聽：我的心哪，你曾對耶和華說：你是我的主；我的好處，不在你以外。不過菊子聽了無動於衷。除了一句，她因為憤慨而忍不住笑起來。

祢贖回我生命。

菊子不是不願意相信。但是，她問懷特牧師，我已經贖回我自己啦，到底上帝還要怎樣贖回我呢。

菊子南來二十多年了，土蕃話、客家話和英語都會聽會說，但要聽懂冗長的禮拜宣道還是困難。農曆新年過後，二月底，山打根還颳著北風，懷特牧師又來日本街找她，告訴她，他終於找到了一個日語流暢的牧師來給日本人做禮拜。

那牧師來自臺灣，據說兩年來一直待在亞庇，最近才搬來山打根，他來到之後，就直接找上巴色會（註❻）。經過通融，巴色會答應讓他們借用山打根堂的廚房做禮拜。

周日早上，廚房安安靜靜，無人吵鬧。信徒很少，七、八個日本產業墾殖可可園的日本工人，當中也包括兩個臺灣來的支那工人。菊子找了草紀子和花賀美子結伴，三個人一起走路，或搭人力車，從直通海港的大街，拐進新加坡路，踩著木屐喀噠喀噠地上來。

正襟危坐，呆坐桌子末端。

廚房裡一排長桌椅，光從後門撲進來，清晨空氣沁涼。

菊子記得很清楚，三月裡她進來那一天，她看見這位牧師站起來拉了拉自己的衣服，他從廚房柱子上懸著的一個布包，掏出幾本小冊子。雖是大清早，但他腋下已經透汗，不知為何，她就放肆地盯著那麼大片的汗液痕跡，以至於他終於覺察到這股不尋常的視線，而轉頭好奇地看她。

她忽然感到拘謹且害羞起來。

註❻ Basel Christian Church。十九世紀末就開始在北婆羅州設立第一所禮拜堂。

牧師的眼睛像孩子一樣注視人。他介紹自己來自基隆，那裡也是個港口，他說，那裡的山坡路跟這裡一樣斜。他在一塊黑板上用粉筆寫上自己的名字，裘守清。臉孔乾乾淨淨。知識豐富，從天文地理至部落神話，幾乎無所不曉。她漸漸習慣從長桌的尾端看他。他很純質，這種氣息幾乎未曾於任何人身上見過。很久以後，菊子才意識到那種奇怪的感覺是什麼。這就像漆黑的屋裡開了一口窗。

菊子想起天草島，雖然早已把家鄉忘得差不多了，但菊子卻想起了又乾又硬的沙子。因為天草的地很餓，每年吞掉許多人。有人就這樣嚼著沙子死掉。地裡的死人比活老鼠還多。家裡暗得像鼠洞，母親一年比一年瘦癟矮小，好像正往地裡陷落，有什麼東西從她的腳底把她拉進地裡。直到某年冬天，母親不再要菊子了。菊子喝了點薑湯，跟一個陌生人走。菊子的哥哥對她說，如果妳不喜歡，行船時就跳海吧。十歲的菊子沒有跳海，死比飢餓可怕，窒悶的木箱又比死可怕，但她沒有機會上到甲板去。現在菊子卻覺得她有點想從高空跳進水，把什麼東西給撿回來，只是有很多很多已經給沖到海底去了。

雖然說不上這究竟為何，但她又重新感受到遺棄這件事。

不是被人遺棄，而是被我所遺棄的。

本來以為不好的，現在才發現原來也不是不好的。就不由得傷感起來。這心情就像團霧那樣。菊子沒認多少字，片假名識得少許，漢字都得靠牧師講道時才一字一字地學。多奇怪呀，他甚至不是真的日本人。這總該是神的召喚了？矛盾的是，那些神聖的故事，或句子，讀起來既讓人感恩，同時又讓五臟六腑攪動。神既慈愛又暴怒。

彼得城中的背叛：雞鳴以前，你要三次不認我。想想看他整晚多麼煎熬。

有時惘惘，便想不如還是什麼也不懂地坐在教堂裡，那樣還更覺得四周聖潔芬芳。儘管如此，只要目睹裘牧師熱心的模樣，頓時便覺希望迸發。然而每每聽或讀至殘酷之處，又不禁心悸。喜與懼如旋風捲來。但勿否定，勿阻擋。天空中自有道路。

五月，她第一次聽到辛亥革命。牧師談到孫中山，菊子對這名字並不陌生。這些日子，就連人力車夫也常把他的名字掛在口上。在山打根堂附設的辦公室裡，那些客家人理事也在牆上掛了一張孫中山的照片，常看到有人對這張照片鞠躬。

這一年的山打根有些亂糟糟的。有時候，菊子會穿起旗袍，脫掉木屐換上尖頭繡珠布鞋出門。她不覺得這是很好的掩護。支那女人長有跟她一樣的單眼皮與黃皮膚，以及相似的早衰滄桑，身上大都穿著唐衫布褲。她們從園坵裡出來，渾身髒亂，臉削骨瘦，有些人光著腳，連鞋子都沒有。

去年五月裡某一天，她背朝碼頭，穿過一條賣胡椒的巷子，人們東一堆西一堆地彼此推搡。一場午後迷途的雨把每個人淋成落湯雞。那天她撐的油傘掉了。北婆羅洲公司派出杜順人和印度警衛，開始從碼頭四周逮捕那些分發傳單的支那人。一陣西南風颳來，溜過腳邊，舉步時好像人在風上浮。菊子和別人一樣六神無主地亂跑，隨著人群衝向巷子的另一端。雨大路滑，弄垮了沿著牆壁搭起的、一排高高矮矮的竹架——原本是晴天裡要拿來晾胡椒的——剎那間乒啷倒下。混亂中散開的人群喧譁著從後邊湧上。菊子被旁邊一輛鬆了繩索的卡車一撞，竟跌進了巷弄裡一扇門內。

那也是一間廚房。黑黝黝地冷寂，像從山裡搬來的洞穴。裡頭只有一個瘦弱的老頭子躺在硬木板上睡覺，臉如骷髏。她沒理他，這可能是個一輩子吸鴉片來消除痛苦的苦力。

最初她一絲憐憫感都無。稍後，菊子發現那個睡著的人，眼珠子盯著她竟亮了那麼一霎，不由得心念一動。她從沒做過什麼好事。因此沒人看見的時候，要這麼做是比較容易的，儘管由她做來似乎很蠢。她劃了十字，低聲念了詩篇：你在耶和華的手中要作為華冠，在你神的掌上必作為冕旒。

他眨著一雙黃濁的眼睛，手依然壓在自己頭下，一動也不動。她伸出手，想按一按對方的額頭，但手伸出去，半空就折回，照舊捲在自己的另一隻掌心裡，燒燙地握著。

隔著黃斑濛濛的玻璃，只見大雨打濕路面，巷裡的腳步雜沓翻起泥濘。所有一切都是倉皇的。

雨停後她就離開。

那天以後，她倒是開始計畫一件正經事，該有個日本人專用的禮拜堂。

裘守清牧師並不是日本人。菊子很清楚，他就是個支那人。牧師常與那些臺灣來的信徒以閩南語交談。那些話她不是很能聽懂。不過她有時會感到一種奇怪的安慰，像是一種彌補，當她看見牧師和那些巴色會的客家人走在一起時，她會生起一種很難說得明白的願望。

他們偶爾開會唱歌，偶爾激烈爭辯。裘牧師看起來和他們有些隔膜，有些孤單。他會忽然起身離開，翻看自己的書，或一個人走出去。那些中國來的客家人，不是三三兩兩地走在他前面，就是走在他後面，中間給他空出距離。那些理事彼此之間很吵，而牧師自己卻很靜。這樣看來，他似乎誰也沒依靠。他就是他一個人。

這妒忌與竊喜來得毫不合理，菊子心裡明白，這樣想不是太好。這對裘牧師不好，不該這麼想。牧師就是牧師，不是日本人，也不是真的同鄉，是神的子民。但有時又希望他有同鄉的情分。

菊子不知道別人是否和她一樣。有時她好奇地留意草紀子和花賀美子，觀察她們，暗自揣想，她們會否也有同樣的感覺。有好一段日子，她檢討了自己的生活，發現過去揮霍買下來的一大堆胭脂飾物，全都華而不實，全都是腐爛易逝之物。她驚歎於自己曾經如此花錢如流水，不惜蹧蹋金錢與肉體，以至於拖延還清債務的時間長達十數年之久。

這樣的改變幾乎讓人迷醉而狂喜。《聖經》裡那些讓人聽了渾身不舒服的教義——什麼原罪、恐怖的審判日，如果不是裘牧師，幾乎是難以被接受的。

自從來到這廚房做禮拜之後，菊子甚至感到，比起苦難而言，幸運才是神留給倖存者以接近祂的恩典。每次祈禱都盡心感謝。她會默背好幾句箴言，一天的心靈平靜與否就仰賴於它：喜樂的心乃是良藥，憂傷的靈使骨枯乾。她也喜歡《尼希米記》的第八章第十節：你們不要憂愁，因耶和華的喜樂是你們的力量。沒識得多少字，但一句一句的背誦，心情竟也慢慢變得柔和了。

本來一切都是很好的。一整年日子寧靜，不再需要奢侈的排場來消解焦躁。她對裘牧師也十分尊敬的。新年伊始，菊子不顧帳目尚嫌拮据的事實，在日本街首開創舉：周日閉館，妓女們可自由決定當天要休息還是到別館工作。

菊子半籌款、半捐助，直到翌年五月，才在山打根西北部，蓋了間禮拜堂。雖然屋頂仍是亞答葉的，但木門倒是日式的，屋子底下給矮矮的土石墩墊高。屋子前方作為禮拜堂，約六坪大，廚房的地上砌了個大灶，有三個灶口，茅廁另外隔開。

那地段周圍數百里內都是日本產業所屬的椰園與橡膠園，再往山區稍微走遠一點，還有一家日本人開的馬尼拉麻廠。這裡離開米歇爾教堂和港口的日本街更遠了，但對園坵工人來說，倒是比較方便的。

某個早上，菊子帶著草紀子和一個也是同鄉的女傭過去打掃。

她用一塊棉布，沿著牆邊，來來回回把木材地板擦得光潔發亮。窗子拉開，山風如濤，蟬鳴與雀鳥啁啾灌耳。

從井裡打水上來，搓洗再浸過水，然後便扭乾那塊準備用來覆蓋聖壇的棉布。她在麻繩上把布晾起來。天空湛藍，不知是來自海面還是陸地深處的風，十分涼爽。她躲在屋簷下的陰影裡，待了一陣。風很大。遠方的雲朵像船一樣，從山後趕過來又往前飄，把她撇在這靜止的陰影裡。

一會兒她回到屋內。廚房裡靜悄悄的，女孩子們爬到山坡上看馬尼拉麻廠去了，那裡有好些日本來的年輕勞工。她走進廳堂，感到身體極累，便在榻榻米上躺下來，心想，只要躺一下就好。在拉開的窗前，她看見一株蒼老的黃焰木佇立在外，樹身上長滿綠苔，花瓣在日影中顫動。

她在榻榻米上，舒展手腳，渾身鬆弛。由於實在是太累了，她只想像往常那樣，懷著感激之情禱告，休息一會。

凡他所做的盡都順利。

下午氣息安寧，樹影斑駁搖動，野草靜長。她閉上眼睛——好奇怪啊。菊子被自己的身體嚇了一跳。

但願不是什麼罪惡的事，主啊。

裘牧師起伏有致的音調彷彿在四壁間響起，瞬間又寂靜下來。一時之間菊子好像看見他的身體與臉孔，漂浮上方，水影似的俯身凝視。正午剛過，晴朗白亮的日光如隱形波浪般在這座剛剛蓋好的禮拜堂裡高漲起來。也許不過因為手腳如此舒展，真是太舒服了。菊子以前很少讓自己休息。此刻身體平躺，四肢放鬆——她感覺到了。山風攀過腳踝，沿著小腿往上溜。像一顆滴溜溜的球，將有將無，在大腿根處盤旋好一陣子。

靜靜躺著，這很愉快，竟像魚那樣輕啄，不可思議地，一波波酥了兩腿。起初只是微微悸動，她任由兩腿微張，就這樣，一切既慢又持久——從腹部到兩腿有股騷動的舒適之感。

就像給一雙隱形的手撥弄似的，但它不只是看不見，而且也是觸摸不到的。有一陣子她幾乎忍不住想激烈地回應，又覺得不如還是忍耐。但越是靜止不動，體內的顫動就越發像海，直到受不了時，她才轉身，像在海濤上翻身，把浪壓在雙腿之間，像把一大叢海藻攔住。

它平復了。

菊子睜開眼睛。她爬起來，完全濕透，榻榻米有一大塊潮濕的印記。

思念變質了，菊子吃了一驚。她完全沒想到原先這種全無占有欲的感激之情，竟會變成這樣的一回事。

太陽西斜。腦子像長在鐵枝篷上似的。有一條線開始拉，好像從額頭裡長出來，纏在輪子上碌碌地滾下長長的新加坡路。一路上大大地拐彎，一邊是山一邊是海。好久才聽見草紀子的聲音，她像老虎一樣朝著菊子的耳朵大吼。

菊子不明白地望著她。

我怎麼跟個隱形人似的。草紀子這麼抱怨。待會路過巴剎（註❼）就停一下行不行？妳吃不吃粉餅糕？

註❼ 馬來文為pasar，意為菜市場。

照常打理咖啡屋，帳目也還做著，事務繁多，別人的叫喚都像從幾哩外傳來。人們比天堂更遠。

她開始恨不得別人都不來煩她，都別來跟她說話。

這時候她體會到孤獨的好處。六月開始，裘牧師就坐船回臺灣去了。新蓋好的禮拜堂只用過兩次，就歸還給雀鳥。

周日，她會去那裡打掃，拔草，待到午後才下山。偶爾懷特牧師來咖啡屋找她，請她到大教堂去做禮拜，她就勉為其難地出席一兩次。

所幸在米歇爾教堂裡，誰也不會打擾她。一坐下，心神就給沖到遠方。那些誦念與歌聲，全都像空舢板底下的浪。剩下身體，靜得跟這些祈禱用的長椅子一樣。

十月，北部南來的航線纏上了菊子的腳，使她一直往碼頭跑。她把船都記在腦裡。裘牧師可以搭很多班船回來，廈門的，本島的，淡水的。如果全都錯過了，月底還有馬尼拉丸。

整個十月，她神不守舍地在山打根的窄巷裡兜兜轉轉。怎麼拐怎麼走，全都像鞋子在作主。某些早晨，她原本想去巴剎，不知不覺卻發現自己走在前往碼頭的大街上。嗞嗞的木屐就像在腦子裡不斷錯過而來回往返。猛然回神，才又發現自己走過頭了。那些長長垂下的防雨布，潮濕的騎樓，鋸屑囂飛的木工廠，一簍簍乾海產，滿溢泥糞味的牛車，皆如陣陣塵霧，揚起就消失。

午後常常大雨，油紙傘重得像頂著一池水。灰色的雲一尾一尾群集港灣上空。碼頭上一片混亂。由於日本人想要山東，一個支那人朝她吐口水。幹麼要討厭我呢？我不明白。菊子想。支那男人好多啊，苦力們揮著拳頭，好像要潑掉拳頭那樣在雨裡呼喊。他們喊的話，菊子大半能懂。就算聽不懂，也能聽懂兩個音節，日本。

儘管如此，這些人並不能真正傷害我。她想。

一包包捆紮起來的馬尼拉麻都囤在碼頭的推車道旁邊，任雨水打濕。支那工人拒絕給日本來的船裝卸貨物。在馬尼拉來的荷蘭船前，人潮熱鬧流動，但在本島來的船上，乘客黑壓壓地擠在船舷後面，遲遲不見工人放木板讓他們下來。

無人理會的船浸在灰藍的水裡，如高不可及的懸崖，誰也越不過去。海鷗在雨中把大海蒼涼地送來。

海濤在船塢伸長的石墩上噴濺泡沫。菊子很想念裘牧師，她恨不得自己有兩個身體，一個留在山打根，另一個要長出翅膀。

一灘光影淌過壁上的花卉牆紙，在廳裡的窗簾後面瀰散成明暗相間的波狀。她撿起自己的衣服，一件件穿好後，才好奇地瀏覽牆上裝裱的畫。她對那些看不懂的地圖絲毫不感興趣，因為很難想像北婆羅洲和海是那個樣子的，對她來說，它們都必須是各種各樣的瑣碎物件與聲音：烏鴉與海鳥、輪船入港的汽笛、積欠雜貨店的債務、船、人力車、不同膚色的水手、黏糊糊的體液與吱嘎顫動的床。至於爵士口中那些「幹伊娘」的人像畫──其中一個還是英國國王喬治五世──她也覺得跟自己無關。

只除了一張。

這張畫是個法國的老頭子畫的，她記得大家叫他歐堤隆，或者奧蒂倫。那是她第一次受邀來到這間大宅參加晚宴時認識的。晚餐後，那老頭子醉了，醉醺醺的一直毛手毛腳亂摸，想要跟她玩那個妓院裡常有的「強攻」遊戲。爵士和其他賓客高興地圍坐客廳裡，看著他們在馬鬃沙發上像對手那樣滾來閃去。之後那老頭留下了幾張炭畫和素描作為謝禮。菊子不喜歡他那些畫。這類沒有眼瞼的大眼珠，或者飛在空中的人頭氣球，看了就讓她心裡怪不舒服。只有一張比較像樣：在一座城市裡，大氣球飄在半空中，人們任由馬匹散開，都著迷了昂頭往上看，它在天上噴發的熱氣就像毛茸茸的狗尾巴一樣，不過，爵士卻偏偏不掛這一張。

這就是歌德的生死門！一個在總督府裡當祕書的英國人曾經如此驚歎著說。是死亡，卻又是新生……！永生！

你真的 sot-sot（註❽）！金森魏嗤笑。難怪歌德跟我說，你阿婆有兩個尻，一個塞住還有一個通。

這英國人拉下了臉，立刻就抓起手邊的枴杖想跟他決鬥。你汙辱我。

要滾就他媽的快滾，爵士從腰間掏出了手槍，上了膛。

就是這事種下了禍根。

在這之前，菊子總讓眼睛落在其他地方，不看這畫一眼。她問過爵士，為何要掛它呢？對此，爵士的解釋是，這張也是人像畫，只不過是臉被遮住了。適合跟那些偉人們掛在一起。

有一天她告訴爵士，這張畫讓她感到自己活像被鬼盯。

爵士說，就是要這樣才夠爽。

畫裡那個半露臉頰和隱約可見的鬍鬚，讓菊子想起耶穌。耶穌躲在一顆圓形的洞裡，那

註❽ sot-sot，蘇祿語，意指笨蛋，神經病。

看起來既像燈塔又像監獄洞開的窗口，從這破洞裡往外望，這張臉看起來就像一個等著救兵駕到的囚犯。黑漆的圖畫好像在很冷的冬夜裡，但這隻單眼卻又極之熱灼。尤其當爵士跟她在客廳裡脫光衣服胡來時，她感到了耶穌的目光骨碌碌地掃來。

即便只不過是在事後回想，菊子還是覺得連背脊都顫抖起來。這不是耶穌，她想，這樣想是不對的，那個人畢竟不是耶穌。

當廚房門邊的座鐘緩緩敲響時，彷彿天上的雲層散開，房間驟然變亮，窗簾隙間折射出一支支燦爛的光芒。菊子在波斯地毯上跪下來，給自己劃十。

這個人不是耶穌，就像金爵士也不是裘牧師一樣。菊子想。

裘牧師是寬大的人，他愛我嗎？應該是的吧。他肯定愛我，雖然也許跟我的不一樣，但自然那都是一種愛，也許是一種高尚的愛，既然如此，我就要像已經獲得了他的愛那樣去愛別人，這樣我就可以跟他一起繁殖，就像耶穌繁殖他的兩塊餅和五條魚。我要把從他那裡獲得的愛分給別人，比如去愛這個極色、殘暴而且壞脾氣的大流氓，不但愛這個流氓，甚至也愛任何一個跟他對立的仇人，愛誰都沒問題，什麼人來我都愛他，這樣就好像我已經獲得了他的愛一樣⋯⋯。

就這樣沒完沒了地想，感激之情再度升起，心頭便像燈泡一樣，驀地發出光來。

這太奇怪了，這簡直不是我會有的想法，菊子激動地想，好像是有什麼人把種籽撒在我腦子裡。

鐘聲停了。廳裡又恢復滴答滴答穩固的聲響。她合掌，劃十。念了聲阿門。

她感到昇華。好像坐在一朵往上長的花裡。於是她在腦海裡搜索那些能呼應、揮發這股澎湃喜悅的句子。她想起了詩篇第四篇第七節：你使我心裡快樂，勝過那豐收五穀新酒的人。第一百卅九篇第十七節：神啊，你的意念向我何等寶貴！然後緊接著，我行路，我躺臥，你都細察，你也深知，我一切所行的……如此反覆誦念。她精神飽滿，力氣充沛，身體舒暢，彷彿孔竅全開。

就像筵席上斟來美酒。袞牧師的臉和身體出現了，這次不是浮在上空，而是躺在波斯地毯上，他兩頰紅潤、目光炯炯，無比性感，像亞當那樣什麼也不穿，赤條條地從她兩腿之間看她。

菊子只感到熱流從心口猛然散開，渾身就火燒滾燙起來。

啊呀，我的主！她立刻跳起來，衝進廚房。

廚房驚人地髒亂，一堆打破的碟子積在角落，原本收在爐灶底下的柴薪也被扯出來，七零八落撒滿地。滿地木屑捲得像落花枯葉。她從灶頭上略傾一個水甕，揭開蓋子，看也沒看就立刻舀起大口大口地喝。這壺水有股怪味，似乎放了好久，但也不管了。水很清涼。

後來。

她差點沒給嚇死，管家持著鐵錘，在她背後，從在爐灶的另一旁，靜靜的，無聲無息地站起來。在陰暗的廚房裡，這人陰森得跟殭屍一樣。他的臉孔是黑色的，眼圈發青，他的臉頰一邊呈紫紅發腫。他的手指上流血。他樣子就跟活死人差不多。

菊子大叫一聲。跑到太陽底下。

她跑得很快，沒有穿木屐，腳很輕，十幾年來，她從來沒有那麼嚇得失魂落魄過，她甚至跑得就快飄起來了。她的頭髮散開，袖子像翅膀一樣。腦子裡只有一個念頭。

不怕不怕，這鬼傷不了我，什麼都傷不了我。

當菊子飛跑的時候，好像看到自己什麼衣服都不穿，就撲向刀山火海似的。

只有一個人，只有這個大壞蛋，他肯定傷害得了我，但是我要大大地愛他——。

草坪上，那隻氣球正在脹。渾圓地發亮。

那條繫著吊籃與工作臺的纜繩，抽動繃緊了。漢斯非常快樂地看它。

這個嘛，我飛過一次，還是長途飛行唷。如果只是在山打根兜兜風，那它很安全，漢斯打開了那柳條編成的小門，只要不掉進森林，給土人——

要上就快點上，不要慢慢吞吞的，金森魏爵士說。

漢斯的話沒有說完，他看到菊子像鳥那樣飛過來。她背後有一團大火正在綻開。

尊貴的山打根警衛督察金森魏爵士的大宅，其中半邊轟隆坍塌。

屋子爆炸，烈焰騰騰，煙屑黑掉半座天空。

菊子跳進氣球的吊籃裡。金森魏爵士也跟著跳進來。手起刀落，把纜繩切斷。

它熱氣飽滿，風掠過樹梢。草地變遠。人們大驚失色，每一個軀體迅速在眼前下滑，一下子就變小。

一個像鬼那樣淒慘的男人，一路跑一路喊叫，攔住他——這個假貨——

假貨扔下了第一個沙包，同時點燃小碳匣。金黃色的火焰猛然爆亮。

遠遠地，有人放槍，但那太遠了。一支小軍隊湧現，穿過屋子，好像埋伏了很久似的，紅外衣，黑氈帽，呈尖尖的人字形陣。他們看起來就像螞蟻一樣。

一列列齊整有秩的園坵過去了。橡膠，椰林，可可。密密匝匝的森林如一床綠被覆蓋綿延起伏的山巒。京那巴當岸河的支流在野莽中忽隱忽現。米歇爾教堂和其他屋子看起來都沒有分別，都像火柴盒。

碼頭。菊子探頭竭力眺望尋找馬尼拉丸——今天馬尼拉丸應該到了，它是這季的最後一艘船。但是它在哪裡呢？氣球在空中冉冉拖過一道隱形跡線，倏忽又遠了。灰色的鋅板與紅瓦相接的屋簷，如波浪般凝固在燦爛的太陽底下。

沿著弧形的海灣，它飛過大海。綠橄欖的島。呈砂石狀散布的荒涼島嶼。蒼穹垂落到遠處的海際線上，白色的泡沫彷彿自海天之間冒出來，因遠了而不覺澎湃，看不見浪峰。只見一道白線重複地從遠方滾過來，散盡了，再滾來。

小小的船漂在這片鬱藍大海中央。

俺家的船！伊等來接俺了！此人忽地臉現喜色，此時連英語都不講了。

俺等就係南中國海的曹家幫，伊風流恙久，我只是等時候教訓教訓伊。順便帶走呢紅毛鬼唔知做乜鬼的兵乓。今下呢隻球就係俺慨。

這海盜說罷仰天長笑。

他輕輕拉動垂下的繩索，稍微打開氣球頂上那片洩氣小蓋，熄了小碳匣的火。氣球下沉，眼看就近海面不到一百公尺了。

那真是一艘夠醜的船。破爛、殘舊，堆滿了各種破銅爛鐵，上頭黑壓壓的，有男有女，不像貨船，也不太像漁船。

菊子想起各種海盜殘酷無情的傳聞，不由得毛骨悚然。那船近了，船上有人高聲叫喊，這強盜立刻回應，船上的人就往高處拋出一條麻繩，那麻繩帶個鬼爪鉤，在空中霍霍揮耍，好幾次眼看就要搭上吊籃。

乘著這強盜分心不留意，菊子就偷偷把一個沙袋丟出去，又把碳匣也點燃了。氣球猛然升高。船上的人冷不防有此變化，都大嚷大叫起來。

聲音漸漸遠了。

「臭尻！」

風吹來，氣球浮浮盪盪。但它現在沒有之前那麼高了。不一會兒它又飄回山打根城市上空，窄巷之中，軍隊四處奔竄，不時朝他們射擊，槍械閃光明晰可見。

我看你就等著吊死。菊子說。

沒那麼容易，這流氓說，又再點火。下午東北風比較強。

你還真懂。菊子說。

夢贛（註❾）！我一出生就是走船的！那死老頭根本就不認識妳。如果抓到，妳算是海盜同黨，回去也會死。這流氓說。

註❾ 海南話，罵人的粗話，笨蛋，傻瓜。

噢大末嘔咖心，菊子說。走開！

這裡這麼小，沒得走開。妳幹麼要放沙袋？

菊子想弄熄氣球下方的火。他們再度扭在一起，似乎恨不得撕裂對方。菊子感到這場扭打好像也在抱緊自己。太陽很亮，一圈彩暈掠過眼前，使得這個海盜虛幻不實，他像夢似的。有時候，菊子覺得看不見他，彷彿吊籃裡只剩自己一個人。有時候，轉個圈，彩暈消失，影子深濃，便可以再看見他，然而，她不禁有點懷疑——這是幻覺嗎？他到底是誰呢？

菊子咬他一口。他痛死大叫，甩來一巴掌。這就喚醒了菊子，本來、本來？她想要——感激，幸福，愛——愛人和被愛，抱人與擁抱，一種喜悅、平靜的圓滿。

當吊籃搖晃時，繩索與籃的嵌線變得錯亂。然而它依然浮著，命就懸在一束繩索之下。黃昏夕照時，它航入了天際間的雲海，雲海裡飄蕩浮島，風把島從遠方送來，好像整個天上也是碧藍的大海。萬頃海浪把一叢叢海島拍向岸，到得近岸時又被浪推遠，而遼遠的海浪又持續把島推送過去。就這樣，島一直不能靠岸但也不能遠離。它在一段漫長的時間裡重複著忽遠忽近的韻律。

菊子知道無殼身體會變成什麼了。它會冒泡，變成雲，最後變成煙。至於其他那些長殼和堅硬的身體，也遲早會變成煙。

地平線滴溜溜地畫了巨大的圓圈，斜陽使森林紅如流火。

東北風來了，把他們吹向大海。也許熱空氣開始不足，也或許因為這是十月，有時它悠悠地飄，有時像個舞孃那樣激烈地抖。他們乘坐的籐籃在離地兩百多公尺高處，浮上浮下，在海岸與陸地之間抖來抖去。當氣球往下跌時，突如其來的下跌總是讓人懼怕：那一瞬間彷彿自己已經不在，從高空墜下，直衝向海。繩索底下彷彿只剩空氣。

直到跌勢停頓，球再回升。

菊子感到自己又沉重起來，這海賊也很重。他的骨頭、膝蓋、肩膀，每個關節都不客氣地與自己的骨頭、乳房、肩膀、腰、屁股、大腿碰撞擠壓。這很疼，但每一次的碰觸都使她渴望下一次的。

菊子的肩膀一抖一抖地，從頭到腳像打蛋的牛奶與麵糰那樣冒泡。

也許因為不斷抽搐，腹部痛得厲害，無法遏制，這真是糟糕，但就算馬上會死，她也必須現在——立刻——

好髒！

怪你家的髒水，老娘肚子痛。什麼賊竟然笨得連一個女傭也不留！

還留！早知道應該送咯隻管家入豬欄，讓豬將伊的卵幹進肛門去——。

也總該留一個來燒飯煮水。

有啊，俺留了整家人，一日一隻，用完一隻殺一隻，前咯日死派光光，昨日慘到無人服侍，——臭死，妳唔得等死派再大？

稀粥一樣的糞便滴滴答答地從籐籃往下掉，落向——其實也不知被風吹向哪裡。所幸雨來了，千針萬線地越過蒼天碧海。氣球猛然下降，海濤似乎近得就要捲走籐籃，忽爾這落勢又停了，這姓曹的海盜以他機敏的反應——此時他的假鼻、鬍子，已被大雨沖得七零八落，就像一張撕裂拼湊的臉孔，只在下巴露出點乾乾淨淨的——飛快地拋掉了兩個沙包。往碳匣加了燃氣，氣球像爬山那樣斜斜地攀升，剛好來得及避開一艘劈浪駛來的大船。

菊子擦掉眼眉上的雨水，把那船號看得清清楚楚，以片假名寫著，馬尼拉丸。

主啊。在大雨中，菊子心裡又燃起熱顫顫的希望：我祈求祢。

他在嗎？

由於下著大雨，甲板上一片潮濕。氣球低低地飛過船舷，幾乎快要停在甲板上了。這是風向、海流與氣流難以預料的十月。氣球緩慢地越過雨花四濺的甲板。那隆起的駕駛室，散發蒸汽的煙囪，如果位置剛好，後者稍微可以烘乾籐籃底下的濕氣，甚至也可能把氣球再往上推高些。船上那些沒錢買艙票的旅客，和一些工作的水手，眼看著那像鯨魚一樣航過頭頂的陰影，似乎行將壓下，在傾盆大雨中，發出海浪一樣的叫聲。

——原載《短篇小說》二〇一四年二月號，第十一期

本文收錄於二〇一四年七月出版《湖面如鏡》（寶瓶文化）

事件

童偉格

一九七七年生，新北市人。臺大外文系畢業，臺北藝術大學戲劇碩士。著有散文集《童話故事》、長篇小說《西北雨》等。

楊雅棠　攝影

每年春末這周日，濱海公路會跑起國際馬拉松，千萬條腿歡快撒開，沿海望不見岸。午飯時刻剛過不久，或至遲不過傍晚，陳的爺爺必會拖著偌大旅行袋，轟隆隆從公路拐彎，殺上山坡，來到陳的家。每年此日，陳就特意坐門口，等候一身熱汗的他抵達。爺爺當然不是去跑馬拉松，只是和老人會朋友們，一同騎車去起點，那處觀光飯店大廣場集合。等到大隊跑離良久，不見人了，他們才騎車出發，慢慢沿海，聊天晃蕩，一站過一補給站，去討取未發完的瓶裝水，香蕉，小番茄，或一口裝巧克力。爺爺將討得的，塞進萬年旅行袋，而後就騎著車，通北海親友，一家家分送。多年以來，這是爺爺一人的馬拉松。陳的母親，素來看不慣爺爺「乞食性」，總要說些難聽話，從前是背後喃喃，晚近幾年則都當面罵了，即便她男友在場時亦如是。從前幾年，爺爺都會車停妥，行李袋拖進屋，一件件掏東西，久坐長聊。晚近，爺爺也就都不進屋了，車也不熄火，匆匆交代了東西就走。所以，陳更得專程等候了。陳知道，每年馬拉松，都是六點半準時起跑，而爺爺和朋友們，總約定七點整，齊聚大廣場，每年皆如此。但年復一年，陳還是要問，爺爺都是幾點起身，幾點去等的，老人會朋友們，都有些什麼人啊，今年是不是，又是非洲黑人跑贏了啊。爺爺一路溫吞押後，要聊要討，要拿要裝，當然不太可能知道都誰跑贏了。但問這些場景，會讓爺爺開心，很有話講。爺爺講著開心，不知不覺也就將車熄火，跨坐其上，孩子般興高采烈往下編。陳應和著，也開心，就站在家門口與爺爺瞎攪和。陳總想著若有一年，能再將爺爺哄進屋裡坐，那陳也算及時成材，會聽也會說人話了。

但今年陳仍然失敗，爺爺講完，再轟隆隆發動車，就下坡走了。陳提著爺爺分裝給他的垃圾袋，走到自家巷尾，下望坡底，試圖分辨濱海公路上流動身影，哪個才是遠去的爺爺。公路滿布細碎紙片，馬拉松大隊真散了，陳看那條星散路上，爺爺說還要一人再去的地方，看必定比開跑時刻還早起許多的他，所再度過的尋常一日。早起日常，數公里外，爺爺推奶奶進廳，開電視給她看，去小灶生火煮粥，炒菜，開醬罐，與奶奶配電視囫圇吃了。還有時間，爺爺去巡第一回菜田，再回來收拾，而後爺爺就離家，前去馬拉松。而現在，爺爺要去廟街訪友。爺爺說，廟街那些商家老友都歡迎他去，因為他一來，就不知為何總帶來生意，所以都喜歡他去聊天。爺爺的話，當然是不能盡信的。

多年以前，那條濱海路開始拓寬，熟門熟路的爺爺，一人如常，如今日那般騎車晃蕩。飛蟲一樣，爺爺被彼時新立的電線桿頂上，那長列在正午時分仍不暗去的全新水銀燈所惑。像同時看見千百個太陽，爺爺失神陷坑，摔車，整個人真的騰空飛起，再重重摔落，被送進了彼時亦是新起的署立醫院臨海分院。陳去探望爺爺，盡力和緩爺爺在生活了一輩子的地頭上，再度騰飛成陌生人的恐慌。一段時日後，陳接爺爺出院，回爺爺家，野放爺爺進他所僅剩的荒原。爺爺曾有過的一小畝山田，在陳童年伊時，就被徵收為葬地了。在陳成長的年歲裡，爺爺成為違法的農夫：在葬地坡底，邊緣，任何可能的畸零地上，爺爺都勤勉闢出菜田，菜田錯錯落落，園籬高高低低，具體看來，就像那條讓爺爺騰空重摔的星散道路。但在這一切之中，爺爺顯得開心，看見上方，在陽光下閃著金光的骨塔，以及沿坡而來，一長串正對爺爺家，方方正正皆反著光的死者永息地，爺爺也開心。借光借光，爺爺說，現在整個白天，家裡都不必點燈了。

爺爺總是愛說笑，爺爺大約並不記得，是因為那樣的他，才讓陳成為現在的陳的。陳沒什麼正當才能，最天賦異稟的，就是身材一般，長相大眾，絕難讓人記得，就像傳說中的那種空氣人：同班三年的同學，從入學到畢業，每天都來跟陳講同一則笑話。這助益他，在十多歲，還在中學就讀時，就自我鍛鍊，成了慣竊。

後來，陳當然默默戒了這慣習。戒是戒了，但彷彿神對稟異之人的天譴永存，那在青春期時養成的生理時鐘，陳卻一生難再調整了。所以，到了三十多歲，陳仍然每天晝伏夜出，開著貨車，在濱海一線，值著為各處商店補貨的大夜班。像在贖自己未成年時的罪錯，又像只是已為個人年輕時的衝勁，另找到一種汙名盡去的替代形式，陳駕著公司借他的車，車裡滿載不屬於他的財貨，在一條全新的兒時路上奔馳。陳自認，是個沒有故事可講的尋常人。

因為成事不說：過往既已默默戒斷，最好也不要在記憶裡一一清點了。也因為他知道自己是不會變了：無論到了四十歲，五十歲，甚至是六十歲，像爺爺對個人最後命運的知曉，只要世界允許，陳個人是極樂意，一輩子去值這大夜班，去跑這一人馬拉松的。雖然，世界允不允許這濱海一線，將來還有店有人，有大眾一般歡快的爺爺與陳，陳並不知道。但這，就不是他有能力去臆測的了。雖則自認無故事可講，但像一切尋常人，陳偶爾還是會回想自己，這所謂的現實人生的。這說來困難，只因似乎，在他一生中，在夢境裡奔走的感知，比在光天化日下晃遊的，對他而言，要來得具體與確切許多。更多時候，他會深記的，是某種接近閉眼的感知，或者，某種全身涵容他，卻並無景深，亦缺乏變化的不知冷熱。這使得他所最懷念的，比之其他同場記憶的人，總顯得像是同一場空洞而靜止的夢。一場只能由他一人，獨自去夢著的夢。一場像他本人一樣日照不足的夢。或者，還是妻說得簡單明瞭：他就是個莫名其妙的人。

如妻所言，陳不善記事。但其實，他很想念那些莫名其妙的凌晨，在一夜配送工作完結後，他回公司倉庫，還了車，獨自走過一段濱海路，去向妻，彼時女友的租屋處。彼時，濱海路還在拓寬，事實上，彼時的整片海岸，正又一次全場動員，改造自己，去提早適應對他而言，更將悠遠的遷離或迫近。

所以他，只能揚長走過這些為將來特設的碎石，像太空人，走在只有他自己能肉眼看見的光年裡。像一個人，走過這必將無人聞問的，將來的基底。他看左近更底，那被廢棄更久的海，如實更像時間的廢棄場，以無盡暗湧，襯托濱海路的新護欄，與護欄邊，一排新立電線桿。那排讓爺爺失神騰飛的電線桿。彼時，它們仍然新穎而強健，仍像剛蹦蹦跳出預鑄廠，還未串連好內在時鐘，尚不知倦勤，頂上水銀燈，似乎真不打算再暗下了。這樣一人的清晨時冷時熱，但其實，或冷或熱，皆像被一自外於季節的豪奢通道，給隔離於光的拱照外了。那線碎石路沒有飛蟲，連海風都罕入，當他抬頭望天，只看見蛋清色的曖昧。那讓他所置身的地方，像那線碎石路所指向的，遠方最遠的將來，也像是沒有人可能想起的，生活最初被一一指配的密室之殼。但當然，他所置身的地方，仍又只是一處不屬於他的場所罷了。彼時的他，只是走在無人晨光裡，在這片全島境內電壓最強的地帶，走在一線未及鋪上瀝青，被照得光影不生的碎石路上，像一個過於富有，於是終不知將要竊取什麼的賊。

他有時，會想告訴妻這件事，說明對自己而言，所有這些並非全無意義：彼時，疲累將眠的自己，像每日輕輕走過這同一場預鑄的，不知如何與他人串連的夢。他記得的只是，當他轉進那條小巷與濱海路新造的接點，他一時就能置身於她租屋處的騎樓下，將要平安抵達了。

他用掛在脖子上，她交給他，讓他省事些的一串備鑰，弓著身，慢慢扭開小巷裡，兩店面間夾藏的鐵門，用最大力氣輕輕推門，絕不發出任何聲響。兩邊店面皆沉睡，店面鐵捲門皆密實拉下，絲毫未被他驚擾，一如那條預鑄向未來的碎石路，以及它能指向的最遠或最初。當他獨自一人，他像只是在寂靜巨大的表面張力底，一路上，緊緊抓取一條細絲，撐延它，帶著它一同旋身，進入黝暗的樓梯間。一輕輕將門闔回，他就將那一路世界阻擋於外，置身在有她在內的若有人跡裡了。他轉身，重新布散自己所奮然抓撐的一絲寂靜，像展披一件防護衣，低頭，用一種極其悄然的方式，定定爬上樓梯。一步一步，這些接續向她的步伐，總像一落定就將自身重量吸回，一步一步迅成既逝。這迅捷的既逝，就是他夢境遊魂般無盡綿延向她的在場了。他其實毫不想念自己這樣未竟的在場。他只是慶幸著，悄無聲息，絕不驚起他人知覺，仍是他這輩子擁有過的，看不見他的他人，最無可想像的專業技藝了。因為他人，恐怕連彼時的她亦無可想像的是，他正是憑藉著這項技藝，才能在那些清晨，爬上樓梯，旋開一道門，走過屋裡一條甬道，再旋開一道門，走進一間有她在內的房間，在那些清晨，真正安抵她身邊。

他需要這般保持安靜，當然因為這樓層的甬道兩面，錯錯落落以木板隔出的房間裡，每一間，都住著一名護士，如她一樣：隨新起的署立醫院臨海分院，這些護士們如她前來，偶然落居這些木板房。護士需要輪班，所以上午，下午，晚上都有人在睡覺。所以保持整樓層的安靜，成了格外要緊的事。因此整樓層確也總是安安靜靜的，所有在的人，都像貓那樣待在自己房間裡，絕無多餘的交談。

他猜想，她們只是如他，將那一路世界拖曳進這居所了，使得這居所，具體就像她們日日要前往的病房。他也只是就能力所及，將她們需要的安靜保持得更純粹，不因他的走入而稍有僭越。彼時他尚年輕，不知道這樣將無人提記的純粹，在時間中將顯得毫無意義，事實上，他只是感激所有這些在他眼前的，偶然的錯落。所有這些，整北海地帶以其動搖地貌的全場動員，無比豪奢將她帶到他面前的，一切一切，所有這些他無法想像，也無能臆測的過去與未來。他們都太微小了，在這隨時巨變的，未來與過去亂數相參的一路世界裡。所以，當他毫無意義地小心，終於再次潛入她所在的房間，發現在那僅容一床，一桌，一櫃的木造斗室裡，她依舊縮在一角，安安穩穩地熟睡時，他感謝這斗室的細微，彷彿一切亂數，皆不屑於去擾動它。他把一路上撿的紀念品放在她桌上：滑稽的雜貨店小玩偶，或好看的小碎石，那些恐怕比他更能確切永存的紀念品。他輕輕躺下，擁抱她。她和好地，如他，以一種閉眼的全身感知迎接他，無比溫柔地，與他分享睡眠，彷彿那其中真有一個場域，那個微小的他們，永遠只能指稱為夢的東西，真能容受他們各自的疲累，或像他這樣一名終不知自己將要竊取什麼的賊，專業技藝在保持沉默的賊，無從裝進一個故事裡，去對她妥善說明的種種原委。

這時的世界，也就真正令人安心地寂靜了，對他而言。在這氣窗面對一無風景之對牆的斗室，在一切深眠的吸息之中。彼時的他，且也不再為這樣一種龐大的亂數而震顫：彷彿這整座新起的病院，這麼多入院者的苦疾，只是為了成就她和他。彼時的他，格外明晰地知道，這誠然是誇張的妄念罷了。事實上，以其失神，騰飛與傷痛去成就他們的，只是他爺爺。

爺爺總是愛說笑，永遠將他人冷待，或命運對己的吝惜，編派進過於和暖的笑談裡。很久以前，陳猜想，爺爺大概，也只能如此看待這樣一個世界了：爺爺像是一個世界全景破碎後，最後倖存的那人，這些星散田野，這些節氣般恆定的一人馬拉松行旅，支撐他在浮冰上的最後一段年歲。很久以後，他明白，那也只是一切人間常態罷了：他們這些瑣地邊緣的殘餘人等，只是學著，很艱難地將儀禮重拾起，經過種種磨難，他們頑愚如昔，仍在學習著，該如何和彼此相處。很久以後，他猜想，善於寬諒的爺爺大概真不記得了，其實正是爺爺，讓他戒除偷竊癖的。十多歲時之於陳，是一段混亂年歲。那時，他是一名刻意失風的慣竊，在各個商店偷東西，被送進各處警局，要他母親前來，一次次將他領回。走上那片坡地，走回那幢亡父的居所後，總會有男人在屋裡等他。那些母親的男友們。這些男友有的望遠不干涉，有的就抽皮帶衣架，練習像名嚴父那樣教訓他。他且繼續偷竊，被捕，繼續要母親前來，一次次將他領回。直到有一回，那樣強悍的母親，大概真疲累了，放棄他，不再來領回他了。他在警局坐到深夜，就聽到轟隆隆機車聲。爺爺來了。爺爺來領他回去，收容他在爺爺家一夜。

第二天清早，爺爺說，要帶他去拜土地公。他們穿過所有那些星散田野，在葬地深處，找到一間小小的土地公廟。爺爺要他點香，跪拜土地公，他無言照做了。他起身。爺爺說，看見什麼了。土地公，他說。爺爺說，你再看仔細，土地公前面有什麼。他俯身去看，才發現土地公像，被隔絕在一片帶鎖的玻璃活門後，神像的基座，則被牢牢焊死在神龕上。你看，連土地公都怕賊偷呢，爺爺對他說，你不要做那種連土地公都害怕的人。

母親和男友出門，牽機車，要去大飯店的餐廳工作了。母親走到巷底，靠近他，看清他手上拿什麼，正從垃圾袋裡掏吃的是什麼。母親看著他，罵了兩句，就轉身走了。他笑笑，也準備騎車出門，離開這幢終無人跡的房舍，去醫院接妻，而後，在他上班前，他們猶有時間，去一趟爺爺家。今年和過往非常多年一樣，爺爺晃蕩晚了，像真有那麼多朋友，歡迎他去久坐。他們抵達時，天將黑了。他們進屋，點燈，喚醒電視機前的奶奶。奶奶坐輪椅上，在光影間看見手牽手的他們，像初次相見，又像看見久違的客人，那樣溫溫潤潤對他們笑了。

——原載《短篇小說》二〇一四年二月號，第十一期

妖精／斷層

王定國

一九五五年生，彰化鹿港人，定居臺中。十七歲開始寫作，三十歲前曾獲全國大專小說首獎、時報文學獎、聯合報小說獎。短期任職臺中地檢處書記官、臺灣新文學雜誌社長，長期投身建築。早期著有散文集《隔水問相思》、《企業家沒有家》、《憂國：臺灣巨變一百天》，小說集《離鄉遺事》、《我是你的憂鬱》、《宣讀之日》、《沙戲》。二〇一一年秋季，小說復筆，著有《那麼熱，那麼冷》、《誰在暗中眨眼睛》，連獲臺北國際書展大獎、亞洲週刊華文世界十大好書、連續兩屆中國時報開卷十大好書。

妖精

到底不是真心想去的地方，車子進入縣道後忽然顛簸起來。

他們的心思大概是超重了。從後照鏡看到的兩張臉，可以想像內心還在煎熬，處境各自不同，連坐姿也分開兩邊：一個用他細長的眼睛盯著後退的街景，彷彿此生再也不能回頭；一個則是雙手抱胸挺著肩膀，像個辛酸女人等待苦盡甘來，一臉熱切地張望著前方。

我載著這樣的父母親。途中雖然有些交談，負責答腔的卻是我，時不時回頭嗯喔幾聲，否則他們彼此間無聊的斷句難以連結。他們都還小。就生理特徵來說，要到垂老的腦袋覆蓋著一頭銀髮，那時的坐姿也許才會鬆緊一致，然後偎在午後的慵懶中看著地面發呆。人的一生除非活得夠老，漸漸失去愛與恨，不然就像他們這樣了。

我們要去探望多年來母親口中的妖精。

那個女人的姊姊突然打電話來，母親不吭聲就把話筒擱下，繃著臉遞給我聽，自己守在旁邊戒備著。

「唉，真的是很不得已才這麼厚臉皮，以前讓你們困擾了，真對不起啊。但是能不能……，我人在美國，這邊下大雪啊，聽說你們那邊也是連續寒流，可是怎麼辦，我妹妹……」

我還在清理頭緒的時候，她卻又耐不住，很快搶走了話筒。

「阿妳要怎樣，什麼事，妳直說好了。」

對方也許又重複著一段客套話，她虎虎地聽著，隨時準備出擊的眼神中有我曾經見過的哀愁，那些數不清的夜晚她一直都是這樣把自己折磨著。

後來她減弱了，我說的是她的戒心。像一頭怒犬慢慢發覺來者良善，她開始溫婉地嗯著，嗯，嗯，嗯，是啊全世界都很冷，嗯。天氣讓她們徘徊了幾分鐘後，母親彷彿聽見人世間的某種奧祕，她的回應突然加速，有點結巴，卻又忍不住插嘴：「什麼，妳說什麼，安養院，她住進安養院……」

然後，那長期泡在一股悲怨中的臉孔終於鬆開了，長長地舒嘆了一口氣，整個屋子飄起了她愉悅的迴音：「是這樣啊……」

掛上電話後，她進去廁所待了很久，出來時塞滿了鼻音，一個人來回踱在客廳裡，那時接近中午，她說：「我還要想一下，你自己去外面吃吧，這件事暫時不要說出去。」

所謂說出去的對象，當然指的是她還在怨恨中的男人。

他是在跑業務的歲月搭上那女人而束手就擒的。他比一般幸運者提早接觸心靈的懲罰，或者說他自願從此遁入一個惡人的靈修，有空就擦地板，睡覺時分房，在家走動都用腳尖，隨時一副畏罪者的羞慚，吃東西從來沒有發出嚼動的聲音。

午飯後我從外面回來時，客廳的音樂已經流進廚房，水槽與料理臺間不斷哼唱著她跟不上的節拍。她突然發現自己才是真正的女人吧，那種勝利者的喜悅似乎一時難以拿捏，釋放得有些生澀，苦苦地笑著，大概是忍住了。

父親回來後還不知道家有喜事，他一樣把快退休的公事包拿進書房，出來準備吃飯時，才知道桌上多了三樣菜和一盤提早削好的水果。在他細長的鳥眼中，這些東西如夢如幻卻又無比真實，他以謹慎的指尖托住碗底，持筷的右手卻不敢遠行，只能就著面前的一截魚尾細細挑挾。如此反覆來去，愈吃愈覺得不對勁，眼看一碗白飯已經見底，他只好輕輕擱下碗筷，不敢喝湯，像個借宿的客人急著想要躲回他的書房。

「漢忠，多吃一點。」母親說。她滑動轉盤，獅子頭到了他面前。

我沒聽錯，多年來這是第一次，母親總算叫出他的名字，那麼親暱卻又陌生，像一桶滾水倒進冰壺裡，響起令人吃驚的碎裂之音。她過去多少煎熬，此刻似乎忘得乾乾淨淨，沙啞的喉嚨也痊癒了，一出聲就是柔軟的細語。

當然，他是嚇壞了。但他表現得很好，除了稀疏的睫毛微微閃跳，我看不出他作為一個懦弱的男人，在這樣的瞬間還有什麼可以挑剔的。他把魚尾吃淨後，聽了她詭異的暗示，果然暫且不敢提前離席，委婉地挾起盤邊的一截青蔥，等著從她嘴裡聽出什麼佳音。

我聽見他激動的門牙把那截青蔥切斷了。

漢忠，還有獅子頭呢。我心裡說。

她的笑意宛如臉上爬滿的細紋，一桌子菜被她多年不見的慈顏盤據著，為了這些料理她耗盡一整個下午，我懷疑要是沒有那通電話，這些菜料不知道躲在什麼鬼地方。他們之間的恩怨讓這個家長期泡在冰櫃裡，多年前我接到兵單時，妖精事件剛爆發，家裡的聲音全都是她的控訴，男人在那種時刻通常不敢吭聲，沒想到時日一久，他卻變成這樣的父親了。

青蔥吞了進去，她的下文卻還沒出來，他只好起身添上第二碗。平常他的飯量極小，別人的一餐可以餵他兩頓，此刻若不是心存僥倖，應該不至於想要硬撐。顯然他是有所期待的，畢竟眼前的巨變確實令人傻眼。

但是別傻了，漢忠。什麼苦都吃過了，還稀罕什麼驚喜嗎，回房去吧，不然她就要開口了，除非你真的想聽，你聽了不要難過就好……

菜盤轉過來一隻完整的土雞，還有煎炸的海鮮餅，還有一大碗湯。

果然，她鄭重宣布了：那通電話，那個妖精，那安養院的八人房……

「聽說她失智了。」她舉起了脖子，非常驕傲地揚聲說。

我看見那顆獅子頭忽然塞進他嘴裡，撐得兩眼鼓脹，嘴角滴出油來。

「聽說一件冬天的衣服都沒有，我們去看看她吧。」母親說。

棉襖、長襪、毛線帽和暖暖包，一袋袋採購來的禦寒用品堆在我的駕駛座旁。一切都由她作主，昨晚那頓飯吃完她就出門了，聽說買這些東西一點都不費力，憑她當年抓姦的匆匆照面，那兩條光溜溜的肉體如今還在眼前，想也知道那妖精的胖瘦原形，肩寬腰圍一概來自那段傷心記憶，不像她自己買一支眉筆要挑老半天。

一大早督促父親向學校請了假，接著說走就走，顯然是為了親眼目睹一個悲劇才能安心。她昨晚應該睡得不好，出門時還是一雙紅腫的眼睛，遲來的勝利使她亂了方寸，不像他吃了敗仗後投降繳械反而安定下來。

我覺得她並沒有贏。那女人是被自己的腦袋打敗的，何況那也只是記憶的混亂，說不定從此可以忘掉愛的紛擾。失智不過就是蒼天廢人武功，把一個人帶回童年的荒野，任她風吹雨淋，化成可愛精靈，再回來度過一段無知的餘生。反倒是她這個受害者還走在坎坷路上，若不是慷慨準備了一堆過冬衣物，簡直就像是押著一個男盜要來指認當年的女娼。

安養院入口有個櫃檯，父親先去辦理登記，接待員開始拿起對講機找人。我們來到一排房子的穿廊中等待，一個照護媽媽從樓層裡跑出來，邊說邊轉頭尋著建築物的角落，「奇怪啊，剛剛還在的呀。」

母親四下張望著，廊外的花園迴灌著風，枯黃的大草地空無一人。

「喔，在那裡啦，哎喲大姊，天氣那麼冷……」

隨著跑過去的身影，偏角有棵老樹颯颯地叫著，一個女人光著腳在那裡跳舞，遠遠看去的短髮一叢斑灰，單薄的罩衫隨風削出了纖細的肩脊。

父親跟上去了，他取出袋子裡的大襖，打開了拉鏈攤在空中，好似等著一隻鴨子走進來。那幾個乏味的舞步停曳下來時，她朝他看了很久，彷彿面對一件非常久遠的失物，慢慢搖起一張恍惚的臉。

靜靜看著這一幕的母親，轉頭瞧我一眼，幽幽笑著，「妖精也會老。」

那件棉襖是太大了，他從後面替她披上時，禁不住一個觸電般的轉身，左肩很快又鬆溜出來，整條袖子垂到地上。

她跟著他來到穿廊，眼睛看著外面，臉上確有掩不住的風霜。但我說不出來，她身上似乎有著什麼；還有著時間過後的殘留吧，那是一股還沒褪盡的韻味，隱約藏在眉眼之間，想像得出她年輕時應該很美，或許就因為這份美才擄獲了一個混蛋吧，怎麼知道後來會這樣一無所有。

父親難免感傷起來，鼻頭一緊，簡單的介紹詞省略掉了。幾個人無言地站在風中，母親只顧盯著對方，從頭看到腳，再回到臉上，白白的瘦瘦的臉上依然沒有任何表情浮現出來。

「有沒有想起來，我們見過面了。」母親試探著說。

面對一張毫無回應的臉，在母親看來不知是喜是悲，也許本來都想好了，譬如她要宣洩的怨恨，她無端承受的傷痕要趁這個機會排解，沒想到對手太弱了。她把手絹收進皮包，哼著鼻音走出了廊外。

我們要離開的時候，那女人不再跟隨，她總算把手穿進了袖口，牢牢地提上拉鏈，然後慢慢走進旁邊的屋舍中。然而當我把車調頭回來時，這一瞬間我卻看到了，她忽然停下了腳步，悄悄掩在一處無人的屋角，那兩隻眼睛因著想要凝望而變得異常瑩亮，偷偷朝著我們的車窗直視過來。

長期處在荒村般的孤寂世界裡，才有那樣一雙專注的眼神吧。

我想，父親是錯過了；倘若我們生命中都有一個值得深愛的人。

——原載二〇一四年三月十九日《中國時報》副刊

本文收錄於二〇一四年十月《誰在暗中眨眼睛》（印刻）

在這荒丘野嶺，若有人前來祭墳，車子會在一陣急喘中掩入林蔭，時而冒出陡彎的坡間，然後泊在下面的三角公園，沿著唯一的狹道徒步上山。

或是鷹隼的叫聲有異，青年也聽得出來，他從高丘往下眺望，果然看見又一個邊走邊擦汗的身影。來者若是他的雇主，他便跳下去揮手，把那失焦的視線安頓在這片荒塚中，然後帶著對方踏上錯雜相連的墳路，很快就能來到獻祭的墳前。

「你看，只要草皮綿密起來，雜草就沒有放肆的空間了。」

說完，他點閱自己的成績告訴對方：墳頭的水道通暢，焚紙爐沒有殘餘去年的香灰，碑文的字跡也經他不斷擦拭後彷彿甦醒過來，小小的庭地在滿山亂墳間呈現著罕見的莊嚴。

這樣，以年計價的收費也便宜得驚人。富豪大塚一萬五，寒涼小丘僅算八千，只要清明前後預繳，隔年上墳就可以驗收。且若主人平日要來祭花，哪怕是天天上墳，也保證看得到綠草如茵，若發現衰草不興，或者芒草如林，他一概負責謝罪還錢。

聽得心動者不少，暗自替他算計，如果一年看二十個墳，也夠用了。

「十門左右，先生。」他欠身說：「死了就不值錢了。在世的通常都是清明節才帶著一把鐮刀來，看到東西就亂揮亂砍，雜草垃圾全部丟在別人的墳頭上，上完香緊接著燒紙錢，拜品收一收就趕快溜掉了。」

也有人這麼回答，「不過，活著的人也很苦啊。」

「所以我還要兼差，先生如果家裡的庭院缺人維護，也可以找我，噴藥施肥全包，剪枝造型我都沒有問題。」

「庭院喔，坦白說我連多養一隻狗都有困難。」

「沒關係，難說你不會成為大老闆。你看我的腳，大地震把我壓斷了還站在這裡，我比父母親和我哥哥幸運多了，」他遞出皺灰的名片說：「有機會的話請多幫忙介紹，我會特別優待……」

對方納悶著問：「你怎麼只寫電話，連名字都沒有？」

「叫我小李就可以，我不會拿了錢就跑，只是暫時還不需要名字。」

若是閒聊的人還沒走，青年也不想耽擱，他把工具綁上機車後架，繞到墓區外圍的岔路，對準了車頭便往下俯衝，很快就穿過他家前面的一江橋。

橋邊沿線都是車籠埔斷層帶的夢魘區，他就住在齲齒般的殘缺巷弄裡。

這時兩個侄子放學回來了，已經把他們的媽媽扶起來坐在床緣。

時間總是被他拿捏得非常準確。他開始洗菜備料，半個小時後就能完成簡單的晚餐，然後他去把嫂嫂抱上輪椅，她那因為半癱而羞愧無言的歉意，剛好也在這個瞬間來到他的眼前。

一九九九年深夜，沉睡的地牛翻身時毫無預警，先是埋藏深土下方的石塊相互撞擊，他因而聽見了山間傳來哭泣般的空鳴，緊接著岩塊從山巔崩落，地上的水泥梁柱應聲腰斬，房子最後才跟著倒下，像一群被處決的戰犯失血殆盡後，下意識裡找不到自己的膝蓋才跪倒下來。

他醒來後成為家中唯一的生還者，新婚妻子不算，她在那場集體舉行的鄉葬之後，攔了一部順路的工兵車逃回娘家了。

他在物資分配站拿了兩瓶水，一瓶沿路喝到大橋後方的冬瓜山，一瓶放在他父母和哥哥的墳前。幫人看墳也是那時候才開始，因為不必過度用到腳，蠻力只用在劈草的鐮刀，兩個月後他發現自己還有餘力，才把哥哥的遺孀和兩個幼兒接濟過來。

妻子回來看過他，除了離婚協議書，帶來了兩隻土雞和她父親剛收成的稻米。她一直看著他的斷腿發呆，好似期待他的褲管已經長肉回來。但他還是對她充滿感激，因為沒有太快生出小孩，否則那天晚上也跟著安息了。

看墳是他唯一的收入。除草後的空檔裡，他就會徘徊在冬瓜山巒的兩邊，一邊看去是臺中大都會的高樓遠景，回頭另一邊則是自己所居的太平鄉界，他就站在斷層帶的邊緣，這道彷如噩夢的鴻溝一路往東蔓延，戳穿了東勢、霧峰、草屯、集集這些鄉鎮而留下了慘痛的傷痕。

鄰人都誇他善良，沒有跟著妻子逃離，反而留下來照顧殘破的家鄉。

他不想聽到那樣的讚美，因為自己最清楚，其實心裡無時無刻都想離開。他沒有讀過什麼書，卻自認擁有生意頭腦，也一直希望賺到很多錢，有了錢就能自由自在，人不就是為了享有那種自由才勤奮工作的嗎？

如果看墓又能兼做生意，那應該就是這輩子最好的出路了。

他想到的念頭就是從山巒往西看去的那座城區，還專程勘查過一次，那地方空氣舒爽，人行道像森林小徑，每棵樹都穿著矮仙丹叢繞的圍裙，四處彌漫著多重花香，連天上的雲彩都像電影裡的經典畫面那樣驚豔動人。

他向朋友借來一部小貨車，上面擺滿了田間批來的迷你盆栽，櫸木、槭樹和針柏之類的樣樣都有。生意就這樣開始了，這種綠色玩物儘管有人嫌貴，也有人抱怨養不久，但只要繞進臺中七期所謂的新市政中心，那些豪宅人家出手都不講價，有的只派個女傭出來挑貨，像買幾顆水果那樣隨意自然。

小貨車雖然停在隱蔽的街角，路過的警察還是猛開了幾次罰單。

「你要擺在總統府都隨你，就是不能出現在這種地方。」

他只好隨時坐在駕駛座上，把車頂帆布掀到底，盆栽鋪在後面的板架上，保持著引擎不熄火，盡量放慢速度，想走又像留戀，慢慢穿梭在禁城般的街巷裡。

這時他才相信，那些帝王般的宅邸不是只有電視上才能仰望，竟然一幢幢如夢如幻地出現在他眼前。像煙火沖天的高樓巨廈就不用說了，光是巷弄裡那些別墅就像人家說的高潮迭起，有的院子進去之後還有院子，有的斜屋頂後面還有斜屋頂，有的門面樓牆全都是黑玻璃，像陰森森的一群黑眼睛，有時糊糊地映出他的小貨車緩緩經過的投影。

有錢真好。他覺得自己穿梭在天堂和地獄之間的兩個世界裡，忙完了墓區的草皮，剩下來的便是他到天堂叫賣盆栽的時間。尤其到處泥濘的雨天寸步難行，他更提早開來了小貨車，穿著剛洗過而且燙得直挺挺的白襯衫，隨時瞄著後照鏡檢查自己的髮型，通常這時候他就會覺得——如同警察說的，這種地方，好像自己也能乾乾淨淨地走進來了。

天際轉陰的午後，雨下不來，四周有一種暗啞的空靜感，老鷹都飛走了，氣氛不尋常的詭異。他把耳朵貼在墳草上，正搜尋著地牛是否翻身的疑訊，突然一部高輪的休旅車從狹道硬闖上來，像一陣亂流攪動了死靜的風，旁邊的竹林跟著騷動起來。

休旅車停在一棵果樹下，兩個女人下來。年輕的拿著皮包，老的戴著太陽眼鏡，她一身銀亮的洋裝在轉身間頻頻射出了閃光。

青年繼續除草，他用的是手動的大草剪，沒有油耗的壓力，剪兩下，要停就停。然而這時真想停下來呢。他偏著頭看去，多希望每個雇主都是這種貴婦，祭的一定都是大墳，花錢也不小氣，像買幾個迷你盆栽那樣隨意自然。

她們挑著好走的穿道上去，出現在另一邊的高丘時，他的視線就被一排雜木擋住了。他拾起大草剪，忖著日頭西移的時間，忽然聽見遠遠的女聲朝他喊過來。

「就是叫你啦。」那個拿皮包的說。

他從丘上橫越過去，拿皮包的望著天空說：「東邊是在哪裡？」

他指著後面一團團凌亂的遠山。

「夫人，那就對了，」她對著貴婦的背影說：「墓碑是東南向。」

「嗯，算命的真準，說他現在很孤單。難怪呀，沒有人幫他掃墓了。」

青年低頭一看，才發現自己站在一個超大的墳圍裡。這裡曾經是他經常路過踩踏之處，乍看只是爬藤蔓草一片荒蕪，沒想到下面躺著一個貴婦正在說的人。

他趕緊跳出雜荒掩沒的磚欄，這時貴婦卻把他叫住了。他感到非常不安，那副墨鏡看不進去，只知道自己的狼狽一直被她盯著，她這種墨鏡臉如果沒有露出表情，看起來實在冷漠得嚇人。幸好她說話了，指著坡下的墳頭說：「那些看起來比較像樣的，都是你整理的嗎？」

他趕緊用力打直了彆扭的左腿，內心充滿了感激。

「明天開始，你就替我看這個墳，把它弄好看一點。」

她招手叫他過去站在身邊，指著山下亮晃晃的城區說：「你告訴我，臺中現在最貴的房子是在哪裡？」

他伸手一指，覺得還不夠真誠，試著想要傾身向前，哪怕下面是垂降的斷崖。然後為了表達由衷的感謝，他的指尖用力在空中緊緊按住了，就像那年捺下離婚印章時那樣地不忍離開。

「嗯，沒錯，我就住在那裡，白天很漂亮，晚上卻跟這裡差不多。你知道嗎，我每天對著玻璃看著外面的街景，就像一個老人那樣，雖然沒有買過你的盆栽，起碼認得你這張臉，這樣你就知道我是怎麼過日子了。」

他帶著她們走下墳丘的時候，平日擅長的語句全都塞在嘴裡，只覺得世界真小啊，真想回頭再仔細瞧瞧她身上的貴氣，然而這時她的聲音已經追下來了，「你把這些雜草全部清理乾淨後，記得把碑文抄下來告訴我，到底是哪個妖精偷偷把他埋在這種鬼地方。」

——原載二〇一四年九月二十二日《自由時報》副刊

本文收錄於二〇一四年十月《誰在暗中眨眼睛》（印刻）

別著花的流淚的大象

——蔡素芬

一九六三年生，歷任《自由時報》撰述委員、自由副刊主編，現任影藝中心副主任，兼林榮三文化公益基金會執行長。主要作品長篇小說《鹽田兒女》三部曲——《鹽田兒女》、《橄欖樹》、《星星都在說話》，及《姐妹書》、《燭光盛宴》；短篇小說集及編選集數本。曾獲多種文學獎項。

小路 攝影

木製柵欄前面擠靠著大人小孩，他們的身體壓在柵欄上，孩子跟大象揮手，希望大象走到柵欄邊，柵欄的內圈還有一層柵欄，這是為了讓大象站在內圈那一層，鼻子伸長出來時，不至於碰到人群。

大象站在飼育所邊，後面是岩壁，大小不等的石塊間，擠挨著細小的草葉，岩上種植的樹木，靠大象這邊的幾乎都禿了，那些樹葉細枝總是一冒出來就被大象的鼻子捲進嘴裡，連樹皮也遭殃。大象不能靠那幾棵樹，光靠那些樹，活不過一周。

他給牠送來食物，八年了，他成為動物園的動物飼育員八年了，他不只餵食牠，在規畫為大型動物區的園區內，大象的左鄰右舍他都要照顧，但被區隔為兩個欄位的大象，他總逗留最久。

他剛把三大捆的樹葉扔進柵欄裡，在近閉園的時刻，這個餵食動作是表演性質。早上還沒開園時，他是將草放在可以供大象遮風擋雨的飼育所裡，大象在所裡度過夜晚，他開著小板車將飼料送入柵欄裡的飼育所當大象晨起的禮物，然後就等到下午閉園前，將樹葉丟入柵欄裡，觀看的大人小孩都可以來捧起綠葉繁密的樹枝往裡頭丟。

他將樹葉往柵欄裡扔時，孩子和他們的家長也來到板車，撿拾板車上剩餘的樹枝往裡頭丟，他提醒他們，不要砸在大象身上。那些軟弱的枝葉有時掉在內外圈柵欄間，他會等到閉園後收撿到飼育所的地上，入夜後，大象走進所裡時，牠的鼻管會把枝葉收拾得好像不存在過。

大象從岩壁邊走過來，孩子們興奮得又叫又跳，踩上柵欄的底層，探身向大象揮手，大象搧動雙耳，走到樹葉前，鼻管舉向上又彎曲向下捲動樹枝，將一長枝上的葉子連枝帶葉捲進嘴裡。牠對孩子們的叫鬧無動於衷，很專心地捲著樹葉，有個臂力特大的男孩子扔來一截樹枝，樹枝從大象的眼前擦過，大象舉起鼻子向長空嗚叫。他急忙走到男孩身邊，將男孩拉開，告誡：「不可以向大象用力扔，那很危險！」男孩嘻笑，躲到父親身後，那父親說抱歉後，將這將近十歲大的孩子帶開了。

大部分的客人不會這麼粗暴對待大象。他仍站在那裡看著，到園區廣播起閉園時間已到，請遊客離開後，他才將板車開離。

一周有兩天提供給遊客餵食大象的樂趣。然後另兩天是長頸鹿。他總等到最後才離去。並且確定動物的情緒都穩定。

那差點給樹枝砸到眼的大象，在遊客離去後，走到岩壁前的水坑呼嚕嚕飲水。他看牠飲過水後，站著不動，像牠慣常那樣。他才放心離去。

打卡離開園區，天都暗了。脫下工作服換回原來的衣服，擠在公車裡，仍覺得自己身上飄散著動物的飼料味和糞便的味道，帶著腥氣的草味。但他旁邊的乘客並沒有一個人避開他，他們拉著吊環，手臂與身體因公車的煞車，有時碰在一起。難道他們都沒聞到嗎？他心裡很納悶。突然又想，聞到又能怎麼，大家不就在公車裡，能跳出窗嗎？每天上車他總要這麼想一回。他不得不想，因為回家後的第一件事，他必須去沖澡換下衣服，自己把衣服拎到洗衣機沖洗，太太不能忍受他衣服上頭髮上飄散的動物糞便味和飼料味。別的同事沒這個問題，他們說，那味道微乎其微，連家人也聞不到呢！

嗅覺靈敏的太太總比他早下班回家準備晚餐，他洗淨身體吹乾頭髮時，飯菜也都上桌了。兩個讀小學低年級和中年級的兒子也規規矩矩坐在餐椅上，他們吃得很安靜，生怕弄出一點碗筷碰觸的聲響，媽媽吃得更安靜，她七十歲，三年前父親過世後，媽媽就過來和他住，沒有別的選擇，兩個姊姊都各有家庭，他是家裡唯一的兒子。媽媽將原來的房子出租，每個月的租金都交給他的太太，好像付房租似的，在這裡有地方睡有食物吃，太太對於拿到手邊的錢，沒有不歡迎的，她天天打理一家人的飲食，在固定的時間，把飯菜端上桌。

他也在固定的時間把樹皮樹葉送到大象的柵欄裡，固定的時間清理牠的糞便。大象老了，這頭母象是亞洲象，早已沒有生育能力，牠在動物園產下的小象如今已是精力旺盛的大象，圍在另一格柵欄，與其他再購入的大象在一起，至於大象父親，早就因太老而過世了，動物園還為牠辦了一個紀念會，製作許多相關產品，將牠的圖象印在徽章上、毛巾上、帽子上、杯子上，那些產品如今已從商品陳列架上消失，不再生產。動物園裡永遠有新的明星。而他照顧的這頭大象就如當初那頭老象的命運，被隔離獨自在一個柵欄圈裡，牠有心臟病和憂鬱症，雖說性情溫和，但為了防止憂鬱症發作時驚擾其他的象，動物園讓牠獨自住在一個欄圈裡。早上他去餵養時，大象有時還在飼育所裡，有時已經繞著柵欄不斷走路。他從牠走路的姿勢觀察牠的情緒，他寧可牠在走路，他難免擔心在飼育所裡，牠一腳踩死他，壓在一隻四噸重的大象腳下可是一件要命的事。

「你想什麼呢？」太太問他。

「我吃飯啊！」

「你的眼睛沒看著飯沒看著菜，也沒跟我們講一句話，你的心不在啊！」

現在他才看見了眼前有乾扁四季豆、煎肉魚，有炒高麗菜，以及燜豆腐，太太的家常菜天天鎖住了他們，太太不喜歡出門用餐，她說那些菜都沒洗乾淨，碗筷也不乾淨。

「哦！」

「就這樣？你今天帶回來的話就這樣？」

媽媽低頭慢悠悠地吃著。媽媽的身體還算健康，每天可以自己到社區附近散散步，替太太把晒乾的衣服摺好歸到各人的衣櫥裡，但她不能進廚房，太太說：「媽媽眼睛不清楚了，菜洗得不夠乾淨，油醋不分。」

媽媽頭都沒抬一下，兩個兒子只顧著聽電視的聲音，那是唯一允許在用餐時刻開著的電視，太太說：「用聽的比用看的好，看電視容易近視，聽聽就知道演的是什麼。」

「哦，」他說，「剛才回來的那班公車人很擠，還好，在我們的前一站，人差不多下了大半。」

「這你說過很多次了。這次車上有什麼特別的人嗎？」

「沒有。」

「沒有？」

「有。有一個男士很胖，像大象，一個就占了兩個身體的位置。」

「他沒位置坐？」

「沒有。跟我一樣站著，也是從動物園那站上車的。」

「所以，他妨礙了你？」

「沒有。」

「沒有？」

「有。我看他猛冒汗，讓我也覺得好熱，我也冒汗了。」

太太似乎不滿意他的答案，直斥他：「無聊。」

他縮著脖子，感覺胃被他縮了起來，胃口也變差。他想到大象退到岩壁喝水時，步履很緩慢，好像整個身子都縮起來，黃昏暮色照在牠皺摺很深的皮膚上，好像大象應該回到一座森林裡去休息，但沒有，只有岩上幾棵禿了一半的樹觀視牠喝水，他怎麼就非要看完牠喝水才肯開著板車離去呢？他是知道大象不會讓自己渴著的。

太太在收拾碗筷，洗碗的工作輪到他。太太倒掉殘渣就退出廚房，帶兩個孩子回他們的房間，檢查功課清單。媽媽坐在電視機前，連續劇即將開演，她瞇著眼睛等待廣告時間過去。他洗碗的聲音嘩啦嘩啦的，洗碗精抹在碗盤上滑不溜丟，他真想有個盤滑到槽裡破裂了，那起碼有點異樣的聲響，但他的手太穩了，從來沒有打破任何東西，連掉根針或小紙片都沒有，他的手撫著象皮時，可以沿著牠的紋路像游水般的滑順過去，他感到大象信任他，沒有一絲躁動，亞洲象可以用來馱物載人，就是因為溫馴吧，而他照顧的這頭象可以感知他的手掌可以穩穩地透過撫觸安定牠老年的情緒，連園方也知道他的耐心與手掌的安穩，將老象交付給他。但老象這幾天有情緒，昨天、前天他清晨跨入園裡餵食時，牠的食量變少，今日傍晚遊客來餵食，大象肯走到柵欄邊捲食，他特別感到開心，明天傍晚還有一次遊客餵食活動，他希望大象仍然興致勃勃走向遊客所在的柵欄。

他想到今早大象在他放了樹葉，清了糞便，要關上飼育所往園區工作廊的通道鐵門時，大象踱到鐵門邊。他關上門，上鎖，聽到大象以鼻管不斷撞擊鐵門。他繞到柵欄外觀看牠，牠仍重複撞擊的動作，鼻管磨著鐵門幾下就舉起來拍打，一副要開鎖的樣子。他知道鎖是撞不壞的，因此更心疼大象白費工夫。所幸十幾分鐘後，大象覺得索然無味，回到岩壁邊的樹下靜靜地站著，那旁邊的一灘水坑足可讓牠玩一天，但老象常站在那裡，慢慢踱幾步又回到樹下。

喀啷一聲，拿在手裡的沾滿洗碗精的一隻飯碗滑向一隻躺在槽底的碟子，他急著搶救，反倒把碗推遠，擊在不鏽鋼水槽的邊緣，瓷碗碎裂成三片，還有細小的瓷屑落到槽底，噴飛到其他待沖洗的碗筷上。太太聽到那喀啷聲衝了進來，看見碎片，叫喊著：「哎喲，你怎麼搞的，不想洗就說不想洗，怎麼這麼不小心把碗摔了，這成組的，少一個了，你真是粗心，你從來就不放在心上，你真是一點用都沒有，連洗碗都不會洗……」

他把碎碗撿進一隻塑膠袋裡，將塑膠袋口打了一個結，扔進垃圾桶。回頭要將剩下的碗沖淨，但太太將他推開，她動手沖那些碗，她的嘴裡還念著什麼他已聽不清楚。坐在沙發上看電視的媽媽關了電視，往臥房去，兩人在走道碰面，都沒說什麼，他跟媽媽進了她的房，媽坐入床邊，說：「孩子，沒事，你去睡吧。」

他一頭倒在床上，感到沒有過的輕鬆，真的有隻碗從他手上滑碎了，他的手不再是那麼萬無一失，他是故意讓那碗滑下去嗎？也許有一點吧，但想想，真的是碗滑下去了。他的手沒抓牢。他知道終有些東西抓不牢的，但也不是壞事，比如他就可以放下那些碗，躺到床上提早休息。他突然同情起太太來了。

牆上的時間才指著八點半，這時睡覺還太早，太太知道後怕不進來叨念，而且媽媽也沒看完連續劇，那連續劇應該九點結束的。他離開床又來到媽媽房間，媽媽仍坐在床邊，夜燈暗，昏暗的側影好像一尊雕像，一動不動。他說：「媽，電視還沒演完，妳回客廳看吧！」

媽媽沒說什麼，揮揮手示意他離開房間。

他說：「那麼我買部電視放妳房間，妳愛什麼時候看就什麼時候看。」

媽媽也沒回答，將桌上的夜燈也熄了。

他走出房間，來到客廳打開電視，畫面是方才連續劇的畫面，他把聲音開大，讓那聲音透過門板傳到媽媽房裡。完成廚房最後清潔工作的太太走過來將那聲音按靜了，說：「要看你看字幕，孩子在做功課，不要吵到他們。」

「低年級有什麼功課嘛？」他感到自己聲音很大，是今天講過最大的音量。

太太看他一眼，把電視畫面也關了。

他不發一言，拎起鑰匙往樓下去。電梯關上時，太太的聲音被電梯不鏽鋼門滅了威風，只剩下一個尾音：「——莫名其妙。」

樓下走幾步路就是十字路口，他走到路口，猶豫要往哪個方向，但他根本不需要決定，本來就沒有目的，只是要出來走走，哪邊是綠燈就往哪邊走，在剩下五秒的綠色行人燈閃爍時，他大步往綠燈的方向走，走下去是一片公園，黑漆漆的，兩盞微弱的路燈，公園後面有個上坡小徑，通向一個小山巒，那裡一片漆黑，過去有兩三座土墳，市府命令遷移，小山徑彎彎曲曲，山坡沒開發，夜裡一盞燈也沒，只是蟲鳴。他繞了一圈公園，三把冷椅，一座溜滑梯，兩個搖搖椅，十分簡陋的設施，聊表這社區確實有座公園。父母不會在夜晚帶孩子來這裡，像鬼域一樣陰森森的，誰會來呢，只有像他這樣不知要往哪裡去的人會坐在燈下的冷椅吧。

坐了一會兒，山巒上的蟲鳴沒有停過，幾隻蚊子在他身邊飛繞，嗡嗡聲很擾人，他也感到露水在瀰漫，只好站起來，繼續走。從公園與馬路間的磚道走到銜接店家，店家在打烊，留著店鋪深處淡淡的燈光，有的鐵門已半掩，城市邊緣區域，店家提早休息，這時不會有太多人在外頭，連路上的車流都變少。他又走了兩條街，折返時店家關得更多，又經過方才的公園，蚊蚋繞著微弱的燈柱瞎撞，地上有蚊屍和腐葉。沒有方向，不知要去哪裡，只好回到紅綠燈過去的那個家。

太太什麼話也沒講，已經換好睡衣準備就寢。這不是他唯一的一次晚間出門，太太似乎也習慣，不打算讓他破壞她的睡眠，她第二天一早要上班，她是守紀律的大賣場早班行政人員。他也是守紀律的動物園飼育員，每天一大早未開園時就要去飼養動物，即使和太太剛認識結婚時，太太對讀畜產業的他原是期盼能擁有一個養雞園，養幾萬隻雞，送往專供餐館用量的宰雞廠，不但能當大販子，也利用了她父親留著的荒地。但他不是那個料，他不想當一個養雞場的頭子，成天看著上百隻雞送入宰雞廠。

第二天一早，他比太太早出門，來到動物園，先到大象區。多日來，看顧這隻母象像看顧身上一個腫起的包，總擔心著，注意著每天的變化。

大象站在飼育所外閉著眼睛，他趁這時候趕快把樹皮樹葉青草上百公斤重全堆到所裡，便遠遠地站開，清理牠拉在所外泥地上的糞便，要命多的糞便，大象把吃進去的六成都排出來了，他聞慣了，味道腥中帶香，但最好快手快腳清乾淨，免得大象踩踏得到處都是。

大象沒什麼動靜那是最好的，大象即便睡個兩三個小時，也足以支撐牠一兩天的精神，他最喜歡替睡過後的大象擦擦肚子，那裡最柔軟，這頭老象和牠的同伴隔離了，牠缺乏體溫的接觸，他擦牠肚子時，把自己想像成一頭幼象，磨蹭著牠，大象是一動也不動，眼裡很溫柔。

他開著載著一袋袋糞便的板車回到處理中心，又換了飼料餵養其他動物後又回到大象這裡來。大象正在飼育所裡享受食物。他感到安心。陽光轉烈，動物園已到處是人，雖非假日，孩子們來校外教學，沒事的大人也來看動物，老老少少，在各動物區間移動。

中午他和其他飼育員有短暫的休息，用過餐後，他們在休息室擺開躺椅小憩一番，有的飼育員會躺到樹下休息，或看一回電視。他們像那些動物，在動物園圈圍的環境裡擺著各人放鬆的姿勢，在那姿勢裡，他們自嘲如動物般失去覓食的能力，靠動物園的薪水過著生活。但事實上，他們以為自己身負重任，動物園不能失去他們，否則怎麼打開門讓遊客進來呢？他們努力維持動物的生命，努力地讓動物有尊嚴，像他照顧的這頭大象，在暮年的憂鬱情緒中，他花更多的注意力在牠身上，他不願意大象的憂鬱困擾牠，或在心臟病中倒下。

下午陽光轉弱時，他們又準備去巡視動物的狀況。今天大象還有遊客餵食活動，他又開著板車去裝飼料，成堆的樹葉樹皮鮮嫩地採收來了，養大象成本很高啊，若不是有園區後面的一大座森林，三頭象每天吃掉半噸多的植物去哪裡拿？

大象的柵欄前如昨天一般站滿了大人小孩，他的板車抵達時，就圍上了遊客，他先扔進一小捆，指示遊客扔擲的方向，大象還站在岩壁那邊，牠往柵欄前的食物靠近時，他就要遊客停止扔擲的動作，他不希望昨天小朋友拿樹枝擲往大象的事件再發生。他看守著，也注意大象走路的姿勢，牠緩慢的，比昨天更緩慢地走向人群所在的柵欄，牠舉起鼻管，在空中轉了一圈又放下來，牠在柵欄前看了看，孩子們作勢想跨過柵欄握住牠的鼻管，一旁的大人拉著他們的衣領將他們攔下來，孩子們便作樣往空中抓了抓。大象往柵欄裡繞圈圈，孩子們呼喚牠來柵欄邊吃食物。

大象又踱回來，很慢的，他看到牠比昨天更老的步伐，天氣並不熱，大象微微搧動耳朵，牠一定感到熱才搧動。還有孩子到板車拿了殘剩的樹枝，他擔心孩子不知輕重地將樹枝往大象扔，彎下身來將板車上的樹枝收拾起來，紮成一捆束起來。一回身望向柵欄，大象已站在那裡了，耳朵上插著一枝紅玫瑰，牠離柵欄近到沒有距離，眼裡有眼淚流下來，是擲向牠的玫瑰花枝飛過眼前刺激了淚液嗎？他望向遊客，不知誰那麼大的力氣，將玫瑰花枝擲得那麼高給大象，且不偏不倚插在大象的耳朵上緣和頸項間，這太危險，萬一刺入眼睛呢？有那麼好的投擲水準，可以去當棒球投手了。耳上別著花的大象看來是頭美麗幸福的象，遊客有歡呼，但不知道玫瑰從何而來。

不管那些歡呼聲，大象帶著牠的淚水走向岩壁。他啟動板車，往飼育所的通道開去。心想著，這頭老象不適合當遊客餵食的玩具，他要建議園方，得停止這個驚嚇動物的舉動。

打開飼育所的鐵門，從飼育所走向岩壁，他站在大象腳下望著牠耳上的花朵，花朵下的淚水，眼眶濕潤，不遠處的水坑也比不上這眼裡濕潤的水氣。他伸手撫摸大象的身體，順著牠皮膚的紋路從前腿的部分撫到後腿部分，大象站著不動，遊客因閉園時間到，紛紛散去，大象低垂著眼睛，他對著牠的耳朵說：「等一下那些人全走了，你去把樹葉吃了吧，那會讓你夜裡舒服一點。」

大象慢慢移動，他也一邊後退，在大象踱步時，他知道得保持距離，雖然從沒看到大象在柵欄裡奔馳，但大象狂奔起來，速度可以達到每小時二十幾公里，是衝得很快的腳踏車，他想躲也來不及反應，所以最好在牠邁步時就快步拉開距離。

他退到飼育所，大象繞著柵欄踱步，在柵欄的另一邊有牠的孩子和孩子的伴侶，牠看都沒有看一眼，低垂著眼繼續走。他站在飼育所門邊看著牠的步伐平穩，雖是比昨天蒼老的步伐和眼神，但只要步伐節奏平穩，他就不必太擔心。

他鎖上門，開著板車離去。又繞到前方柵欄，大象慢慢走向食物處，耳上的玫瑰還沒掉下來，牠來到柵欄邊向他舉起鼻管鳴叫了一聲，然後低頭捲起樹葉。

今天丟的樹葉少，大象將樹葉收拾得很乾淨。和牠前兩天的胃口比起來，顯然進步了，但他也知道，胃口時好時壞，表示大象的心情起伏不定。但不管怎樣，今天的樹葉是吃完了。

暮色從森林那邊降臨似的，一下來到柵欄邊，柵欄上反射的一點餘暉溫潤美麗。他放心地開著板車準備下班去了。

同樣換過裝，同樣擠上公車，懸吊著手在吊環上，搖搖晃晃回家。

回到家，家裡有異樣的氣氛，廚房沒有鍋鏟聲，菜是洗淨在流理臺上了，但沒有太太的身影，孩子都在房裡，異樣的安靜，可以聽到風從窗縫竄入的聲息。他來到孩子的房門口，問：「怎麼回事？媽媽呢？」

「媽媽說奶奶出去散步沒有回來，她得出去找。」

他聞言感到錯愕，到媽媽房間觀看，棉被摺得方方正正，桌上的用品一如平時擺在應有的位置，皮包也擱在櫃子的底層，沒有任何異象。是媽媽迷路了嗎？她在這社區散步不就是如常的路線，還能去到哪裡？

他正打算出門一起尋找，太太回來了，只有太太，沒有媽媽。太太衝口就說：「媽媽一個小時前該回來的，現在外頭天色暗了，我找不到，找不到，她沒說她要去哪裡啊！」

「我去找，可能迷路。」

「她沒有失智，怎麼會迷路？」

「妳看著她出門嗎？手上有沒有帶東西？」

「我又不是沒事幹一直在家顧她，我下班回來她已經不在家了。」

他不理會太太說了什麼，逕自下樓。假日的時候，他常陪媽媽在附近走走，通常繞著社區走幾圈，有時過馬路到公園坐坐。太太既找不到她，必然不在社區，他過紅綠燈往公園去。

公園的坐椅空蕩蕩，孩子們都回家了，夜色逐漸將山巒上的樹影化為朦朧，路燈剛亮，淡淡的光暈照亮飄落地上的枯枝乾葉，沒有一個腳步的痕跡。他心裡有點慌，街道橫縱交錯，媽媽會走向哪裡？他望向彎向山巒的小山徑，往那小徑去，靠著淡淡的燈光，可以隱約看見路的去向，他的鑰匙圈上有一支小小的手電筒，這小小的光線必要的時候可以派上用場，所以他不怕山上的黑暗。

沿著山徑往上，樹木橫生，小徑鋪著柏油，過去也是條開發過的路，如今如蠻荒。走了十來分鐘，昏暗的暮色下，媽媽坐在一顆大石頭上。從那位置看下去，城市人家的燈火一一與夜色相迎。

「媽，妳怎麼在這裡？我們都在找妳。」

媽媽看到他，眼裡突然冒出眼淚，她用手背拭去，緩慢費力地想從石塊站起來，他去扶她，她必然坐在那裡很久了，身體都坐僵了，他手臂施了很大力氣才將她整個身子提起來，他沒想到，媽媽的身體竟這麼重。

「媽，怎麼了？妳哪裡不舒服？」印象中他沒有看過母親掉眼淚，一次都沒有。

媽媽以最緩慢的步伐移動腳步，走了一小段下山的路，腳步才靈活起來。他等她走路平穩了，又說：「以後不要再來這裡了，這條路不好走，晚上也沒燈，很危險。」

下到公園，媽媽說：「孩子，我可以回到我原來的房子住嗎？」

「自己住那裡，沒人照顧，我們也請不起人照顧妳。妳住這裡我每天可以看到，不是很好嗎？」

「你有你的生活，我習慣我的地方，讓我回去啊！」

他知道沒有答案，如果媽媽回到原來的住處，太太不但少了房租收入，還要貼錢給媽媽當生活費，他知道做不到。如果有一個土坑可以躲起來，他希望可以躲進去，漠視土地上的一切。

帶媽媽回家後，飯桌上，太太對媽媽說：「媽，妳這樣不行吔，如果妳走丟了，我們怎麼跟兩位姊姊交代，你兒子也不要做人了。媽媽，就在社區走，不能再遠了。」

媽媽沒回答，她默默地用餐。餐後也沒看電視。廚房的清洗工作都停歇下來後，家裡安靜到像沒人住。

他一直夢到大象，大象安靜站在岩壁邊，大象的鼻管垂下來，沒有一點食慾捲起樹上剛冒出的樹葉，也不吸取水坑裡的水。清晨醒來，好擔心，探看了媽媽好端端還躺在床上後，他比平時早到動物園。

大象耳朵上的花朵還在，花瓣軟塌，眼裡流著淚水，讓他驚訝的不是從昨天就流不止的淚水，而是大象蹲坐在飼育所，大象坐下來了，象腿沒力氣，誰能幫忙啊？他緊趕鎖上鐵門，急駛板車往辦公室去，他得通知主管，大象幾乎趴在地上了，誰來救救大象啊！誰來把牠的淚液止住，讓牠眼下的皮膚不致潰爛！誰又來替他開動板車！

他的腳明明踩在板車的引擎油門踏板，為何感到腳是踩在一片輕盈的空氣上，踏板在哪裡？他又猛力往下踩，卻發現腳力像一隻破了洞的氣球，沖上天空的那點力氣一下就洩掉了。誰啊，誰來幫忙開板車？他聽到自己心裡不斷迴盪這聲音，而又強烈懷疑，這麼早，辦公室還沒有一個人影上班。

——原載《短篇小說》二〇一四年四月號，第十二期

逃產篇：上官吟春（1942～1943）——張翎

浙江溫州人。畢業於復旦大學外文系，於加拿大的卡爾加利大學及美國的辛辛那提大學獲得英國文學碩士和聽力康復學碩士學位。現定居於多倫多市，曾為美國和加拿大註冊聽力康復師。代表作有《陣痛》、《餘震》、《金山》、《雁過藻溪》等。曾獲中國華語傳媒年度小說家獎、華僑華人文學獎評委會大獎、時報開卷好書獎、《紅樓夢》專家推薦獎等。其小說《生命中最黑暗的夜晚》被中國小說學會評為二〇一一年度中篇小說排行榜首；《餘震》曾改編電影《唐山大地震》，《空巢》曾改編電影《一個溫州的女人》，作品被翻譯成多國文字在國際上出版發行。

那夜吟春從廟裡跑出來，身後跟了一串戚戚嚓嚓的腳步聲。她一下子聽出來不只一個人。怕歸怕，卻不是先前的那種怕法了，因為她知道追她的是人而不是鬼——鬼是孤鬼，人才成群。

沒跑多遠她就明白了她跑不過那些人。她雖也是貧寒出身，卻沒真正下田勞作過，身上的幾斤蠻力足夠她走幾十里遠道，卻不夠她跑幾步快路。她索性停下來，轉過身來看追她的人。那些人沒料到她會猛然停住，一下子傻了，便也停下，怔怔地打量著她，彼此都有些不知所措。

那是個大月亮的夜，月光照得滿地白花花的，不用燈籠火把，她就把他們看得清清楚楚了：一共是五個，都是男的，很年輕，十幾二十幾的樣子。都穿著軍裝，是一種帶著隱隱一點青色的白布軍裝。她知道那是月光作了手腳。她見過當兵的，沒人會穿那種顏色的軍裝。

其實，月光掩蓋了的，不僅是他們軍裝的顏色，還有許多其他的東西，比如他們綁腿上斑斑駁駁的泥漿，他們頭髮裡一坨一坨的灰塵，還有他們臉上被太多的鮮血和死亡浸染得麻木了的神情。那夜在白花花的月影裡，他們看上去就是一群乾乾淨淨單單純純的年輕後生。要是脫了軍裝，他們或許就是在鄉間的泥地裡駕牛犁田的鄰家男人。

在吟春打量著他們的同時，他們也在打量著吟春。吟春的髮髻早就跑散了，頭髮耷拉下來，遮住了半張臉，襯著那露出的半拉臉越發顯得尖細了。早晨出門時呂氏給她面頰上塗的那層灶灰，早被這一路的汗水洗去了七八分，剩下的，又被月影舔沒了，那一刻她只是一味的白皙細嫩。身上的那件灰布衫，一看就不是她自己的，不僅樣式古舊，而且很是寬大，衣領胳膊腰身，沒有一處合體。風把那件布衫朝後吹去，她丟失在布衫裡的身子突然就露出了藏掖不住的凹凸。這群男人交換了一下眼神，立刻都讀懂了彼此眼中的話——這個女人，是這群在戰爭的膿瘡裡蹚得很是疲憊骯髒的男人這一路上見過的最好景致。

一個男人說了一句很長的話。另一個男人回了一句很短的話。無論是那句長的還是那句短的，吟春都沒有聽懂一個字。吟春的血剎那間凝固住了，變成了一坨冰，身子沉沉地墜到了泥裡。她突然明白了：她碰上了日本人。

那一刻她沒想到逃——她知道她逃不過那群人。她只是想到了死。她想到了腰裡揣的那把新磨的剪刀。她揣了這把剪刀，僅僅只是把它作為一樣壯膽的擺設而已，她並沒真想把它派上多少用場。沒想到用場這麼快就來了，還沒容她把那兩片烏鐵揣暖。她伸手撩起了衣襟。她完全疏於操練，所以她沒想好到底把它扎進哪裡才能死得穩妥：是喉嚨裡？還是心尖上？還是太陽穴上？後來她曾無數次回想過當時的情景，她猜想她當時其實並不真的想死，所以才會有那片刻的猶豫。她若真想死，她就一定死得成。誰見過一個鐵了心要死的人還活在世上的？當然，那是後話了。

就在那片刻的猶豫裡，她丟失了最好的時機。一個男人衝上來，輕而易舉地卸下了她的剪刀，隨手一扔。剪刀在空中劃了一個利索的弧線，無聲無息地扎進了剛剛收割過還帶著農人汗水潮氣的泥土裡，輕盈得彷彿不是一件鐵器，而是一頭紙疊的鳥兒，或是一朵布裁的花兒。

五個男人齊齊地擁了上來，把她圍在中間。其中的一個對她嚷了一聲，她立刻就明白了，他是要她跟他們回到廟裡。其實她並沒有聽懂他的話——她用不著，因為她已經看見了他亮出來的那把刺刀。刀看上去一點兒也不鋒利，甚至有些愚鈍，刀尖上帶著一些形跡可疑的鏽跡。可是跟她丟失的剪刀相比，這才是真正的鐵器。

撲上去啊，撲上去。她只要身子朝前一傾，往那件看上去笨重而愚鈍的鐵傢伙上一撲，她所有的恐懼就能徹底了結了。

可是，她自己也沒想到，還有一樣怕，像山一樣，壓住了所有其他的怕。跟這樣怕相比，所有其他的怕，只是小卵石而已。這樣怕就是死。也許，這撥人只是想問她幾句話而已——她家裡曾經住過兵，對她爹媽也是彬彬有禮的，得了閒還掃過她家的院子。假若他們真要輕薄她，她總是可以在那個時候死的。她雖然沒了剪子，她總是可以撞牆的。廟雖然破，牆卻還是結實的。她的腦殼撞上這樣的牆，還不是雞蛋碰上石頭嗎？不到那一步，她總還是可以等一等的。她不想死，她真的不想死啊。

於是，她被他們押著，走回了廟裡。

從大月亮地裡走進來，廟裡黑洞洞的，她一下子覺得丟了眼睛，什麼也看不見了。可是眼睛雖然沒用了，眼睛卻把攢下來的力氣遞給了耳朵，耳朵裡就忽閃地生出了另一雙眼睛——一雙替耳朵把門的眼睛。她聽見一陣唓嚓唓嚓的聲響，她知道是有人在擦洋火。洋火大概受了潮，擦來擦去擦不著。那人伊里嗚嚕地罵了一句，便有幾個聲音夾雜了進來，有的在說話，有的在笑。話吟春聽不懂，笑她卻是聽得懂的，低低的，渾渾的，像含了一口痰在喉嚨口。她聽過這種笑——那是坐在田頭歇息的男人看見過路的女人時發出的笑。那笑聲在空中相互擠碰著，越擠越扁，也越擠越髒。

牆。牆在哪裡？吟春的耳朵開始飛快地四下搜尋著。可是來不及了，她被人粗蠻地推倒在地上——不是那團鋪著散發出梅雨腐爛氣味的舊稻草，而是一塊全裸的地，因為她的脊背隔著薄薄的灰布衫覺出了地面上石籽和瓦礫的尖利。她想掙扎著站起來，可是她的腿被人鉗子似的按住了，動彈不得。一雙手伸過來，焦急地解著她的褲腰帶。失去了剪刀把守，褲腰帶很鬆很垮，三下兩下就散了開來。原來有些事本用不著光亮，在明裡暗裡都一樣順暢。

嘶啦一聲，有人撕開了她的內褲。

一陣尖銳的懊悔如吃壞了的食，從她的胃裡湧了上來，她的喉嚨緊緊地抽了一抽，似乎要嘔。後悔啊，她真後悔，在她還有眼睛還有腿的時候，她沒有撞上那把刺刀。那時死離她真近啊，近得可以看得見它身上的汗毛。她只要稍一邁腿，就能把它拽在手心了。可是她還是讓它溜走了。她錯過了那個痛快的死。現在她既沒有眼睛也沒有腿，她找不到也追不上死，只能由著死或緊或慢，貓戲老鼠似的來找她了。

啊的一聲，她扯著嗓子喊出了她的懊喪。她被自己的聲音嚇了一跳——她沒想到她的嗓子裡竟然也帶著一把刀。那把刀爬過她的喉嚨舌頭牙床，帶著一路血糊糊的肉末，飛到了房頂上。房頂顫了一顫，唰唰地抖落了一地的塵土。

這時角落裡有人說了一句話。那句話很短，三五個音節，吟春聽不懂，但是她一下子聽出了這是一個陌生的，她先前從未聽過的聲音。那些人的聲音都像鐵，乾乾澀澀，生著重重的鏽斑，鑽過人的耳朵會劃出一道道的疤痕。這個聲音也像鐵，不過是一塊平滑乾淨些的鐵，外頭似乎包了一層薄薄的新棉。那一絲的柔軟反而叫芯子裡的硬越發有了重量。屋裡的人突然都靜了下來。

這靜默也許只有幾秒鐘，也許只有幾分鐘，但在吟春聽來，彷彿長得像過了幾個時辰。

嘩啦一聲，終於有人劃亮了一根洋火。洋火很小，小得像豆粒，卻把黑暗和靜默都撕開了一個邊角模糊的口子。那人拿著洋火，在神龕跟前找到了一盞燈。燈其實也不是燈，不過是個破碟子而已，碟底淺淺地剩了幾滴從老鼠嘴裡剩下來的油，油裡拖著一根燒了多半的燈蕊。燈蕊在洋火裡嗞滋啦啦地抽了幾抽，終於點著了，搖曳的火光裡，吟春看見了點火的那張臉。她記得他，因為他是五個人裡面唯一一個留著鬍子的人。鬍子是絡腮鬍子，很密，卻不怎麼濃，微微的有些發黃，像是旱天裡的禾。那人的嘴邊長了一顆痣，圓圓鼓鼓的，猶如一粒被秋意催熟了的綠豆。這是一顆在鄉人眼裡意味著走遍四方永遠有得吃的福痣，但長在這個男人臉上，似乎跟吃食福氣之類的聯想毫無干係，倒是把那些繃得很緊的五官，扯出微微一絲的鬆泛。

長痣的男人朝那幾個男人看了一眼，那幾個人就跟風中的苗似的矮了下去。男人朝他們說了一句話。那句話是從鼻孔裡出來的，輕得幾乎像是一聲哼哼，但是那幾個人頃刻間就站了起來，齊刷刷地朝門外走去。他們路過他跟前的時候，誰也沒敢抬頭看他。他的目光是天，他們被他的目光壓得低若蚍蜉。吟春一下子覺出了他是他們的頭。

一切的嘈雜瞬間靜了下去，屋裡只剩了她和他。她知道她逃過了一劫——被亂刀凌遲至死的劫；可是她卻逃不過另外一劫——被單刀慢慢剮死的劫。她的身子一動不動地躺著，她的腦子卻在飛快地轉動著，找尋著任何一個可以逃脫的計謀。在她眼角的餘光裡，她看見那個男人開始脫衣服。先是皮帶，然後是外套，再後是靴子。男人的軍裝跟著男人走過了很多的路，男人抖落衣裳的時候空氣裡彌漫起一陣濃郁的塵土味，吟春忍不住打了一個噴嚏。

機會，來了。吟春暗暗地對自己說。現在她已經有了眼睛有了腿，她不僅已經找到了牆，也已經算出了離牆最近最直的距離。現在她只需要悄悄地憋上一口氣，把全身的氣力都送到兩條腿上，然後站起來，閃電一樣地朝那堵牆撲過去，一切的一切就都可以結束了，她就會永遠地逃離那些劫難——無論是亂刀還是單刀。

可是男人畢竟是帶過兵打過仗的，男人即使在背對她的時候，腦勺和脊背上都長著眼睛。男人轉過身來，看了她一眼，說：「想都別想，沒用。」

吟春怔了一怔，才醒悟過來男人說的是中國話。吟春一下子洩了氣，吊著她精神氣血的那一根筋斷了，她如一灘水似的軟在了地上。她的腿顫得厲害，哆嗦了很久才終於扶著牆站了起來。失去了腰帶的褲子早已脫落在地上，在她的腳踝上開出一朵灰褐色的花。她的腿很瘦，但也不全是骨頭，該長肉的地方也長著肉，肉把骨頭裹得很嚴很平滑。這樣的兩條腿，在幾十年之後，將會是所有攝影機的特寫鏡頭，只是在那個夜晚，她並不知曉。不僅她不知曉，那個嘴邊長著一顆痣的日本男人也不知曉。可是，他的眼睛卻突然跳了一跳。那個一路上經歷了無數絲毫不需要眼睛參與的肉體掠奪的男人，在那一刻裡突然感覺到了眼睛的存在。眼睛輕輕地撓了撓他的心，心裡就生出了一絲連他自己都沒有知覺的悸動。

他光著腳走過來，彎腰替她提起了褲子。她的手也顫得厲害，褲腰帶在她指間抖得如同一條草間穿行的蛇。終於繫上了，她膝蓋一軟，噗通一聲跪了下去，對他磕了一個頭。這個頭磕得很響，她的額頭撞出了一個粉紅色的包。

「殺了我，求求你。」她說。

他沒說話，但她知道他還在那兒，因為她看見了他的影子，依舊黑黑地壓在她的眼簾上。過了一會兒，他伸出手來，把她扶了起來。

「我有，那麼可怕嗎？」他說。

他的中國話很糟糕，磕磕巴巴的，像是一條顛簸不平的羊腸小徑。可是她聽懂了。她只是低著頭，沒回他的話，因為她不知道怎麼回——怎麼回都是錯。

他用一根指頭抬起她的下頷，逼著她看他。她沒想到脫去了外套的他，身子竟是如此的碩健，白布襯衣的每一個角落，都有著飽實的內容。他抓住她的手，探進了他的襯衣。她的手縮了一縮——她被燙著了。他胸脯上的肉很硬很高，像一壟一壟新翻過的地。隔著那骯髒的粗布，她也猜得出那肉是什麼顏色：那是日頭曬過了一整個季節的黧黑。和這樣硬如鐵褐如銅的身子相比，大先生的身子，她唯一熟悉的那個身子，突然變得單薄如紙，白軟如棉。她被自己的這個比法嚇了一跳：她沒想到她竟會在這麼個時刻想起了大先生，而且是這樣的一種想法。

「你，也是種田人麼？」

有個聲音顫顫地響了起來，卻不是他的。半晌吟春才明白，那是她自己的聲音——她在問那個男人話。這句話沒經過她的腦子，也沒經過她的心，甚至沒經過她的喉嚨。這句話是在她舌尖上自己生成，又自己落地的，連她也不認得。她說話的口氣彷彿他只是一個路過她門前敲她的門討水喝的人，她忘了他是割人腦袋脫人褲子的畜牲。一股羞辱凶猛地湧了上來，把她的雙頰燒得通紅。

男人不說話，男人只是彎下腰來，倏地把她抱了起來。她不備，雙腳突然離了地，可是她卻沒有覺得身子不著地的虛惶，因為男人的手很有力氣，男人抱著她就像是漁網兜著魚一樣地踏實沉穩。男人從屋裡這頭走到那頭，然後把她輕輕地放了下來——她被放進了那口棺材裡。

藉著碟子裡的那點剩燈油，她終於看清了這是一口新壽材，三四指寬的杉木，剛剛油過了一兩水，木頭的紋理還沒被蓋住，在淺淺的桐油底下水波一樣地蕩漾。棺材裡鋪了厚厚一層的稻草，不是地上那些發黴長了蟲子的舊草，而是剛從田裡收下來的新草，草稈裡還殘留著穀子被鐮刀猝然斬斷時流下的汁液。不過那香也不是純粹的穀香了，那香裡已經混雜著一股和田地莊稼無關的味道——一個青壯男人身上的油垢味。吟春突然明白過來，這是村裡某個大戶人家新置的壽材，放在這裡，原本是等桐油徹底風乾的。結果那個嘴邊長了一顆痣的日本男人，夜裡鑽進這口壽材睡了一覺。他起身小解的時候，嚇住了她。她一跑，又驚動了他們，才有了後來的這些事。

屋裡很是安靜，男人沒吱聲也沒動彈，他只是站在棺材邊上默默地看著躺在棺材裡的吟春。他的目光如蛾子的羽翼在她臉上掃過來掃過去，留下一路的刺癢。她閉上了眼睛。她逃不過他，但是她至少可以把他關在門外——她的眼睛就是她的門，她閉上了眼睛，他就進不了她的門。她不知道這個男人到底要怎麼樣對她。即使閉著眼睛，她也知道，在她腳下，也就是壽材的尾巴上，擱著一塊厚實的板。那個男人只要挪過那塊板，往下一闔，她就會在這個木頭匣子裡慢慢地憋死。從那幾個男人押著她走進廟裡的那刻起，她就想過了很多種死法，可是偏偏就沒有想到這種死法。假如她死在這裡，沒有人會知道。一直要等到這口壽材的真正主人想起再油一層新漆的時候，他們才會發現她，而那時她興許已經化成了蟲化成了蟻。

大先生，大先生永遠也不會知道，她到底去了哪裡。

想到這裡，吟春忍不住打了一個寒噤。

這時她聽見了一陣窸窸窣窣的聲響，睜開眼睛，她發現他正在往棺材裡攀。棺材是架在兩張高凳上的，可是男人到底是打過仗的，男人輕輕一躍，就跳進了棺材裡。男人進了棺材，卻躊躇了起來：這口壽材是鄉裡能找得見的最寬的壽材了，可是再寬也容不下兩個身子。男人對她輕輕地揚了揚下頷，她明白是叫她給他騰一塊地。她雖然還怕，卻不是剛才的那種怕了，因為她知道她一時半刻死不了了——至少不是那種慢慢憋死的死法。

賤啊，真賤，到什麼時候，還是想活。吟春暗暗地罵著自己，卻順從地側過身子，把脊背後面的那塊空地，讓給了那個男人。男人在她身後躺下了，也是側著身子。兩人都不動，身子繃得像兩塊木頭，吟春只覺得男人的鼻息在她的頸脖裡燙出一個一個的燎泡。

終於，男人的手從她身後摸摸索索地伸過來，捏住了她胸前的那兩團肉。

「枝子……」

男人叫了一聲。

吟春不知道，枝子是那個男人的妻子的名字。吟春也不知道，這一輩子，她的長相帶著她走過了怎麼樣的禍和怎麼樣的福。那個冬天就是因為她長得像大先生迷戀了多年的女同學，她才突然成了陶家的兒媳婦。這一刻又因為她長得像一個千里萬里之外的日本女人，她才逃過了一死。

她不會知道的，她永遠也不會知道的。

●

吟春躺在床上，睡睡醒醒，醒醒睡睡。道姑早已走了，念經的聲音，卻還像春日樹林子裡的飛絲，在她的耳朵裡纏繞不清，纏得她腦殼漿糊一樣的渾。她想伸一根手指把耳朵好好掏一掏，可是胳膊太沉，指頭也太沉，她差不動身上的一根筋一絲肉。

從藻溪裡撈出來的時候，她的肚子漲得猶如一口缸。艄公把她倒扣在船上，騎牛一樣地壓著她，擠出來的水，幾乎淹滿了舢板的地。這一切，她都不記得了。她依稀記得的，倒是在水裡的情景。

藻溪的水流過藻溪鄉，鄉有多大，水就有多長。水被岸上的人分成了幾段，各有各的用場。誰也說不清到底是誰立下的規矩，反正那是祖宗傳下來的習俗，世世代代如此：小石橋下的水，是上游。那裡的水，是鎮上的人挑回家來存在水缸裡，用明礬石沉澱乾淨了，拿來淘米洗菜燒水喝的。從石橋往下走，到了那棵千年古榕底下，就是中游了，那是女人洗衣裳孩子游泳洗澡的地方。再往下走，走到劉家埠頭那兒，踩過一串碇步，就是下游了，那是男人們從田裡回來洗泥腳，婆姨們洗馬桶涮尿罐的地方。自從嫁入了陶家，吟春每天都要和這條河打幾回照面，漸漸的，她就把水的性情給摸熟了。她知道什麼時辰的日頭照出來的水最清爽，什麼樣的風能攪起什麼樣的水波紋，什麼樣的水波紋能翻上什麼樣的魚，什麼樣的風勢裡洗衣裳最省力。可是，那只是面上的水。底下的水，她卻生疏得很。

直到那天她身子一斜，歪進了水裡，她才知道，原來底下的水和面上的水竟是如此的不同。

剛落到水裡時，水還是清的，她甚至看見了日頭在水裡的光影。可是她的身子漸漸地墜下去，水就渾了——她不知道那是她眼花了。她越墜越深，水越來越渾，渾得成了一潭黑厚的泥。一根水草漂過來，纏住了她的臉。她拿手去扯，卻越扯越緊，緊得像捆粽子的細麻繩。魚游過來了，很小的魚，小得猶如水蚯蚓，卻很有勁，直直的箭一樣的朝她衝過來，在她胳膊上啄出一個個洞眼。她疼得哎呀一聲喊，就把自己喊醒了，才知道是個夢。自從被救上岸之後，她已經在床上昏昏沉沉地躺了好幾天，岸上的事，水裡的事，從前的事，現在的事，全都混成了一團，像粢糕上的灶灰一樣，她再也分不清拍不開了。

屋裡很暗，是日頭落了卻又沒捱到點燈時節的那種暗。來幫忙的月桂嬸大概已經回家，床邊的櫃子上還放著半碗筍湯——那是月桂嬸餵她喝剩下來的。怕她醒過來還想喝，月桂嬸把那個盛湯的碗擱在一個裝了熱水的小鍋子裡保溫。月桂嬸是呂氏請來幫忙的，吃的是呂氏的餉，理當聽呂氏的差管，可是月桂嬸做的，卻遠不只餉裡的那份事。

自丈夫兒子死後，月桂嬸也曾收過一個養女。那女孩是跟著奶奶從蘇北逃荒到浙南的，遇到月桂嬸的時候，一老一少已經餓得走不動路了。月桂嬸用半籮番薯的價從老人手裡買下了那個女孩，心裡攢了個私念想留她在身邊養老送終。藻溪的日子再窮，也比一路的顛沛流離強。女孩知恩，便像親娘一樣地待月桂嬸。終於把女孩養到了十七歲，月桂嬸正想通過媒婆尋訪一個願意入贅的女婿，沒想到女孩卻在上山砍柴的路上失足摔到崖下喪了命。至此月桂嬸才明白自己命該孤寡，不再做有兒女送終的夢。那日吟春被人從水裡救上來，醒來後抓住床邊月桂嬸的手，迷迷糊糊地喊了一聲娘。月桂嬸明知吟春是神志不清認錯了人，心裡卻忍不住生出一份憐惜來。又見吟春娘家總也沒人過來探視——她不知道吟春是有意對娘家瞞下了懷孕之事，便格外地放了些細緻的心思照看起她來。

鍋裡的水涼了，湯也涼了。筍是在肉丁裡煨的，冷油的味道像鼻涕蟲鑽進吟春的鼻子，腥得她嗓子緊了一緊，差點想嘔，卻沒有力氣嘔。呂氏向來手緊，呂氏平常十天半月才去橫街的肉舖子割一回肉，可是這陣子為了她，家裡的鍋碗幾乎天天都有油星。

她很快就覺出來屋裡還有一個人——她是聞出來的。這些天她的神智亂得如同一床滿是洞眼的棉絮，可是她的鼻子卻警醒得像一隻餓狗。她聞出了一股菸絲和頭髮上的油垢混雜在一起的氣味。

是大先生。

她一下全醒了。她突然明白過來，她等這個氣味，已經等了很久了。

她想坐起來，可是黑暗中有一隻手伸過來，壓住了她的身子。她沒多少力氣，那隻手也沒多少力氣，可是她還是聽了他的——她總是聽他的。

他沒說話。沉默如一塊無所不在的邊角凌厲的山岩，她怎麼也繞不過去，她把自己蹭得遍體鱗傷。皇天，你讓他開口說句話啊，就一句。她暗暗地乞求。

他依舊沒說話，可是她聽見了一絲異樣的鼻息聲。她的耳朵也徹底醒了，醒得跟鼻子一樣清明。她伸出手來摸他的臉，她覺出了疼。幾天的疏隔，她的手已經認不得他的臉了。他的顴骨是山峰，峰底下是谷——那是他的頰。無論是峰還是谷，都是一種她所不熟稔的尖刻，她幾乎被割破了手。幾天，就幾天的工夫，他瘦了這麼許多。她的手沿著谷底走下去，突然就碰觸到了一片濡濕，冰涼的，沒有一絲熱氣的濡濕。

那是大先生的眼淚。

她從小跟著阿爸上學堂，她記得阿爸跟她講過男人的兩大忌諱。一是男兒膝下有黃金——男人不能輕易給人下跪；二是男兒有淚不輕彈——男人可以流血捨命，但就是不能輕易流淚。大先生是從不掉眼淚的，即使那天講起肖安泰的死，他也只是嘆氣。她做下了什麼樣深重的罪孽，竟然叫大先生流了眼淚？

她聽見嘩啦一聲巨響，她的心碎了，碎成了粉塵。她的心不過是個糙木匣子，原本只是為了裝大先生這尊菩薩的。大先生在，她就得好好地守護著這個匣子。可是現在大先生碎了，她還守著這匣子做什麼？

菩薩，你為什麼，不叫我死？她狠狠地咬著自己的嘴唇，她的牙齒覺出了腥鹹——那是血。

大先生挪了挪身子，躲開了她的手——大先生不願讓她摸到他的眼淚。

一陣窸窸窣窣的聲響，是大先生在掏手帕揩臉。大先生開口的時候，聲音裡還有幾絲破綻。

「你是故意投河的，是不是？」大先生問。

眼淚毫無預兆地湧了上來。這陣子她的眼睛是兩口枯井，從乾涸到氾濫，中間原來只經過了一句溫存的話。

她沒有回答，因為她知道她一開口，她就會嚎啕失聲。

「上一回，在崖上，你不是滑下來的。我走過了，那天的路不滑。」他說。

此刻她再也管不了眼淚，眼淚也管不了她。她的臉頰是路，而眼淚只是借了她的臉頰自行其是地趕著它自己的路程。她的話還沒出口，就已經被眼淚沖成了絲絲縷縷的爛棉絮。

「我，真的，真的，想…… 菩薩就是，不讓……」她哽咽著說。

「我捨，捨不下啊……」大先生低低地嗥叫了一聲，撲倒在她身上。

大先生的身上原本背著一座山。大先生開了口，大先生就把山卸下了。沒了山的大先生，突然就渾身散了架。大先生把他的筋他的骨東一條西一根地扔在了吟春身上。

吟春被大先生嚇了一跳。大先生把自己端了這麼久，她沒想到大先生沒端住的時候，竟然是這樣一盤散沙。

「我以為，你，你是想我死的。」她喃喃地說。

「你……走了，我怎麼活？」

吟春知道，大先生話裡那個停頓，原本藏著的是另外一個字──那個字是死。那個字太硬太絕，走到大先生舌尖的時候，大先生受不下了，臨時換了一個字。

「我不死，你怎麼活？」吟春說。說完了，吟春吃了一驚，不是為這話本身，而是為說這話的語氣——話裡包著一個芯子，有些硬，也有些冷。她從沒想過用這樣的語氣跟大先生說話的，可是她管不住自己。

大先生彷彿被這句話給砸中了，怔了一怔。大先生癱成一團的身子，又漸漸地硬了起來。他把那些散落在吟春身上的筋骨，一根一根地撿了回來。搜腸刮肚的，他想找一句話，一句可以壓住吟春那句話的話，可是他找不著，一個字也找不著。

她死了是一樣疼，她活著又是另一樣疼，這兩樣疼，哪樣也替代不了另一樣。他實在想不出，哪一樣會更絕更疼。

他捏緊了拳頭，咚咚地砸著太陽穴。吟春覺得，大先生已經把他的腦殼子砸成了漿——像茄子泥那樣的漿。她再也忍不下了，她緊緊地閉上了眼睛。

「我認了，我認了那個狗東西。」大先生低沉地咆哮著，把頭埋進了手掌。

「只要你，不告訴任何人。」他說。

●

正月初十的傍晚，大先生被幾個學生用擔架抬進了藻溪。大先生是去富陽接肖安泰母親的途中遇上了事的。富陽縣城是日本人在把守著，經過城門的時候，行人都得停下來向膏藥旗鞠躬行禮。大先生不肯行禮，便被抓了進去。等到消息傳回省城，大先生學校的校長親自出面保人的時候，已經是兩天之後的事了。這兩天在裡頭遭了什麼樣的罪，大先生怎麼也不肯說。其實不用說，只要看到大先生的樣子就猜個八九成了。

大先生從監獄裡出來，馬上給送進了縣城的醫院。醫院包了包傷口，就讓大先生回家了——醫生說那些傷只能回家慢慢將息。

大先生的右手——那隻捏毛筆寫字的手，已經斷了，現在打著厚厚的夾板。大先生的肋骨也斷了幾根，輕輕咳嗽一聲都疼得冒汗。大先生的兩顆門牙沒了，嘴丟了掌門的，便一下子塌陷了下去。這些傷看著揪心揪肺，卻都是皮毛上的，慢慢地都能將息過來。真正的傷，卻是皮肉上看不出來的——大先生的腰骨殘了，大先生永遠也站不起來了。

呂氏叫月桂孀攙著，掙扎著爬下床來看兒子。兒子離家的時候，是站著的，回來的時候，卻是躺著的。呂氏只看了一眼，就牙關緊閉昏厥了過去，月桂孀慌得只知道拍著腿哭。

吟春看見屋裡人進人出——都是聞訊趕來的街坊，聽見哭聲喊聲嘆息聲響成一片，只覺著平日重得像磨盤的身子，這會兒輕軟得彷彿要往天花板上飄。她的腿腳站不到實處，她想找個地方靠一靠。

「吟春，吟春你拿個主意啊！」

月桂孀的喊聲把她的耳膜扎了個大洞，她突然就醒了：她沒得靠了，她再也沒得靠了。陶家的天已經塌了，整個塌在了她上官吟春的身上了。從今往後，她誰也指望不上了，她只能一個人跪著爬著，一毫一寸的，把這塌了的天再慢慢地扛回去。

她突然就鎮定了。

她吩咐月桂孀趕緊去喊郎中，又指揮大先生的學生過來，把呂氏抬回到床上去，給呂氏掐人中澆涼水。終於把呂氏救過來了，郎中也趕到了。吟春把呂氏交到郎中手裡，就派前來幫忙的婦人們生火燒水煮米湯。自己便翻箱倒櫃地找條乾淨的舊衣裳，撕成條，在滾水裡煮過了，再撈出來噝噝地吹涼。

吟春拿過呂氏平素念經拜佛用的蒲團，鋪在地上，跪下來給大先生洗臉揩身。她的肚腹磨盤一樣地壓在她的膝蓋上，她的腿很快就麻木了，像有千千萬萬隻的蟲蟻在蠕爬齧咬，可是她顧不上。大先生閉著眼睛，她擦一下，他蹙一下眉頭。他疼。她也疼。可是這會兒她也顧不上疼。大先生身上的傷口像旱天裡的田地般地咧著嘴，此刻她唯一顧得上的，是把這一路上沾染的泥塵盡快地從那些口子裡清洗出去。

「別怕，有我。」

她趴在大先生的耳邊說。這句話她說得很輕，輕得像一絲從樹葉子裡漏過去的風，可是她知道大先生聽見了。這句話她是講給大先生一個人聽的，因為別人就是聽了也不會信。誰能信一個十九歲的連平陽縣城都沒去過的女子，能扛起一爿碎了的天？可是她不在乎，她只要大先生信就好。

大先生睜開了眼睛，嘴角抽搐了一下，石板一樣嚴實的臉上，漸漸裂開了一條細縫。這條細縫在通往微笑的崎嶇小道上艱難地爬行著，可是就在幾乎成行的那一刻，它卻驟然消失了。它消失得那樣迅速，那樣毫無蹤跡，它讓每一個在場的人都開始懷疑它是否真的曾經存在過。

大先生的目光，停在了吟春腫脹的肚腹上。大先生彷彿突然記起了一樣他很想忘卻也幾乎忘卻了的事。大先生掙脫了吟春的熱布，別過了臉。

吟春湊過身子去扳大先生的臉。大先生不讓，吟春不放，兩人僵持了一會兒，大先生突然掙起半個身子，推了吟春一把，用那隻沒上夾板的手。吟春沒想到渾身是傷的大先生還有這樣的力氣，身子一歪，就米袋似的跌落在了地上。屋裡的人驚叫了一聲，都怔住了。

吟春在眾人不知所措的目光中緩緩地撿拾起自己的身子，端起那盆半是汙血半是泥塵的髒水，默默地走出了屋子。她知道她不能回去——至少現在不能。因為大先生在推她的時候，說了一句話。這句話從大先生缺失了門牙的嘴裡說出來，聽上去像是一聲含混不清的嘆息。唯有吟春聽清楚了——吟春總能聽懂大先生的話。

大先生說的是：「賊種。滾。」

賊種。

吟春躺在床上，眼睛睜得大大的，在想今天大先生說的話。

屋裡響著各式各樣的鼾聲。腳底下那片紡棉紗似的鼾聲是月桂孀的。月桂孀今天跑前跑後忙了一整天，月桂孀撐不住了，還沒挨著枕頭就睡著了。月桂孀死過了丈夫死過了兒子又死過了養女，月桂孀的心糙得像沙子，這世上沒有什麼東西能拽得住她的睡眠。

隔壁屋裡的鼾聲，是那班學生娃的。學生娃的鼾聲心急，不經過喉嚨就直接鑽進了鼻孔，一聽就曉得了他們還年輕。他們在大先生跟前打著地鋪，輪番守候。剛躺下的時候，他們還不想睡，唧唧咕咕地說了許多話，說的是停學去打日本人的事。有人說要去重慶，有人說要去延安。大先生從來不贊成他的學生從軍從政，可是今天大先生沒有吱聲。學生娃吵來吵去吵了多半個時辰，才漸漸靜了下來。今天他們抬著大先生走了幾十里的路，他們的腦殼子不想睡，身子卻睏了。腦殼子沒有幾兩力，腦殼子打不過身子，身子就拽著腦殼子咕咚一聲掉進了睡夢。

連呂氏也睡著了。呂氏的鼾聲像滅了火的茶壺，雖還冒著些熱氣，卻是有氣無力了。呂氏是一屋子人裡最不想睡的那一個，呂氏的心上掛著千樣萬樣的事。呂氏把那些事翻來覆去地想過了幾遍，漸漸地，那些事就在她跟前打起架來，你一拳我一腳地把她打糊塗了，她扛不住，就睡著了。

大先生，大先生呢？

吟春豎起耳朵聽著那屋的聲響。吟春的耳朵是張細網眼的竹篩，吟春把滿屋的聲響都濾過了一遍，網眼裡留下的，依舊還是沒有大先生的動靜。

興許，大先生還醒著。

突然，她聽見了一絲聲響，她立刻知道那是大先生的呻吟。大先生真能忍啊。她給他洗傷口，他至多蹙一下眉頭，可是他連噝都不肯噝一聲。她發現他的下唇有一層層的痂，有的長硬了，有的還流著湯——那是他的牙印。他要是醒著，他絕對不能發出那樣的呻吟。

大先生也睡著了。吟春想。這世界，人即便渾身是傷，心就是碎成了千絲萬縷，也還得睡覺啊。誰也扺擋不住睏意啊，就像誰也扺擋不住死。

月亮已經很低了，低得壓到了河邊的葦葉。再過半個時辰，雞就要叫了。車馬店的雞，總是第一個開叫的。那裡的雞多，一醒就是一大窩。那兒的雞一叫，就把別家的雞吵醒了。

等到鎮上的雞都叫過了頭遍，天就要亮透了。這些日子吟春時常睡不著，吟春已經把各樣的夜聲都漸漸摸熟了。

賊種。是啊，賊種。

這是大先生親口說的。

大先生沒有說雜種，大先生說的是賊種。

如果大先生說的是雜種，或許事情還有救——大先生至多只是賤看厭惡了她肚腹裡的這團肉。賤看和厭惡是山石，很重，卻不是她忍不下的那種重。或許她搭上她的一輩子，能從那樣的山石裡鑽出一條縫——一條勉強容得下她和她孩子棲身的縫，只要她肯像泥像塵那樣低賤地活著。

可是大先生偏偏說了賊種——那是決絕的，一生一世的，眼不見了也還在心裡存著的恨。那樣的恨也是山石，卻是她忍不下的重。世上沒有水能滴穿那樣的石頭，世上也沒有人能捱得下那樣的重。

她肚腹裡的那塊肉又踢了她一腳。自從今天她摔了那一跤之後，它就再也不肯柔順安生地待著了，它開始不停地踢蹬她，一腳比一腳狠。一股尖銳的疼痛從腰腹之間彌漫開來，她的身子弓成了一隻草蝦。

了。

「挨千刀的，天殺的！」她咬牙切齒地罵道。

突然，一股溫熱順著她的大腿根流了下來。她拿手一抹，是黏的。

她猛然明白了，那團肉聽見了她的詛咒。它再也不肯忍那樣的歹毒了，它要提早出世皇天。我打死也不能，把這個賊種生在大先生眼前。

吟春掙扎著爬下床，穿上棉襖，跌跌撞撞地摸出了家門。

——原載《印刻文學生活誌》二〇一四年五月號，第一二九期

本文收錄於二〇一四年五月《陣痛》（印刻）

裕琴

——黃淑假

本名黃淑真。東海大學中文系碩班快畢業，每個周末都要拿紅筆在檯面下假裝正經，輔導寫作文比自己厲害的國中生，摧殘他們，陪他們練拿六級分的掰掰神功。未來想從事的行業，據說從南到北的薪資都一樣低。曾獲東海文學獎、中興湖文學獎、時報文學獎等等。

一

裕琴自覺此生從未做過真正的一件壞事，但她阿母還在世時總愛指她鼻子罵，說她懶，說她無骨無腰無腦無腳，無、心、肝，她與生俱來的不孝像剪落地的腳趾甲屑，越剪，越生。

面對責罵，裕琴每每脫手戒、脫玉鐲，脫己身一切金銀銅鐵，無論真假貴俗，全往她阿母面上扔，邊喊：「就是妳這款人，才會落得不孝女在家給妳『孝順』！誰拿得錢給妳開？還不都哥哥妹妹，他們最孝順啦！就會給錢，給大張的，一年不回來幾次！」

她那位年邁母親總哭得嘶聲，哀哀泣音沿家後汙水溝橫竄，爬進每位鄰里耳裡棲著，使他們日後每見裕琴顎頸便禁不住發抖，眼神閃躲、舌硬如石。

論吵架裕琴從來是贏家，她這人從不知要保面子，與人論理不過就拗，拗不過就賴，一賴便成一世。像她霸占大哥名下的這幢房子，初始是為去鄉手足看顧雙腳日益不便的老母親（反正她總最得閒），過幾年，她開始以此做藉口向兄長們要錢花，最終變得只志在侵占不屬於她的財產而已。

不知何時起裕琴習慣了腐敗，懶於憂慮自己最終會成就何種型態，納得了如此生活的輕鬆愜意之樂。

個把月前，可憐可恨的老母去了，裕琴隱匿了一陣她的死，將自她床底尋出的一箱金飾珠寶全換了現金入戶，等阿兄、么妹獲知死訊回家，阿母早已火化裝盆，擠在舊式廚房流理臺下和成堆親戚送的醬筍杵在一塊，連張口哀嚎都只是靜靜地。

給一雙兄長和么妹押著在客廳坐下商談時，裕琴嚷說人死了就死了，不過是少張嘴、多把灰，在意那麼多有啥屁用？不如讓我快些出門赴約會。

那是個日頭正好的周末午後，春天，盛放的櫻花在巷口垂著枝頭。二哥壯碩的右臂越過矮桌，大掌搧得裕琴「哇」一聲號哭，么妹趕緊伸手摟她。

裕琴還記得當時大哥看她的眼，那樣冷、那樣苦。

後來她在人前哭，說自家兄與妹怎地這麼死沒良心？老母臨死他們不奔喪，死後魂未安位便來討遺產，向她討，向她這麼一個孤伶伶守在無人甘願照看的老家，萬般忍耐守著阿母半輩子的老姑婆討。哪來錢？她這樣個失業人口哪來錢？母啊！他們連日後拜祭妳的金香都要討！

么妹和二哥從此和她斷了聯絡，大哥則久久訪她一次。

裕琴從此能按月領取手足給付的「房屋管理費」，但她從不為此滿足，還抱怨當初為侵占房產付出的心力害她足老了二十歲。

二

裕琴偶爾會心血來潮反省自己。

她回首來時路不為別的，只為確定能令她規避責任的人生神祕：天命不可違。

裕琴相信，她的命是給算命算壞的。

七歲時，那位坐街廟邊據傳可入地府、通天庭的神棍，以長又黃的指甲捏住裕琴臉仔細端詳，鐵口斷她是蜘蛛精轉世，肚腹內盡是前生久不得獵物的飢渴，今生只知伸手向人討，不知動手做事。而裕琴手腳竟真的一年比一年愈白而纖長，年輕時胸還有肉，但愈長身子便愈扁，使她靜時看上去像條晒在路旁的竹竿，一伸手腳便使人輕易聯想起在山樹上結網，黑身黃條紋的人面蜘蛛。

不僅形體，最終就連生活方式裕琴也應了算命仙的渾話，愈活愈像個無賴。不僅阿母因她不檢點的夜遊習性待她愈壞，連街坊也處處防她，時常私下耳語她偷了誰家的細物，拿了誰家阿媽口袋裡的錢，而往往他們耳語中提及的十件事裡，當真有六、七件是裕琴所為。最後，就連巷裡一戶人家盛開的山茶花給風吹落水溝底見不著了，她都被問罪。

人人都說，她天生一條爛命。

裕琴再同意不過他們，也正因人人都說她，她才能爛得理直氣壯，真好，但她也曾想過認真生活。

早先，裕琴在家電子公司上班，一年後因缺勤過多給人資遣，又做了百貨公司櫃姊（誰讓她生得膚白面秀，天生合適專櫃燈光），但不過半年，因她老在上班時段給自己抹粉描眉，愛理不理顧客，就又給辭退了。

她這人總這樣，初見討人歡，再見使人疑，更見惹人厭，做什麼都不長久，也沒人受得住與她長期相處。

家中唯一懂得疼惜她的大哥最終幫她集資開了間店，賣水果。

新開張的幾月一切安順，大哥替她尋得的三角店近市場，既廣闊又明亮。人客都說裕琴實在三生有幸，竟能得個聚寶盆，他們更讚這店，說這可是個難得的招財位，但她辛勤不過三月便膩了。

裕琴牢記那日，她明明起了個大早卻不趕著理貨，反而拿新買的大紅指甲油這擦擦、那點點，玩了好一陣子才甘願上店舖打理灑掃。往後她一日比一日晚起，一次比一次晚上店舖，最後索性天天在家蒙頭睡覺，清醒時只顧胡亂轉電視，人來問她怎不開店時她才懶懶按開店的鐵捲門、開冰箱，問對方要買什麼自己挑。已經冰五個月了要不要？呿，冰箱這麼厲害，哪有東西會壞呢？你說是吧？對，我把你當白痴，你就是白痴，竟然敢來這種要開不開的店買東西，還期待有新鮮貨……滾開！愛買就別怕回家屎剉一地！

受辱的顧客將裕琴告上法院她也不理，倒是大哥纏著那人替她談了庭外和解，付了她拖欠的店租、收了店。

一直以來，裕琴並非作為一個人，而是作為一群人活著。

她總轉嫁咆哮著的麻煩給身邊人。血緣也好、友情也罷，這些人與人間的聯繫是張蛛網，她是盤據正中的雪白蜘蛛，只消輕輕勾動覆滿纖毛的長腳，就能掀起一波餘韻無窮的震盪，奏出使人掩耳的崩裂樂音。

並非無人嘗試過割裂與裕琴連結的命紘，而是每當他們狠起心來對她，便會在她的淚與困窘中見到始終存在的人性。如同生在叢樹參天且綠藤蔓生沼澤地的居民，不過偶見陽光便覺得沼澤可愛，忘了己身骨肉已像戰壕裡士兵的腳踝，軟爛得幾乎剝離。人們習於咒罵裕琴惡極的自我中心，但只消她稍顯露柔軟的小女孩個性，他們就會說服自己替她找藉口，一再原諒她。

畢竟，她不真壞。

比起電視新聞上殺人放火的罪犯，裕琴不過活得卑鄙，還值得些原諒，這實在令人欣慰。

「誰讓我是蜘蛛精。」裕琴總愛在出事後這麼喃喃藉口一句，彷彿一旦承認了算命仙隨口胡謅的命，她扭曲糾結的運就成了必然。

三

景榮不像裕琴生來就有張討人疼的面，他五官扁而平坦，一身紅磚牆似的膚色還襯著特地花錢照白的一口牙，可疑極了。

裕琴還記得他那日提大公事包踽踽自路口來時，從來平靜（只要她裕琴不吵鬧、不同人碎嘴）的街內如何掀起波啟人疑竇的熱浪，熏得聚在道旁藤椅上搖扇聊天的老人一張張皺而垂的嘴閉闔，同時演起默劇，而他景榮竟還提箱上前問這些將死未死連鼻尖也耷拉的人們，要不要買「青春精華露」啊？

電視上的連續劇不再精采，裕琴專心觀察景榮，看他敲每一戶的門，一次又一次被拒絕，甚至讓那位壞脾性的阿媽當面甩上門。

最後，身著鹹菜乾般皺巴巴西裝的他拖著蹣跚步伐，忘了敲門的禮節拉開裕琴沒勾上鎖的紗門，還沒開口便先給過長西裝褲腳絆了下，把自己撞得鼻血直流。

血色在景榮汗濕的衣領上渲染作徒勞的美豔。

裕琴看著他，懷疑有誰會同他買東西？

那日，她不僅買了「青春精華露」，還帶了兩瓶美白乳液，向他買了五千五百六十五元。她還笑他，外出做生意連五元也不懂得替人減、做人情，真呆子，卻給了萬分賠不是的景榮分毫不差的錢。

一個月後，景榮又提公事包來。

他腳才踏入街，裕琴便知他會直尋她來。

這回他記得敲門的禮節，慎重地把她上栓的紗門震得鏘鏘響。

裕琴故作姿態在沙發上蹭動了好一會，這才將眼滴溜溜轉向門外勉力保持微笑的推銷員。

「你終於來啦？」她笑說。

這天，她得知他名為景榮，在南部不知何地有妻小，本業是水泥師傅，今年三月以前都還接些零星、稀如泥水的工作，隻身一人北上是為養活帶不來的一家五口，一口牙白得假，是因人說跑業務的須臉齒乾淨，他漂白不了面，便便宜漂了牙。

他嗓音輕柔而誠摯，將不過二次見面的她當知己看。

「我們那裡是小地方，幾乎全部的男人都靠工地生活。」

裕琴支手托腮、斜身，慵懶地瞅著景榮，看得他忘了手上捏的精美產品簡介。

「阿爸希望我能成為那地方最厲害的工人，給家裡帶來一片繁榮的景色。」

所以才叫景榮啊！真好，哪像她，不過被阿母隨便起了個好喚的名。

「但是我一出生，工地的工作就減少了，不知道為什麼。」景榮磚色的面又紅了些。

「長大後，我沒成為那地方最厲害的工人。」

哪會呢？有項長才不頂好？像她，正因身無長處才待在幾乎僅剩老人呼吸的這條街上。

「可是，我塗水泥也沒塗得比任何人好。」

他愈說面色愈紅，最後幾乎發黑。

「我阿爸說我是天生的喔，爛命一條。」

這天，裕琴同景榮買了整一萬元的保養品，付現。

她知道景榮還會來，也許隔幾月，也許隔幾天，反正她會等他，要多長時間並非問題，重點是他對她說了下次還來。

再下次，裕琴沒讓景榮進門，倒是提包一拿推他上車（這車，是她幾年前自大哥家開來的，反正他沒跟她討，她便不還），去市裡為他訂製了套料子極好的西裝。

「做業務，沒門面可不行！」她說。

景榮下次來時，穿了她給他買的新衣裳。

這回他在她面前開箱展示新的生技產品卻不再推銷，反而專注同裕琴說話，把成排產品晾在桌上作裝飾，像幌子，來找她的幌子。

裕琴聽了更多景榮的家鄉事。聽他說他的阿爸怎樣靈活上下工地鷹架（小時候，我覺得阿爸像猴仔，能身手靈活地從鷹架這頭過到那頭），說他阿母怎麼拿衣架打得他滿身黑青，還有和他一塊在工地長大的朋友，都是工人，每次他回家他們都把他找出去，作夥喝得爛醉。

「錢歹賺啊！」

景榮說，每次喝醉他們都會合唱〈金包銀〉。

就這樣，裕琴愈來愈頻繁與景榮見面。每次景榮離去前包裡都裝著五千以上，一萬以下金額的錢，留下瓶瓶罐罐標榜回春或除皺的保養品。裕琴把它們堆在過去阿母住的房間，不知不覺數量竟已百瓶。

她用過最初買的那批貨，「青春精華露」和美白乳液。開瓶時，精華露的香氣嗆得她連連噴嚏，還須開窗方能正常呼吸，乳液則稀得驚人，塗在身上像擦水，身上更凸起一粒粒蕁麻疹，癢得她夜不能寐、整日坐立不安，只有在景榮來找時才症頭全消。

景榮是唯一討她開心的人。

誰讓她是蜘蛛精轉世，鄰居見她連招呼都免了，什麼區裡的活動邀請和抽獎券，她一張也沒收過，而大哥雖會久久探她一次卻連她的面也不見，只在騎樓下沉默吸菸，聽久不見的鄰居們話她裕琴家常。

一直以來，她只擁有自己。

四

和景榮的往來持續了半年，裕琴已把阿母房間堆得不見地板，卻還持續一月幾次向景榮購買她從來不用的保養品。大哥回家來巡時依舊無言對她，在騎樓下抽完一整支菸，悄悄來、靜靜去。

購入的產品達三百樣整的那日，景榮向她細講了自己的髮妻。

他妻和他一樣長得樸實，鄉下人模樣（景榮一直覺得裕琴生了張標緻的都市臉。裕琴知道，他總是偷偷瞧她），沒什麼優點，不但話說得慢，做事也慢，就連腦袋啊也是鈍鈍的。

快。

「但是她燒的菜、教的兩個小孩，卻特別好。」

一說起妻，景榮的磚色面龐便閃閃發亮，眼裡像放了煙花絢爛而有神，看得裕琴一陣不快。

這日，裕琴向他買了共一萬五的產品，還順道訂了將上世的「壞女孩」香水，開車帶他去市裡吃了頓一人要價兩千五的晚餐，但最終景榮還是沒留在她家過夜。

他講了套老話，說他和她從來是朋友，是生意上關係，他沒想這麼多，也希望她不要想這麼多。

「阿琴，請妳不要這樣。」

在車裡，景榮的面龐失去顏色。

他們沉默了一會，景榮靜靜握住裕琴揉上他大腿的手（她特地塗了春色的指甲油，但車裡太暗，真可惜了她那雙裝扮得處女般的手），推開了她。

「我下次再來。」他說，嗓音低得成了遠山來的回音。

五

景榮的「下次」極快，不過五天他就又找上裕琴。

深夜十點，街裡家戶都掩門關燈，裕琴卻在自家門口的街燈光照下見到把紗門拍得鏘鏘響的景榮。

「阿琴！妳一定要幫我！」

他一入門便急迫地旋身緊握住裕琴不及栓上門的手，臉上毫無血色，往常那樣深的膚色竟褪盡，成了給往生者摺的白蓮，就連粗而厚的手掌也冰得像她那在棉被裡死透的阿母。

「阿琴，請妳一定要幫忙！」他聲音顫抖，壓抑著將奪眶而出的淚水，一雙圓眼通紅。

「怎麼啦？你先坐下、先坐下。」

裕琴來不及給他拿杯倒茶，景榮便哽咽說起那件她「一定要幫」的事。

那天晚上景榮究竟同她說了什麼，裕琴已記不清，但那些話和他賣她成套貴過一切名牌，且價值顯然低過一杯開水的保養品時說的話無異，只是換個更煽情的講法。

原來，她和他到頭來不過是同路人。

她忘了景榮讓她簽下那張單的理由是什麼，許是阿爸或阿母病重，許是給人倒會，許是誤信了朋友投資失利，許是公司裡的誰拿他證件去錢莊借了錢，什麼都好，什麼都不重要，什麼聽來都老套，和報紙電視上報的騙子手法一個樣，不舊不新，僅一則訊息清楚明確地呈在她眼前：拿錢來。

裕琴看景榮像看個全新的人。

她從不知他講話竟如此流暢，還渾身是戲，懂得利用不時的抽氣與鼻音增添每句他想引人同情的重點，一會扁嘴抬手按眼角，一會重拍大腿，握緊他曾推開的她的手，或聳高肩膀，或下顎顫抖，臉色更是精采，由入門時的白漸漸轉青，至高潮處火燒般豔紅，最後，竟變得和門外的夜色一般黑了。

景榮賣力演，不停唱大戲。

裕琴默然無語（若是她二哥見她如此，定會嚇得去廟裡驅邪改運吧），只拿一雙冷眼直勾勾瞅著景榮攤平在桌上那張曾被揉皺復扯平的紙張。

她沒看清紙上印的零有幾位數（六位？還是八位？），甚至沒看單據標題便簽上自己的名。

裕琴記得，當景榮見她看也不看，如此迅捷地簽下名時，哭得抖顫的壯碩身軀有過幾秒的停頓。

「我會再來。」他說。

「阿琴，謝謝妳。」

推銷員景榮就此沒了蹤影。

裕琴不死心，開了幾天前剛到貨、最新買的「壞女孩」香水，對空壓了幾下噴頭。聞起來，像廁所清潔劑。

她想起大哥，想起他已許久沒來探她。

六

裕琴決心不再只為自己活著。

就算是她，總也有替人著想的時候。

景榮，一位推銷員（真是推銷員嗎？）老家在南部（但究竟是南部的哪裡呢？）是位水泥師傅（她懷疑，他真會塗水泥嗎？）曾給自己的阿爸說是「天生一條爛命」。

裕琴在看穿他那夜賣力的演出同時，興起了從未有，也從不適合她的同情。

「唉呀！」那時她看著景榮想：「這麼一個爛透的人哪，往後怎麼辦唷？」

在大哥公司門口，裕琴回想與景榮相識至今的一切，記憶在她腦裡一明、一滅，每一幕都有景榮真誠的笑，而大哥靜悄的步伐則伴隨她刺耳狂放的笑逐漸遠走。

她知道在她疊滿失敗的人生裡大哥耗去了所有耐心，也磨光了對她的愛，但她還沒完，始終還沒完，而他是大哥，她的大哥。她相信，他對她的照顧會持續，也該持續一生。

於是，今天她在他公司正門口，那座小而精巧的噴水池造景邊等他。

她要同他說，這次我戀愛了，麻煩借我點錢。就像以前那樣，給我點錢吧，啊？

愈斜而黃的夕陽將叢造景吐給陰影移照她身，裕琴的白皙肌膚金光四溢。

她看了看手錶。

已到下班時間，面前大片晶亮的玻璃自動門滑開，陸續放出些提公事包、穿制服的上班族。

他（她）們都看她，但僅是輕極的一瞥

一直以來，從沒人像景榮那樣用力看過她。

裕琴知道，大哥總會晚下班四十分，她只消耐心等、等他出來，反正他一定會出來，就像過往的每一次。

她不自覺抓皺了大腿處的裙襬，掌心濕淋而背脊發汗，身軀更顫抖如那夜的景榮，心音雜而紊亂。

她有些緊張。

但那又如何？不過是一瞬，只消等心臟閉嘴、良心再死，她便又是個完好的人。

逐漸閉闔的門面反射出光燦的她的身影，褪了現實色彩的幻影燭火般閃動了下。

不過是一瞬，裕琴誤以為它就要有了生命而張開了嘴，那道燦金美好的影子卻散了形，消散在陌生的風景之中。

只有蝴蝶翅膀般輕拍在她頰上的冷漠目光，還毫不留念地繼續。

——原載二〇一四年五月六、七日《中國時報》副刊

蚵仔麵線

鄭清文

一九三二年，出生桃園農村，在新莊長大。臺大商學系畢業，任職華南銀行，至一九九八年退休。作品有小說《鄭清文短篇小說全集》（七卷，麥田）、《鄭清文短篇小說選》（Ⅰ、Ⅱ、Ⅲ，麥田）、《紙青蛙》（九歌）；有童話《燕心果》、《天燈．母親》、《採桃記》、《丘蟻一族》（均玉山社）。獲吳三連文學獎、美國「銅山獎」、國家文藝獎等。

石世文因腸阻塞，去醫院急診，醫生叫他去照X光，護士替他灌腸，給他吊點滴，因為病人多，暫留區已沒有空位，一個歐巴桑把他連床推到走道，放在靠牆的位置。走道上，有微微的冷風吹過來。他轉頭一看，他的前面，腳的方向，已有另外一床，病人用被蒙著頭部，另外一個人，從走道的遠處向這邊走走停停，眼睛一直盯著牆壁。牆壁是帶有薄薄乳黃的白色。

「高老師，你怎麼在這裡？」

石世文正在打點滴，抬頭看了一下。

「呃，是石老師。這是我兒子。」

高維南指著走道的另外那一床。

「是永泰嗎？他怎麼了？」

石世文記得他的名字。

「高三了，快聯考了，還天天打球，打幾個鐘頭，滿身流汗，而後猛灌冰水，灌到胃發炎。現在的小孩，就是不聽話。」

「呃，真的？」

「是真的。不像你們家小孩，多聽話，都大學生了？」

「老大，大學畢業了。」

「永泰，不要裝睡，沒有叫石老師？叫石阿伯好了。」

「病人都很累，讓他睡覺吧。」

孩子沒有動，依然棉被蒙著頭部，只露出頭髮。

「人無遠慮，必有近憂。這真是名言，人的一輩子，什麼時候都會碰到情況。石老師，你說對不對？」

「聽說高老師教數學以外，還自己讀了不少古籍。」

「有人看不起古籍，那些都是人類的智慧，都是寶呀。」

「真的，不過，有很多道理，很深，實在不容易了解。」

「石老師，這樣好了。你年紀大我幾歲，我叫你世文兄，你叫我維南。可以嗎？」

這件事，高維南以前就提過，不過，已好久沒有見面了。

「好，好。」

「我教數學，數學愈深入，才發現，在古籍裡有很多和教學有關的高深道理。數學不但深，而且美。」

「嗯。」

「數學是一種技巧，這是一般人認識的，它也是無窮無盡的道理。」

石世文曾經聽他說過。

「$E=mc^2$，這個算式看來很簡單，它卻蘊藏著宇宙的祕密。其實宇宙大道理都藏在數學裡面。像『波旺卡列的推測』，意圖要用算式去解明宇宙的形狀，為了證明這個算式，八、九十年來不知毀了多少大數學家的一生。在中國像伏羲的八卦，其實也是很精深的數學，是二分法，陰和陽，可以把它想成零和一，它的變化是無窮的。你知道，八字的變化有幾種？」

「我沒有算過。」

「一個甲子等於六十，八字是甲子四次方的組合，也就是接近一千三百萬種的變化。」

「呃，有那麼多？」

「有呀。世事萬端，變化無窮。還有你們畫畫，也會應用到數學的原理吧？」

「我們沒有直接用，不過我們多少也了解，像達文西的永恆的曲線，像黃金比例。可能還有很多……像對稱，像平衡，我沒有深入研究。」

「世文兄，你很不錯，一般藝術家，都認為藝術和數學無關。了解數學，尤其是數學中所含的一些奧祕，一定會增加藝術的深度。」

高維南說完，又順著走道走開。

數學和繪畫的關係，石世文知道的並不多。他知道黃金比例，他知道遠近法，還有米羅維納斯的身材比例，那是女人美的一種重要數碼。不，這不完全是數學的問題。

以前，他畫畫的時候，曾經想到一個問題，畫的重點在哪裡？他忽然想到三角的五心中有一個重心，畫的重心在哪裡？一張紙不管什麼形狀，它必定有重心。他又想到，畫有重心，不一定是三角形那種重心，對稱不是重點，和諧才是。只要心中有一個重心。

「呀，石老師，你怎麼也在這裡。」是阿秀，帶著一個女孩。

「腸阻塞。」

「腸阻塞，嚴重嗎？」

「開始很痛，現在已好多了，可能打完點滴，就可以出院。」

「里美沒有來？」

「她不知道，我一個人來。以前發生過也是一個人來。」

「怎麼可以這樣？」

「她事情多，時間又這麼晚了。她明天還要上班。」

「你沒有告訴她？」

「沒有。」

「怎麼可以？」

這時，高維南正順著走道走回來。

「你在做什麼？」

「走走。」

「叫爸爸。」

「爸爸。」

「永珍先去看哥哥。」

「哥哥。」

女兒走過去，半蹲，伸手拉兒子的手。

高永泰伸頭出來，對妹妹笑笑。

「他怎麼了？」

「胃痛。」

「現在怎麼了？」

阿秀直看著高維南。

「好很多了。」

「永珍，妳帶爸爸出去講講話。」

永珍遲疑了一下。

「去吧，你們已好久沒有見面了。」

高永珍牽了高維南的手，往暫留區那邊走出去。

父女出去之後，阿秀就到兒子床邊，拉了他的手，摸摸他的前額。

「還很痛嗎？」

「有一點。」

「哪裡？」

「這裡。」

高永泰把被子掀開，撩起衣服，指著肚皮。

「會痛嗎？」

阿秀用手輕壓兒子的肚子。

「不會。」

「會想吐？」

阿秀捧住他的兩頰。

「現在沒有了。」

「你瘦了。」

「沒有呀。只是沒有肥。」

高永泰微笑著。

「還打球嗎？」

「要打一點球，才念書。」

「打球會影響功課喔。」

「不會。不打球，就沒有精神。」

「確定？」

「確定。」

「有沒有吃東西？」

「醫生說現在還不能吃。」

「什麼時候可以吃？」

「明天上午看診之後，再看看。」

「現在呢？」

高永泰沒有說話，手指著點滴瓶。

「要再打幾瓶？」

「我也不知道。」

石世文和阿秀認識，已二十多年了。阿秀在小公園旁邊的小巷口開一個小店，賣蚵仔麵線。石世文是因為吃蚵仔麵線和她認識的。那個店，本來是她父親開的，她有空就去幫忙，有一次父親跌倒，骨頭裂縫，本來想暫時休息，她說她可以做。

她學著父親，先把大腸和蚵仔煮好，把大腸放在小罐裡，另外一個小罐放蚵仔，她從大鍋裡，先勺好麵線，放在碗裡，把大腸夾起來剪幾塊下去，再用小湯匙加幾顆蚵仔。大腸的量，每一碗差不多，蚵仔就不同，一般五顆，她很準，湯匙一勺就是五顆，有時蚵仔較小，她就再加一、兩顆補上。石世文，開始也是五顆，吃熟了，每次都勺兩小湯匙，大概有十顆。

石世文記得，小時候，在舊鎮媽祖宮對面的市場，一側有好幾家小吃店。阿心麵店是很有名的，更有名的是一句話：「阿心賣麵，看人灑油。」那時多用豬油，炸油蔥，把它澆在麵上面，實在太香了。不過，阿心看到熟人，就多加一點油蔥，所以才有那一句話。

石世文不知道阿秀為什麼多給他蚵仔，可能是常客。那時，他已結婚，也常常和林里美一起去吃。

高維南和阿秀認識也是因為常去吃蚵仔麵線。他也是兩湯匙的。

有一次，石世文發現高維南在店裡幫忙。他把上衣脫掉，掛上圍巾，主要是由阿香勺好麵線，由他端給客人。

高維南教數學，喜歡考人。聽說，他考過阿秀兩個題目，阿秀因為幫父親看店，只讀到初中，高維南考她的兩個題目，她都解答了。

「一加到一百，總共多少？」

「五千五十。」

「妳怎麼算的？」

「在學校，老師有教過。」

「初中？」

「不，小學。」

「有一面牆，有一個人，有一顆球，那個人要先碰到牆，再去拿球，怎麼走是最短距離？」

「把牆看做一面鏡子，在鏡子那邊有一顆球，人往鏡子裡面的球，直線走，碰到牆，就折回來取球。」

「妳是怎麼想的？」

「很簡單，我們女人，天天照鏡子，自然會想到。」

「呃，妳真天才。」

「你要記得折回來，不要撞牆。不過，會撞牆，也是一種天才。」

「石老師，你是教生物的，好的種子很重要吧。」

「我想是吧。你要養什麼？」

「養女人呀。」

「哈哈，養女人無簡單喔。」

「阿貓阿狗不會照顧自己，有些女人很會呀。」

「世文，阿秀要和高老師結婚了。」

林里美去買蚵仔麵線回來。

「我想，這是一定的結果。」

「她問過我意見，好像有點不放心。」
「妳是說阿秀，為什麼？」
「她說高老師很怪。」
「學者、科學家，都有些怪。」
「還有藝術家。」
林里美低下頭，笑著。
「我還不能算是藝術家吧。」
他們結婚之後，高維南和以前一樣，只要有空，就會去幫忙。依然是阿秀勺麵線，高維南端給客人。阿秀懷孕了，他們繼續做，小孩出生了，要做月子了。要暫停營業嗎？高維南想了一個辦法，暫時只賣黃昏時分，由他主持，另外請了一個工讀生來幫忙。
「每一個客人要一樣，每一碗也要一樣，五顆蚵仔。」
高維南說，不過，他沒有阿秀那麼準，有時還要看著湯匙算一算，把多的放下，不夠的多勺一次。
他說，一加一只有一種結果，有人會證明一等於二，那是因為用零去除的結果。學過數學的人都知道，用零去除任何數字都是沒有意義的。

他們的生活看來很平順，也可以說是很和諧，高維南繼續教書，阿秀繼續賣蚵仔麵線，還繼續生小孩。不到兩年，生了兩個。石世文去吃蚵仔麵線，阿秀還是勺給他兩湯匙，這是違反高維南的新原則的。

「我認識石老師比你早，我不想改。我知道一不等於二，我也知道一加一是等於二。」

除了石世文以外，她另外幾位老主顧，照舊兩湯匙蚵仔。

「妳，也要聽聽我的話，不要一直說妳的話。」

「我什麼時候沒有聽。我什麼時候一直說我的話。」

「女人最大的問題就是話多。要知道，剛毅、木訥、近仁。」

「不要一直跟我說大道理。」

大概在兩年前，阿秀的蚵仔麵線停賣了一個多月，是因為她的父親過世。石世文和林里美有去參加告別式。

「我們離婚了。」

在阿秀的父親過世百日後，石世文去吃蚵仔麵線，阿秀告訴他。

「為什麼？」

「我父親病危，高拒絕去醫院看他。」

「為什麼？」

「你看。」

阿秀拿了一張紙條，上面寫著：

壬寅壬午連庚午
甲寅乙卯己卯逢
聖人傳下此六日
為人探病替人亡

「那一天，他不去，父親就在醫院裡斷氣了。」

「我沒有想到會那麼快。」

他辯解。

「你以為你去了，死的不是阿爸，而是你？你相信？」

「這是聖人的話呀。」

「哪一個聖人？」

「聖人就是聖人。」

小時候，石世文知道民間有聖人信仰，說聖人不會亂說話，他說的話一定成真。他聽過陳布衣這個名字，不過不知道他是誰。

「我把他趕出去了。兩個小孩，一人一個，由你挑。」

他們有兩個小孩，一男一女，高維南帶走男的，就是躺在病床上的這個，高永泰。

「石老師，你有要緊嗎？」

阿秀已問過兩次了。

「護士說，要再打一瓶點滴就可以出院了。開始很痛，我怕沾黏。」

「呃，那還好。」

「小孩，永泰也沒有問題吧。」

「沒有發燒，你看他在笑。」

阿秀再伸手摸摸高永泰的前額，用手指在他的臉上畫了一下。

「你想吃什麼，媽媽煮來給你吃。」

「現在還不能吃。我想吃什麼，我會去找媽。」

「他們兄妹，沒有說話？」

「有呀。他們現在同一個學校，常常會碰到。」
「他們父女去哪裡？」
「沒有關係。他們說話，不會很久。」
「你們會再一起？」
「我想不會吧。」
「他有再去吃蚵仔麵線？」
「有呀。」
「是一湯匙，還是兩湯匙？」
「兩湯匙呀。」
「他沒有反對？」
「沒有。」
「你們真的就這樣分手了？」
「對。我們都簽名了。」
「你們可以再……」
阿秀輕笑一聲，沒有回答。

「石世文先生，這是繳費單，出院的時候，去門廊那邊繳。」

護士拿了一張單子給石世文，一邊看著點滴瓶，還用手指捏了兩下。

「媽，我們回來了。」

女兒牽著父親的手。

「妳有跟爸爸講話？」

「爸爸講，我有聽。」

「嗯。我們要走了，去跟哥哥說再見。」

「哥哥。」

女兒拉拉男孩的手，忽然抱住他的頭。

「哥哥再見。」

「永珍再見。」

「跟爸爸說再見。」

「爸爸再見。」

「再見。」

「你出院，記得來看媽媽。」

兒子沒有回答，只是輕輕地點頭，臉帶著微笑。

高維南看著母女兩人離開，突然冒出一句：「唯女子與小人難養也。」然後走向走道，眼睛盯著白色的牆，停下來，很快伸手，啪，而後看著牆，再看看自己的手掌。

兒子又拉了棉被蓋住臉。

——原載二〇一四年五月十三、十四日《自由時報》副刊

祝福——黃錦樹

黃錦樹 Ng Kim Chew，一九六七年生於馬來西亞柔佛州，一九八六年到臺灣留學。臺大中文系畢業，淡江中文所碩士，清華大學中文博士。曾獲中國時報文學獎等。現為國立暨南大學中文系專任教授。著有小說集《夢與豬與黎明》（一九九四）、《刻背》（二〇〇一）、《土與火》（二〇〇五）、《南洋人民共和國備忘錄》（二〇一三）、《猶見扶餘》（二〇一四）等。論文集《馬華文學與中國性》（一九九八）、《謊言與真理的技藝》（二〇〇三）、《文與魂與體》（二〇〇六）等。

我們稱之為路的，其實不過是彷徨。

——卡夫卡語。轉引自史坦納《語言與沉默》

離開下著大雪嚴寒的家鄉，起飛，往南，何止跨越三千里。為的是造訪父親在赤道邊上熱帶的故鄉。

陌生的親人到機場來接，瓦楞紙上用簽字筆大大的寫著我的名字。

二十多歲的女孩，高眺，有一雙令人稱羨的美腿，比我還高半個頭；緊挨著一個高高瘦瘦的男人（應該是她的未婚夫吧），女孩自稱小魚（還是小虞），大聲叫我「阿姨」，讓我覺得怪不好意思的，我大她沒幾歲呢，而且她的發音魚姨虞愚餘余于遺不分的。一旁，有個端莊的中年女人表情有幾分尷尬，接過我的行李，用聽來格外親切的怪怪的口音說了自己的名字，我小聲的叫了她一聲「紅姊」，自己心裡也覺得有幾分不自在。我忍不住打量了她一下，她的眉眼確實和爹有幾分肖似，都有股愚騃的堅定（柳也常這麼形容我），皮膚算得上白皙，但眼底有一抹淡淡的憂鬱。

甥婿阿順開的新車馬自達，從星洲入境，車子快速的穿過長隄，順利的過了關卡，也沒檢查我的行李。一路上零星的交換一些訊息。談到爹晚年的病，對女兒的思念，紅姊顯得憂傷。「沒想到那麼快。」她說，原本計畫女兒的婚事辦妥後，帶她母親北上一行。她叨叨絮絮的說著，原本簽證一開放就該去看看他的，但家裡的工作實在忙，走不開。但她的口音讓我聽得吃力，比爹更嚴重的走音的南洋華語。

「我媽好像也不是很贊同我去見他，怕我爸面子上不好看吧。我爸嘴巴說沒關係，心裡多半還是介意的。就那樣一直拖著。沒想到他突然就……」

但她也要求我不要告訴奶奶爹的死訊，怕伊承受不了，只告訴伊爹身體不好，不能坐飛機就好。因此我也不敢立即告訴她，我行李箱裡還帶著什麼。

雖然應著爹的要求，我們來往過十多封信；小紅的母親多年前也告知她真正的身世。還好那養育她、疼愛她、自小即被視為親生父親的男人是革命的擁護者。當爹被捕遣送中國、他愛慕已久但一向對他冷淡的女人突然問他願不願意娶她時，他就知道多半是有革命任務要他承擔了——她在信中說，她爸爸一直有著別人沒有的幽默感，很愛講笑話，也不怕讓她知道他不是她親生父親。「我對妳們的愛超過這一切。」他們其實是當年的革命夥伴，在那場漫長的革命中身體和心靈都受到不同程度的傷害。

「好過撫養革命遺孤——我還賺到一個老婆。我尊敬她的情人。那一代被遣返中國的聽說都過得很不好。祖國是嚴酷的。祖國之愛對我們來說總是太過沉重。」

後來我還在他書房裡親耳聽他這麼說。也從他那裡看到蘭姨結婚時的小照。他端坐在椅子上，笑得嘴巴闔不攏來；挺立在一旁的蘭姨如女明星那樣梳了個高髻，著旗袍，嘴角上翹著微笑。小紅小魚笑的樣子都像伊呢。

胸脯高高聳起，說不定真的因為肚裡懷著孩子。

或許因此她後來為他生了三個兒子，讓他在重男輕女的家族裡得意非凡。

這趟旅程其實讓我非常掙扎，但這是爹臨終前的託付，置之不理好像又說不過去。除了必須向學校請假，到陌生地的無限忐忑（我不曾如此隻身遠遊，而柳沒時間陪我），旅費也是煩惱，還好爹留下了一點積蓄（他多年來為自己準備的旅費）。原本以為還得找個藉口瞞著娘親，不料伊竟是寬容的，還讓我給帶上幾塊古玉，六七個手鐲、十幾隻玉蟬、玉魚（原本是一大袋，我說，娘，得了吧，那會讓人誤會我在跑單幫呢），說遇到長輩可不好空手，聽說南洋華僑最愛祖國的古玉呢。但那不是舅舅他們那夥人在後院裡揮汗磨製浸泡的嗎？

爹晚年（他歲數其實不大，是身子被折騰壞了）多次委大使館申請返鄉，但都被馬來西亞政府駁回。原來當初被「遣返」（天啊，南洋可是他出生地）時，他的「恐怖分子」身分就永遠的被記錄在案了。而他的人民共和國身分證和護照上「出生地」上都清楚注記著「馬來亞」，這讓他申請簽證時吃盡苦頭。即使是以探親的名義，也受到百般刁難，還說他跟四十年前的多宗恐怖活動有關。

一年一年的，就那樣的拖到生命的盡頭。

他從故鄉帶來的家人的照片和信件在艱難的日子裡全被燒毀了，只剩下一本從南洋帶來的《論持久戰》。那是他朝思暮想的情人小蘭給他的最後一封信，她竟然把其中的幾頁拆掉，偷換成一封信，一針一針的縫進去。用相似的紙、相仿的字體、相近的筆跡，訴說她的情思，其中有這樣的句子：

「我知道你這一去多半不會再回來了，此生也許不會再見。但我並不後悔把身子交給你，不後悔那危險的激情，即使懷上孩子我也不怕，那將是我們愛的紀念。你別為我擔心，如果我懷孕了，我會找個愛我的男人嫁了，好好撫養我們的孩子，就當作是我們革命的果實。同志們都不容許殖民地狀態繼續下去，我也會盡我所能繼續參與鬥爭。但我的感情，卻勢難再為別的男人起波瀾了。」

單憑這幾句話，我就很想見她一見。

原來早在一切可怕的事發生之前，伊就幫他完成那精巧的偷渡了。心思多細密的女子啊。

而那部《論持久戰》，原本是嵌在一部中間挖空的《BIBLE》裡（那時英國人的牢房只接受這種書），書的藍色布封是她親手裁製的，「BIBLE」五個白色大字是伊手繡的，大字右下角題簽署名的位置繡著紅色小字「祝福」。爹說原來還有兩幀她青春美麗的照片，文革時都隨著聖經和布封被抄走了。

改革開放後，爹大概從有親人探訪的同鄉那裡打聽得伊果真懷了他的孩子，伊那時也極有效率的快速的找個男人嫁了，爹大概也心裡有數吧。那孩子，也是個女生，年歲可是比我大得多呢，比我娘小沒幾歲。

我此番南行原想以參加她孩子婚禮的名義辦的簽證，但因親屬關係難以驗證而遭駁回；只好仍以探望高齡近九十的老祖母的名義，以免當地政府懷疑我這麼一個單身女人，到馬來半島是為了撈金、賣身體。

她老人家仍健在，仍在苦苦等待她最心愛的長子的歸來。

兩個小時後，車子穿過一大片廣袤的枯樹林，「快到了」阿順說。

車子減速，停在路邊，車窗玻璃降下，涼風撲面。落葉紛飛，「感受一下吧。」他說那不是枯樹，而是橡膠林，恰是橡膠落葉時節。

風起微涼，竟然有北方秋日的蕭瑟之感。

高樹枝上的烏鴉，鐵鑄似的，一動也不動。

不久即抵達叫做「太平」的小鎮，迎面而來是兩排殖民地洋樓，牌頭牌坊鐫著「1909」、「1917」、「1923」之類的數字，土黃色或白色的建築，長久的雨蝕在邊上留下大面積慘灰的雨漬，有的荒廢了長著芒草、灌木。

車子拐去排樓後方，停在一道雜草叢生的大排水溝邊。

「到了。」是類似的殖民地三層小洋樓，上頭牌坊寫著「1936」，一個剪了短髮、目光銳利的，一身黑底鑲銀邊寬大袍子滿頭白髮的女人迎了出來，笑了笑，眼角雖滿布魚尾紋，笑容猶帶幾分嫵媚，著一襲暗色大花筒裙。伊伸出手掌，很洋派的握了手，手掌軟軟的。但聲音渾厚、咬字清晰。

「小南，歡迎妳來到馬來西亞。」

迎著我步上階梯，步到內裡，左邊櫃檯後笑吟吟一個上了年紀、目光淩厲、滿臉紅光的男人，櫃檯上方掛著個木匾赫然寫著「咸亨酒店」字雄渾張揚（這四個字很讓我吃驚），一角小字題署「糞翁」；推開矮門，男子姿勢怪異的——像大鳥攤開翅膀似的飄了出來（也像隻大螃蟹）。一隻手抓著檯門的柱頭，另一隻手伸向我要求握手，他的手異常厚實有力寬大，給他用力一握，四根手指被猛的一夾，一陣疼痛，眼淚差點流下來。

我忍不住啊的叫了一聲，抽回手猛甩。

「阿公你別故意嚇人！」小魚大聲抗議。

我這才發現這男人沒有腳，雙膝以下是空的，大腿也僅懸著一截粉紅、軟垂的肉。但他其實有一雙金屬義足。握完手笑嘻嘻表情十分得意的「飄」坐回椅子上，把自己「裝」回義肢裡，像章魚縮回它的罐子。

這才清楚看出他的雙臂像紅毛猩猩那樣長。

「外公在那場戰爭中失去了雙腳，請多見諒。」小魚悄聲說。

「不要見怪。」蘭姨拍拍我肩膀，好像那是什麼古怪的儀式似的。

蘭姨解釋說，樓下這裡其實是茶餐室，三樓是住家，並不經營旅舍，二樓倒是有賣點啤酒，一些年少時搞革命的朋友偶爾會在酒樓上相聚，打打麻將、議論時局。那些人多已是家道殷實的商人，或舉足輕重的商會理事了。

說到這，伊嘴角突然飄過一抹冷嘲，但很快就消失了。

那牌匾是他們的朋友偶然從香港的舊貨市場買到，轉送給他的，是價值不菲的真跡，並沒有嘲弄他的意思，老友都知道他一直愛讀魯迅的小說。櫃檯上，菸與茶之間還安插著幾本魯迅文選。青年時代他們都是魯迅和毛澤東的熱情讀者。他成婚且生下第一個兒子後，他父母心疼他的傷殘，即和他幾個哥哥協商，說服他們讓出各自對這房產的繼承權（他家還有不少園坵的土地），好讓他獨自繼承這份產業，讓他可以沒有後顧之憂養家、安度餘生。但那其實違反他的共產主義信仰的，但沒有別的、更好的選擇。那時他即曾自嘲的以魯迅的字體寫過一幅「咸亨酒店」，還自署「孔乙已」呢。

他其實暱稱阿福，客人和老友都那麼叫的。那幅字移到樓上的書房裡去了，不久後我也有緣看到。我不懂書法，但筆端多飛白，毛扎扎的，看了令人心悶，但看來每一筆都費盡了心力呢。

失去了腿之後，他勤練書法，以一手「好大王碑」，飲譽南洋書壇。據說他附近還有間不小的工作室，寫的招牌很受商家歡迎。雖然因政府干涉，純漢字的招牌只能掛在內堂。而掛在外頭的中文字必須小於馬來文，以免馬來人看不懂，即使他們根本不會光顧這種店。但基於文化情感，很多人還是願意花錢請名家題字（而且是繁體字），即便只能掛在內廳。

小魚後來有一次悄悄跟我說，是外婆和母親給了她外公活下去的希望，他很疼愛小孩子的。她還記得她小時候外公最喜歡扮演大螃蟹大鷹大蝙蝠，以手代足滿地爬陪她玩恐怖的追逐遊戲，惹得她母親很不高興。但他很愛面子，把自己講得像什麼護雛的大鵰，外婆也一直讓著他。

當晚蘭姨就留我在酒樓上書房一旁的小房間裡，她的孩子都打發到鎮上她家的另一棟房子去，紅姊回到自己的家，為她女兒的婚禮忙去。

三樓的書房還真的讓我吃了一驚，一進去就禁不住大叫了一聲，怎麼會這樣，怎麼那麼像。好像到了魯迅紀念館。

牆上高掛著魯迅的遺照（有鬍子的那幅，但紀念館裡掛的是魯迅的日本老師「藤野先生」的照片），靠牆的幾個書櫃裡陳列的是各種不同版本的魯迅著作，甚至日文的全集本也收羅了。其中一個書櫃裡裝的竟然是「魯迅手稿集」；有一面牆上掛滿魯迅的字，我們都很熟悉的〈自嘲〉（「橫眉冷對千夫指，俯首甘為孺子牛。躲進小樓成一統，管它春夏與秋冬。」）、〈自題小像〉（「我以我血薦軒轅」）、〈題《吶喊》〉（「弄文罹文網，抗世違世情」）、〈題《彷徨》〉（「寂寞新文苑」）、〈無題〉（「於無聲處聽驚雷」）之外，連〈阻郁達夫移家杭州〉、〈別諸弟三首〉之類的，也一幅幅展布。細看那字體，很熟悉，「魯迅真跡？」一旁的阿福卻是一臉得意。

甚至他烏木的書桌，看來也很眼熟。桌上掛著毛筆、硯臺，哦，那不是我畢業旅行時到過的魯迅紀念館裡的擺設嗎？還有兩尊拳頭大的銅像作為紙鎮，都是抑鬱的青年魯迅呢。

那些字，那熟悉的抄碑體，是共和國長大的我們習見的。但哪來那麼多魯迅真跡？從那紙和墨跡來看，又不像是複製的。

「哈哈哈，」阿福突然得意的大笑，「沒錯，都是我寫的。」

「他最愛對特別的客人炫耀這個。」蘭姨一臉漠然。「他的魯迅體幾可亂真。連北京上海魯迅紀念館都偷偷來向他下訂，有的魯迅著作手稿沒保留下來，都請他從《魯迅全集》裡用魯迅抄碑體抄下來，將來如果印《魯迅手稿集》可能都會收進去。反正連行家都看不出來。」

「最近連東京大學的什麼藤井教授都送來一大筆美金當訂金，要我用魯迅留日時的書體抄寫〈故鄉〉和〈藤野先生〉。這可是筆大生意。」阿福補充說。

「今天看到的事請妳保密，請諒解。」蘭姨說。「業務機密。」我感到那一抹冷嘲又浮現了。

「那『好大王碑』？」我不免有幾分納悶。

「那是騙書法界、商界那些傻瓜的。我從來不會讓他們到我書房。妳是自己人。」阿福笑得有幾分曖昧，目光閃爍，不自禁的舔舔舌頭。這讓我想起晚餐時他只夾肉吃，菜是一口都不碰的。純肉食性動物。

阿福隨即揮毫用魯迅體抄下郁達夫的名聯「曾因酒醉鞭名馬，生怕情多累美人」贈予我。還抱歉說剛剛握手時不小心出手過重，唐突了佳人。題簽上有「巢南姪女存念」字樣，竟然自署「胡馬」，這老頭真愛開玩笑。他還說要手抄一本《野草》折頁送給我留念呢。

然後蘭姨就引著我進入一旁的房間，是間小套房，卻擺了兩小張單人床，一張靠著牆。床上胸高處均以堅實的木杆子框起來，看來是為了便利阿福的行動；他大概可以靠著它在那上頭吊掛著行動自如。兩床之間有張小几，几上有個長耳瓶，瓶裡盛著茶色液體，裡頭浸泡著蛇、蝎、棒著的動物器官之類的，看來有幾分噁心。

「今晚我們好好談談。讓他睡書房。反正他午睡都睡書房。那裡擺了張骨董鴉片床。」蘭姨對我做了個眼色。

那晚伊仔仔細細的問了我爹這些年來的生活。

雖然他們後來通上信，礙於面子，爹不可能向她訴苦。爹像長篇小說一樣長而單調的苦日子，其實和同時代的海歸右派沒什麼不同，就是一路被懷疑、被折磨，能熬下去多虧了娘的愛與呵護。

那年，在那河南鄉下管理較為寬鬆的勞改營裡，有一回爹實在餓得受不了，就偷摸進農民的雞舍裡找雞蛋喫，出來時就被還是個大姑娘的娘給逮著了。戴著副眼鏡，文弱書生樣的爹，竟然嚇得發抖。娘說她一見就覺得心疼咧，吃得嘴角都是，不過是幾顆雞蛋嘛，怎麼嚇成這樣！伊即給他盛了碗熱湯。他們就那樣開始了。娘那時已過了婚齡，心底也有幾分著急；而爹歷經幾番整肅後，對祖國心灰意懶。如果不是惦著家鄉的情愛人和老母親，早就尋短去了。娘給他一個新的選擇，當問他願不願意留在農村當個農民，他義無反顧的點了頭。

門掩上了，微悶，沒開冷氣，吹著風扇其實也還好，只是老風扇轉來轉去挺吵鬧的。

我們比風扇的噪音稍微大一點的聲量談著，外頭時不時有車聲，一列火車轟然經過。有時彷彿感覺書房裡有什麼大型動物在爬動，似乎有一隻巨獸的耳朵靜靜的貼在門邊偷聽，甚至聽到輕輕的敲門聲。但旅程實在太累了，談著、聽著，我有時竟爾睡著了；醒來時發覺燈關了，書房裡驚天動地的恐龍的鼾聲，隔間牆一直在抖動。倘不是有蘭姨在身旁，我斷不可能這麼放心的熟睡。但蘭姨那兒似乎終夜呼吸聲裡帶著鼻水，也許她一夜都沒睡。

但我某次再度睡著前依稀聽到她悄聲呢喃：「這讓我想起我和他最後相聚的那個夜晚。」那是個激情的夜晚吧，在野外。她提到淙淙的流水，蛙鳴，貓頭鷹的叫聲，涼涼的夜霧，高而遠的星光，瘋了也似的風。

有一會伊似乎離開過房間，好久才回來，書房裡一直有怪聲。回來後伊細細的喘了好久好久的氣，好像走了好遠的山路。但也似乎聽到伊不知在哪個時間的空隙裡小小的抱怨說：阿福的那豬哥有時實在令人受不了，我這麼老了他還一定要我穿裙子。還每天要。累死人了。

但那書房裡的猛獸，好像終於安定下來了。再度響起陣陣鼾聲。

次晨一臉疲憊的伊親自開車送我到爹的老家。一條坑坑洞洞的柏油路，那一帶都是破敗的棚屋——鏽蝕的鐵皮、灰白的木屋，屋旁都種著高大的果樹。蘭姨精簡的講述了新村的歷史、它和那場革命的關係。伊也明白告訴我，爹的家人非常重男輕女，也瞧不起未婚懷孕的女人。因此小紅的事伊一直都沒敢告訴他們，只是偶爾以老相識的身分去看看她，給她帶一點她愛吃的零嘴。「她眼睛差不多看不見了，但她記得我的聲音。」蘭姨說她有雇了個阿嫂每天給她送吃的、協助打掃什麼的。「我也只能為妳爸做到這程度。她自己的女兒有自己的婆婆要顧。阿福的父母有他大哥大嫂照顧。」

爹出事後，有好多年他家人都歸罪於伊，說是伊帶壞她乖兒子。伊不怪他們，在生爹之前，她流過幾個孩子，其後生了兩個女兒，因此他們夫妻倆從小對他過於溺愛、管太多反而讓他非常叛逆，「我才是被她兒子帶壞的。」

蘭姨嘴角有一絲苦澀。

「她家的女兒都不給念書，都做工、年紀輕輕就嫁給工人，生很多孩子，苦一輩子。還好我爸不會那樣。但我還是讓他失望了。」

說著就到了，濃蔭大樹下，一間棚屋，一隻黃狗迎了出來，直朝伊搖尾巴。門像個昏暗的洞，門口藤椅上坐著一個黑袍老嫗。

蘭姨朝她耳邊大聲吼，那是我聽不懂的話（蘭姨說是廣東話）。依著娘的教誨，我大聲喊了聲「奶奶」；立即給她磕了三個響頭，握著她的手，讓她在我頭上臉上亂摸。蘭姨也叮嚀過，奶奶聽不懂華語，更何況我的中國口音。當然我也聽不懂她的南方方言。於是從頭到尾都有賴蘭姨的翻譯。「她問妳爸好不好，為什麼那麼多年都不回來看她，她眼睛都哭瞎了。」「她說妳兒子很好，只是醫生交代說不能坐飛機，他也很想妳，所以叫他女兒代他來看妳。」「妳結婚了沒有？」「有沒有男朋友？」我掏出兩個玉鐲子給她套在手肘上（昨夜給了蘭姨一小包了），她笑開一張沒牙的嘴，從衣襟裡摸出一條沉甸甸的金鍊子，鎖鏈似的，套在我脖子上。「祝福妳有個好婆家。」

突然，蒼老的熱淚滾滾而下。自伊喉頭深處一直發出奇怪的、尾音拉得長長的喊叫聲。蘭姨說，那是妳爸的乳名，說著連她都哽咽了。我突然聽懂其中一句：「阿發啊想念死你老母囉！」蘭姨輕輕牽起我的手，一道趨前緊緊抱著奶奶。

難道她直覺她的獨生子已不在人世？

其後我才知道她竟然生於甲午戰爭的末年，裹過小腳，年輕時即隨夫下南洋，拚出個兒子後，以為將來可以靠他養老，不料。

但我們沒敢多逗留，我自己也忍不住一直流眼淚。

但我也不可能代替爹留下來照顧她老人家啊。

其後即遷到紅姊家去住了三天（我直覺那酒樓上的小房間對女人來說非常危險），給了小魚一小包玉魚，給了紅姊一大把玉鐲玉蟬，還有我千里迢迢從故鄉帶來的爹的一半的骨灰，裝在半尺高的黑玉陶壺裡。

還有一片龜甲，上頭有爹刻的：，甲骨文的祝福，這是給紅姊的；另一片先前給了蘭姨，刻著甲骨文祝福的簡化書體：，祝還原至最老的形貌，其中的拐杖（示）省略掉了：只剩下一個向天祝禱的人（爹曾反覆詳細的解說，妳看，那是個多孤獨的人啊，無依無靠的跪在祖國的大地上，張開大口朝著老天。但我查過書，那是「兄」字之本義）；福剩下個鐔子，拐杖和高高捧著酒鐔的雙手都省略掉了。

爹晚年都在鑽研這個，我和蘭姨仔細的就這話題談了大半夜。

爹下放到河南去勞改，爾後落腳。之所以甘心一輩子落戶於斯，一個可能的原因是，他發現他竟然來到甲骨的出土之地，古老的商城附近，殷墟，最接近漢文化的發源地了。雖然經大規模挖掘後，有字甲骨片幾乎已很罕見，但沒字的龜甲和牛肩胛骨，農民耕地時猶時有所見。爹那時就到處徵集，不知哪裡找來《殷墟書契》殘頁，依著它自己在家裡農閒時燒灼刻字，尤其冬季時，他每每自得其樂的在炕上翻書，研究字形。娘問他，他也只是笑笑，「好玩唄！」娘不識字，當然不知道他在刻什麼。有時好心的領導勸他，「老李啊，你在瘋什麼呢？」他也只是報以傻笑而已。

文革時連同他的《BIBIE》被搜走，一併被沒收的那些甲骨片，村領導一度以為是新出土的文物，送到博物館去給專家鑑定，結果令領導大吃一驚：那可都是毛主席的詩詞啊，雖然都是局部，譬如「人生易老天難老」、「江山如此多嬌　引無數英雄競折腰」、「俱往矣　數英雄人物　還看今朝」、「一萬年太久　只爭朝夕」、「天高雲淡　望斷南歸雁」等等，有人建議以破壞、割裂偉大領導的寶作論罪；或以用封建甲骨文汙衊偉大的紅太陽之類的罪名——據說還驚動了中南海，毛主席看到自己的詩詞出現在龜甲上，自是啼笑皆非。但看到「天高雲淡　望斷南歸雁」時，不禁感慨說，「南人思鄉，何必見怪？」但也傳話下去要他別再刻他的詩詞了，偉大的毛主席看到自己的詩詞出現在龜甲牛骨上，心裡頭不免還是會有點毛毛的吧。

「讓他刻點別的吧。魯迅的文字也是不錯的。」

此後他就真的去刻魯迅了。但不知道為什麼，他對魯迅的舊詩沒興趣。雜文小說字都太多，他就只刻書名篇名。一片龜甲牛骨就只刻幾個字，像在做封面設計似的，一片片吊掛在牆上，好似在借那些篇名來敘述他從年少昂揚革命，到悽惶流放在中原的後半生：鑄劍。補天。理水。吶喊。藥。明天。淡淡的血痕中。無花的薔薇。祝福。狂人日記。示眾。阿Q正傳。孔乙己。白光。長明燈。在酒樓上。頹敗線的顫動。孤獨者。過客。一件小事。故鄉。傷逝。彷徨。死火。朝花夕拾。故事新編。采薇。野草。影的告別。赴死。墓碣文。墳。無常。（那些作品可都是我的童蒙讀物呢）。

越到晚年，他反覆刻來刻去就剩下那兩個字：祝福。多一個部件、少一個部件。兩個字之間的雙人舞：左右、上下、大小……精心打磨什麼工藝品似的。

唯一一件刻滿字的是給娘的，是片特大的龜板（他說那一定是南洋龜，北方無此巨龜），都是日月水土草木禾年牛馬羊鹿魚鳥之類的象形會意字，像文明開始之前的原始叢林。娘是滿心歡喜的，每一樣她都認得，她常反覆欣賞，「熱鬧唄」。爹送給我們的祝福（我有數十片呢）的龜板的左上角都有小小的標記，譬如蘭姨的是一個禾（穗）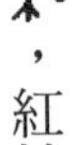，紅姊的是一個小小的日，而給我的標記著新芽破土。他自己的簽署標記在右下角，一個小小的腳印或正、或反、或向左、或向右、或向上、或向下。

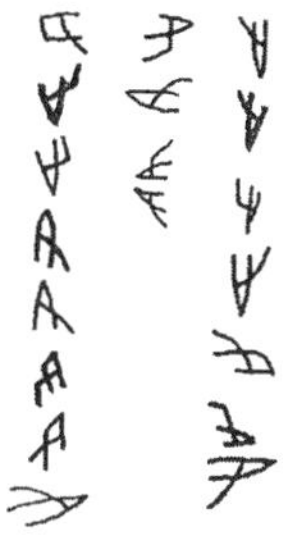

那夜和蘭姨聊到這，伊不禁號啕大哭，我只好趨前輕輕擁著伊，伊身上有股淡淡的玉蘭花香味。這哭聲，或許導致書房門外好似有肉食性大爬蟲狂躁的拖曳著尾巴，還打翻了椅子。好一會伊恢復平靜，哽咽著說：「世間本來就沒有路，但人走多了就——」伊喉頭像被什麼卡住，話說不下去了。

他們倆怎麼那麼像？怎麼都著魔於魯迅？我不禁問蘭姨。

伊說，我們革命青年個個都熟讀魯迅。

他們連名字都很像，感情也很好。否則妳爸也不會把我託給他。阿福原名叫永發，你爸叫再發，華人都希望子孫發財，取的都是那種名字，所以革命青年都會為自己改名字。但官方的身分紀錄還是原來的名字。

「改成阿福，是他和我結婚後的事了。也許是他看到我給妳爹送的悲傷的『祝福』；他搞革命時綽號叫老高，長得比一般人高，有一雙長腿，跑得非常快，要不是那場意外——」

意外的細節蘭姨沒講下去。可能是書房裡的躁動讓伊陷入沉思。

時局較好之後，爹或許被發現是個「識字」的，而被延攬到小學去教孩子們，雖然他的南洋口音很讓人不習慣，筆畫也常寫錯。

他畏寒，幾乎長年都縮在襖裡，天寒的時刻，好像恨不得有個溫暖的殼讓他把身子縮進去，但家鄉寒天長。雖然那裡是北方的南方，但卻是南方的北方啊。

娘心疼他，給他縫製了厚厚的夾襖，春秋夜裡都燒著炕，屋裡也隨時生了火。火讓他安定。但他每每望著戶外的大雪，長長的嘆一口氣。

幾乎每年初雪時都會聽他自言自語：不知道過不過得了這冬天啊。

只有盛夏時他才敢讓身體露出來曬曬太陽。

他的背影很好辨認。走路時一腳高一腳低，多次批鬥留下了傷害；總是低著頭，若有所思，久而久之就微駝了。我最喜歡看著他孤獨的彳亍於麥穗成熟時節的麥田間，那背影，雖有幾分孤獨，好像也有幾分小小的、確鑿無疑的幸福。

他始終戴著副厚厚的眼鏡，看人時神情有一點恍惚，好像要努力回過神來，才有辦法回應眼前的現實。眼鏡如果拿下來，就是一臉茫然了。

一切的風波過去後，他也不年輕了。他的知識基礎不足以讓他轉型成一個學者，農民的生活更消耗掉他太多的時間，鄉下也沒機會讓他進修。他很留心和他一樣的歸僑的消息，每每感慨：我們這些當年回中國的——不論是自願還是被迫的——幾乎都是虛度一生，毫無成就。

因此他特別期盼我可以念個大學什麼的，但我還是讓他失望了。我只勉力當上個小學老師。

小魚的婚禮後，紅姊堅持要親自開車送我去機場，不只婉拒了小魚的隨行，也婉拒了蘭姨，我猜她有話要私下對我說。

阿福的《野草》抄好了，以棉布鄭重的包好。蘭姨給了我一個信封，裡面竟然是一疊美金，但伊堅持要我收下。「祖國苦難深重。好不容易重新起步，你們可以把握機會去闖一闖。」小魚也送我一件禮物，是一本小書，她自己抄寫裝訂的，爹年輕時以各種不同筆名在報章上發表的，淺白爽朗的新詩。封面上題著《橡實成熟時》，用的是其中一首詩的篇名。

字體工整娟秀，看得出她在書法上頗下過一番功夫。

一路上紅姊臉色有點陰沉，變得非常沉默，時時咬著嘴唇，欲言又止。而車窗外落葉蕭瑟，我有預感我不會再回到這地方了。向奶奶辭行時，她只要我代為問候我娘，感謝她多年來照顧伊流落唐山的兒子（紅姊的翻譯），感謝給為他生了個那麼乖的女兒，有膽（識）一個人飛越千里專程來看伊（紅姊翻譯時臉色有點難看），末了還給我一個用力的擁抱，給了我一小把沉甸甸的英女皇頭的壹圓銀幣，說是殖民地時代留下來的，「給妳未來的孩子做紀念。」

紅姊竟是一路無語。一路無話可說的尷尬。

我只好翻閱《橡實成熟時》。句子直白樸素，但語意含混，好像被抄漏了幾行，如：

橡實爆裂。
種籽彈跳，從樹枝
到另一根樹枝
再到樹根
或者落葉上

即使發芽了
也沒機會長大

過長隄時打開阿福抄寫的《野草》（題簽：畐敬抄），翻開後大吃一驚，這哪是《野草》啊，第一首即是〈花一般的罪惡〉：「那樹帳內草褥上的甘露，正像新婚處女的蜜淚。又如淫婦上下體的沸汗……」我問紅姊這是怎麼回事？她突然號啕大哭，差一點偏離車道，撞上分隔島。還好隄上一路塞車，速度很慢，但她還是兩手發著抖。過了好一會，才稍稍平息。

「我其實好羨慕妳跟爸生活在一起。阿福他，因為知道我不是他親生女兒……他有時簡直是個魔鬼。」

但上飛機前她交代說：「別告訴我媽妳媽或任何人。我媽她什麼都不知道。她一直都覺得自己很幸福，也很感激阿福給她一個家，和安定的日子。雖然我知道她也很想念我們的爸爸。我也希望我媽幸福。」她還說，爹的訊息是她花了許多年，好不容易透過香港的朋友找上的。有好幾年她在跑單幫，常去香港。「那些年在我們國家，那都是些禁忌——什麼馬共，什麼遣返中國，提都提不得的。剛開始我以為爸在廣東的茶場，很多被遣返的都在那裡。查了沒這個人。後來以為去了湖南，馬共的高級幹部有一大批在那裡，但又沒有他的名字。他的階級沒那麼高。這些都是祕密，妳不知道這過程我花了多少力氣——很多事不是錢能解決的，還好那時我還年輕，也長得吸引男人——但我多次申請探訪被駁回，我沒辦法向官方證明我們是父女。」

她隨俗的送我一條金鏈（比奶奶那條輕得多，但看來精緻秀氣），說這裡的華人送女兒或姊姊妹妹的嫁禮都是這東西；奶奶給我的祝福也是這樣。

但她另外給我一小包東西，打開來看，是十來顆外殼溜滑、有著褐色斑紋或斑塊，拈起來沒甚重量的種子。

「這是橡膠樹的種子。爸一定很想念。可惜河南種不活。」

她緊緊的抱住我，流著淚說，「姊姊祝妳幸福。」

——原載《印刻文學生活誌》二〇一四年六月號，第一三〇期

美齡山莊

甘耀明

曾獲國內重要小說獎，出版品獲得中國時報開卷年度好書獎，作品多次改編成電視單元劇，小說多次入選九歌年度小說選。出版小說集《神祕列車》、《水鬼學校和失去媽媽的水獺》、《殺鬼》、《喪禮上的故事》等。二〇一五年將出版四十萬字的長篇小說《邦查女孩》，此書融入伐木、生態、登山、教育與愛情。〈美齡山莊〉乃此長篇小說節選。

申惠豐 攝影

在四百年的鐵杉下，一個長橢的鐵皮屋出現在眾人的頭燈前。橢圓腹腔的空間、環狀肋骨、對坐鋁椅，還有瀰漫油漬的鋁皮牆，怎麼說都像未來主題式的鯨魚旅館。

一九七〇年代末，奇萊連峰，卡羅樓斷崖。

他們爬上以壯闊的惡地聞名的斷崖，苦頭來了，走在尖銳發亮的稜線，彷彿在刀鋒的螞蟻。問題是，螞蟻掉下刀鋒仍毫髮無傷，人會報廢。布魯瓦用傳統的德魯固族背籠通過，額頭加支撐帶，減輕背籠負重，腳下的雨鞋穿得自在。素芳姨穿的是登山鞋，更是游刃有餘。古阿霞老是覺得下一刻就會拐傷腳踝，戴手套的手也被銳利的岩峰割傷，忽然間，她遇到寶似的驚呼。

「是簕簫，真的，她們開花了。」古阿霞指著貧脊的石堆縫，冒出了一片綠意，綴著小白花。十月的簕簫花期已盡，花朵樸淡，枯了卻像摺紙花眷戀在花萼上，不掉落。古阿霞完成了登山目的之一，找到在日治時期名列花魁的尼泊爾簕簫。

花真的不大，一群人把頭磕成一圈，卯足了看，真的逼出佛心，才能讚歎美麗。審美就是這樣，把簕簫的七層輪狀花瓣看久了，也看出樸情，尤其襯托在狂風惡地更顯得她的婉約，或孤拔。

「這麼一瞇瞇的花，是長出來給螞蟻看爽的。」趙坤說。

「我剛剛有看到，可是，我都沒有發現耶。」八歲的小墨汁說得令人不著頭緒，她自嘲沒有「雜草專家」的潛力，還是阿霞姊姊厲害。古阿霞笑了，她不是雜草專家，只是出自她邦查（阿美族）的野菜美學，能在毫無線頭的雜草叢看出端倪，何況在一大片碎石中看出籟簫。

真正的高山植物專家素芳姨指出，籟簫是《詩經》中「呦呦鹿鳴，食野之苹」的「苹」，非常秀氣，乾燥的花可以泡茶，有菊花香韻。趙坤說古書寫錯了，水鹿不吃籟簫，只會搶尿喝，他在高山草原撒泡尿，夭壽呀！水鹿大軍衝過來搶奶嘴了。眾人大笑，古阿霞卻覺得噁心十足，她細細摘了籟簫花，細細看了，細細順出了花瓣，也要帕吉魯幫忙摘，拿回摩里沙卡泡茶，一盅茶湯，一方桌子，聽霧氣在簷下凝落的水聲，忽爾的地爐炭爆，回憶這段登山。

忽然間，古阿霞又發出驚呼，眾人望了去，永遠記得有朵夢中才能看到的世界之花在此刻綻開了。逆著濁水溪來的西部氣流霧氣，與沿著木瓜溪支流巴托蘭溪湧入的東部流霧，在奇萊群山匯合，扭曲旋舞，千年來這兩股百萬噸水氣的聚合模仿了一朵龐大的複瓣白花盛開，無時無刻不改變花容，只消見過一次便願意閉眼死去的花兒。

大家在霧花綻放的瞬間，精神來了，因為風勢轉強，吹得直打哆嗦。在稜線上，小墨汁從背包拿出來保暖的衣服，不小心竟給風搶走了，所有人看著那件紅外套飛行了幾公尺後，消失在滾滾大霧。這強風是暗示，七小時後，一個突然轉向的颱風將從宜蘭海外擦身而過。

慢慢的，古阿霞得注意危險，陡坡布滿碎石，一不小心會讓她像是打出去的滾地棒球，由叢生的臺灣刺柏接著，或漏接後掉入百公尺的峭壁。兩者她都不想要。小墨汁比想像中來得堅強，沒有吭一聲，或許她知道堅強是給自己、也是給別人最大的幫助。那時的臺灣登山還沒進入高峰，卡羅樓斷崖沒有架設確保繩索，得手腳並用，繞過房子大的岩塊，或與宣洩而下的碎石打仗。漸漸的，古阿霞專注地「爬」山，手腳並用地爬過了險峰，她注意呼吸，只注意眼前兩公尺的範圍，暫時忘卻了煩惱——菊港山莊的仇恨、存款簿數字、素芳姨的聖母峰募款永遠沒著落等，她像長鬃山羊，腦袋澄明，只專注度過危險。然後，她回頭看那段險峰的來時路，總算了解素芳姨能夠二十幾年來愛上登山的心情了。

身為嚮導的素芳姨，在休息時聽颱風廣播，眉頭深鎖。他們離上個天池山莊有一天的腳程，離下個避難的成功堡山屋也是，現在困在以死亡聞名的「黑色奇萊」。多年來有無數的登山客在這條海拔三千公尺的稜線喪命。最著名的是民國六十一年，六位清華大學生攀登奇萊北峰，為了避颱風，做出了錯誤決定，在暴風雨中趕路回合歡山松雪樓，造成五人相繼在路途中一個個失溫死亡。奇萊山避難山屋成功堡的建立，是紀念罹難學生，也提供風雨中的人有了安頓之處。素芳姨每每想到這件事，心中充滿難過與不捨的，除了五個青春生命的逝去，也加深社會對登山冒險的不解，質疑年輕人沒事不讀書幹麼登山，出事了，又浪費社會成本去救難。

素芳姨研究過那次山難的報告。六個年輕人輕忽了大自然，應該找個避難處，不是橫越颱風。颱風襲臺，通常由東北處登陸，永遠庇佑這個島的是中央山脈，她把所有的狂風威力減半；山友躲在山南坳處，避颱風，比冒雨趕回山屋更安全。不過，這群年輕人撤退過程展現了情誼，他們不是要求同伴放下自己，先去求救，就是彼此扶持前行，直到死亡分開他們。這件事過後，「黑色奇萊」成了攀登奇萊山的死亡副標題。攀登過數次奇萊連峰的素芳姨，發現黑色奇萊一點也不黑，是臺灣杉與冷杉蒼綠的山脈，是明信片翻版，大自然從來不是為人類而設立，人類卻會因為疏忽她，而有所怨念。

古阿霞同意下降到南側山坳避難，帕吉魯與小墨汁也附議。到達時，他們找不到平坦空地紮營，只能勉強湊合。臺灣杉的樹根爬在岩塊上，樹下密生的箭竹像海潮般打來。趙坤的帳篷破了，他之前在箭竹短叢紮營時，自作聰明砍竹，被尖銳的斷竹刺穿，擋不了雨。不太會搭帳的獵人布魯瓦，眼見它被風吹到樹上還不慌張。這下子，素芳姨得做最壞的打算，大家脫光衣服擠一起，男女分開，裸體躲進防水塑膠套可以藉彼此體溫取暖，度過颱風夜。

古阿霞面有難色，小墨汁馬上反對，說：「會被臭男生看到。」

「誰想看妳這塊洗衣板。」趙坤反駁。

「就是你偷看我尿尿，還大笑，你說有沒有。」小墨汁趁勢進攻。

「那是不小心的。」趙坤解釋，幾天前在屯鹿池草坡，起了濃霧，小墨汁在遠處小便，不料一陣風把霧都吹乾淨了，山頭出現了她蹲在地上尿尿的背影，還像隻小螃蟹不斷地橫行找位置躲藏。趙坤見著，笑岔了，現在說出來也笑得像被加鹽巴的汽水降乩了，讓古阿霞與素芳姨臉色一沉。

「這附近有個美齡山莊，可以去住，不過有點路途。」素芳姨說，「這間山莊是七彩湖到南湖大山之間，唯一的五星級山莊。」

聽到有豪華的山莊避風，大家套上雨衣出發。他們爬上稜線時，狂風吹，臉肉成了被擀開的麵皮，鼻子倒了，眼皮張不開，腳抬得起卻放不下，雨衣著魔般亂叫。小墨汁哭了，說想回家。古阿霞把背包交給帕吉魯，決定揹人走。她的背忽然輕了，誤以為小墨汁被風吹走了，急著回頭瞧，是布魯瓦把人塞進了他的原住民背籠。背籠的紀錄曾裝下王武塔山最重的百斤山豬都沒問題。

半小時後，風雨稍歇，在四百年的鐵杉下，一個長橢的鐵皮屋出現在眾人的頭燈前。落隊的古阿霞靠在冷杉下快陷入失溫，走不動，血都涼了，眼前有座鐵皮屋都沒多大吸引力。一路用「只剩下一百公尺」矇騙她鼓起勇氣攻下假山頭或到達營地的素芳姨，怎樣都動不了古阿霞。

「撒泡尿，讓自己熱起來。」素芳姨說。

古阿霞朦朧中，感到雙腿熱起來，自己也撒起來，流下的熱尿使麻痺的肌肉有了知覺。這時候，她才驚覺第一泡的熱尿是素芳姨跨坐在她腿上拉的，讓腿甦醒了，古阿霞站了起來，走了百公尺，屁股被帕吉魯托上了離地一公尺的旅館大門。這旅館像日本建築是架高的，高得不像話，也沒有階梯。

換上乾淨衣服，喝完一鋼杯的熱薑茶，古阿霞有了體力，拿出臉盆與汽化爐煮晚餐。汽化爐不是積碳，就是有點摔壞，煤油出汽量小。晚餐延後了，古阿霞有了閒暇觀察旅館：橢圓腹腔的空間、環狀肋骨、對坐鋁椅，還有瀰漫油漬的鋁皮牆，怎麼說都像未來主題式的鯨魚旅館，從強化玻璃看去的窗景是海中寧靜般狂搖的冷杉與箭竹，好像聲音不存在了。

「鬼終於跟上來了，走得很可憐。」小墨汁趴在窗口喊，她從稜線就喊有幾隻鬼跟來。

沒有人相信。鬼都被颱風吹回墳裡，哪有空出來喝西北風。古阿霞從窗口看去，黑暗中，十個亮著獨眼頭燈的影子飄來，跌的跌，撞的撞，哪是鬼，只有人生父母養的孩子才會過得這麼慘。大家趕快開門，把外頭穿著墨綠色小飛俠雨衣的士兵一個個拉進山莊。

這些是特種兵訓練，他們從三十幾公里外的谷關營區搭乘在越戰成名的UH－1H直升機，丟包到中央山脈各山頭，給少量糧食，從事野戰求生訓，自力更生，最後走回營區。他們的特訓被颱風打亂了，習慣在寒流也洗冷水澡的身體泡了兩小時的高山風雨，再也無法咬牙撐下去了，牙齒格格打戰。

為首的班長脫掉鋼盔，用發紫的嘴唇說是來山上「散步」，看到素芳姨等人走前頭，才跟上來避風雨。素芳姨說，這裡很空，一起來住。這下，士兵們脫掉雨衣，換掉吸飽雨水的草綠服，坐在鋼盔上，展開了雨天取火術：有人拿出叢林野戰刀，切下膠製的鞋後跟當火種，有人拿出森永牛奶糖的防潮蠟紙助燃，太冷了，要他們生火，搞得比發明火還難，冷得抖動的手像老花眼的阿婆穿針，著火的火柴，對不到該死的火種。

小墨汁大笑起來，古阿霞也是，卻是恬恬的笑。古阿霞從這邊的爐火借了點火源給士兵們。這些大男孩回報的方式，就是表現煮飯秀，他們拿出身上所有的塑膠製品燃燒，野戰靴後跟、原子筆與空塑膠罐，燃燒臭襪子，把M1美式鋼盔的內膠盔拿出來燒，用俗稱深水炸彈的壓力鍋煮飯，只為了早點填飽肚子。對他們而言，剛從颱風中艱困活下來，這種餘悸足夠燒掉他們的物資，換一頓餐。可是，對古阿霞而言，士兵們好像剛從二戰時空門誤走進來的，弄出了焦臭、發出七彩光芒的塑膠火焰，把旅館搞成毒氣室。煙太臭了，太濃了，有人打開大門跑出去，有人淚流滿面，有人迷路踢翻了壓力鍋。古阿霞趕緊把鍋子扶正，並且戴上國造六二式防毒面具防毒煙，她從來沒用過這種東西，好像戴上了蒼蠅拍與黏鼠板。

飯好了，壓力鍋的排氣笛也停了。一位士兵用盡力氣扭開鍋蓋，國共內戰又開打了，砰地，發出巨響，米飯射出去，飛出去的蓋子把鋁板屋頂撞凹了，大家的耳鳴在十分鐘內塞下了五隻蟬聲。驚魂甫定，古阿霞檢查鍋蓋，是先前有人撞翻了壓力鍋，米粒堵住了排氣笛。士兵們真是失望又絕望，他們剛參加完二十一天走完五百公里的長行軍訓練，青春的靈肉在苦難中差點分家，緊接著被丟進中央山脈受訓，現在還挺能做的是像落湯雞一樣，把射到哪都是的半熟米粒，一顆顆啄起來吃。

古阿霞能安慰這些士兵的，就是煮個餐。她重上火，放水放米，慢慢等水沸騰。士兵們把上萬顆的硬米撿完時，水滾了，飯也熟了，他們不敢相信這麼快煮熟，高山氣壓低，水不到攝氏九十度便沸騰，再天大的本事也不可能讓水翻幾個筋斗就讓米滾熟了。拿了鋼杯舀來吃，都熟了，果真本事天大。

「如果你在廚房幹活幾年，發明的奇蹟多到可以讓客人每天來吃。」古阿霞說，「這些米已經煮過了。」

班長不解地問：「我看見妳掏出來的米是生的，倒入鍋沙沙響。」

古阿霞說，在登山之前，她把米糧都先煮熟了，然後倒在乾淨的桌上，勻開來，用電風扇吹涼，乾掉的飯會還原成米，那像黏在袖口或領子的飯在幾天後乾成半透明狀，咬起來有點軟，黏牙縫，令牙齒長疙瘩。這些乾燥飯如果用點熱水煮，不需要太多火候，馬上變成飯。她在摩里沙卡林場待了些時日，那地方海拔高，要縮短野炊時間，說什麼也沒有比乾燥飯更方便。

士兵們吃到熟飯，大受感動，配著鮪魚或鰻魚罐頭，也不管強風如何把旅館吹得搖搖晃晃。他們很感謝古阿霞的乾燥飯，無以回饋，而老百姓也不想聽軍歌回報，只能感謝再三。不過到了晚一點，士兵們又餓了，年輕人就是這樣，腸子直，食物直往下掉。布魯瓦這時候說，他可以煮個玉米濃湯請大家喝，如果不嫌棄的話就靠過來。

「這是玉米粉，冬天的玉米曬乾後，磨成粉。」布魯瓦說。

人間美味，媽呀，有好康，有媽媽味道，有義氣，有人性！世界還是有溫暖的。士兵們靠過來，把好話搬出來讚美。

布魯瓦拿出沉甸甸的塑膠袋，「這是鹿肉。」

「幹！」士兵們捏拳，答數般大吼，用最濃縮的讚美。

古阿霞與小墨汁縮到了角落，一副見鬼了。帕吉魯與素芳姨也避開，一臉苦笑，連黃狗也打了噴嚏。因為他們都知道，布魯瓦要放出惡魔了。果不其然，當布魯瓦用番刀割開塑膠袋時，士兵們聞到了殺千刀的味道，鹿肉腐爛發臭，白蛆鑽動，快樂得不得了。布魯瓦把鹿肉剁開，肉屑濺到士兵臉上，蛆也是，士兵們往後退到牆邊，看著地上的蛆像臉色蒼白、沒穿衣的女鬼們爬過來。

古阿霞很清楚，布魯瓦沒有開玩笑，他確實煮「勇士湯」給士兵喝。在古阿霞記憶中，只有邦查巫婆會把肉放進罐裡，放少許鹽巴與酒，等到長蛆後煮湯，那是古怪的治病方法，只有老邦查人才敢喝。布魯瓦卻說，德魯固族的文化不同，日本人在「太魯閣戰役」後沒收了他們所有的獵槍，將他們遷村到平地，獵獸只能到遠山放吊子。山區遠，晚一步去，被吊子套住的山羌、水鹿死了，山豬力氣大能咬斷苧麻絲，黑熊扯斷了前掌脫困，據說高砂豹能咬斷腳脫困，只留下斷裂的前掌。那些鹿屍與斷掌，蛆只吃到表面，雖臭，肉還是能食，獵人發現煮湯能成為美食，唯有吃了才能成為勇士。

布魯瓦的勇士湯煮好了，一群人鳥膽，都躲得遠。能當到特種兵的，五個有三個原住民。布魯瓦的眼神瞅了幾個深目的傢伙，說：「你們家阿公都是喝這個長大的，過來喝啦！」他們只好聚過來喝，寧願喝，也不願承認是「番仔」。其他人見狀，靠過來用指頭沾了吃，突破惡臭這關，味道還馬虎，完全被玉米甜蓋過了。勇士湯不受青睞，而勇士最好的朋友是孤單，布魯瓦孤單地吃，決定剩下的鍋底留到明天當早餐，順便給士兵們考慮一晚要不要吃。

到了入睡時刻，古阿霞想找個好角落，她第八次嘗試拉開鋁牆上那個奇特的把手，門鎖竟然睡著似迸出清脆聲，開了。素芳姨站起來阻止，卻來不及。古阿霞走進去，看到扭曲家具，好像活在美好的圖畫被揉成團的核心，還有兩具穿著連身淺綠飛行裝的白骨坐在那，是死人骨頭。

古阿霞大叫，嚇得跑回去，整座美齡山莊的人都舉燈望過來。她明白了，眼前鋁骨架構的魚腔旅館其實是一架飛機，她第一次搭飛機竟然遇到這麼恐怖的事。

「這不過是一架飛機。」素芳姨說。

「可是有死人。」古阿霞嚇著，所有跑去看的人也都看見兩具骨骸。

「我知道，因為這是飛機，總得有人開。」

「可是，」古阿霞想再說出自己的恐懼，卻發現多麼不合時宜，改問：「他們為什麼會停在這？」

「這是一架 C47，又叫美齡號，跟蔣宋美齡女士有關。飛機有可能是在模仿『駝峰飛航』訓練失事的飛機。」

那是二戰太平洋戰爭初期，日軍占領緬甸，切斷了滇緬公路——這是中日開戰後，耗費數十萬人開闢出來，運送物資給中國的後門路線——為了支援國軍在南方戰場的物資，盟軍開闢了空中航線「駝峰航道」，由印度東北的阿薩姆運送物資到中國昆明，運輸機得躍過死亡關卡的喜馬拉雅山連峰。C47運輸機是初期的大功臣，但是飛航高度受限，只能貼著山隘與山峰進行死亡穿越，折損率四成以上，飛行員最棒的導航是山谷那些同僚墜機所發出的鋁片反光。

退守臺灣的國民政府，從沒有放棄將中央山脈當做國軍訓練地。素芳姨說，在陸地上，眼前的阿兵哥就是了。在空中，她登山時，不時看到F104戰鬥機沿木瓜溪或秀姑巒溪飛行，戰術式貼著河谷，遇到中央山脈急速爬升，站在稜線的她近得能看到飛機編號，飛機發動機的巨響比晴天霹靂還嚇人。C47運輸機也是，把中央山脈當作是牛刀小試的喜馬拉雅山，目的是為了有天反攻大陸。素芳姨又說，眼前的這架C47運輸機，可能機械故障或操作失誤，飛機下墜，駕駛員企圖安全降落，最後機身保持完整，但是駕駛艙毀了，駕駛員殉職。

「我上次登山經過時，在陽光下，看見金屬反光，那絕對是視野死角。只有天時地利才能看到的光芒。」素芳姨說，「我走下來看，發現是飛機，它像一個墓碑插在山裡。」

「妳怎麼不通報警察。」

「或許，它不想被知道，想永遠在這，這裡比任何地方都接近天空。」

「他們才是勇士。」布魯瓦拿了碗「勇士湯」走進扭曲的駕駛艙，向他的英雄致敬，「沒有你們倆，我們今天都會在風雨中死去。」

每個人都走進駕駛艙，默禱或致意，連最膽小的小墨汁都去了。古阿霞是最後進去的人，仔細觀察艙室，機頭撞上巨木，像被壓扁、但還未爆開的油膩鰻魚罐頭，駕駛意識清楚地被夾在座椅與儀表板間，直到死去——因為古阿霞發現，正駕駛在儀表板用血漬寫了個「雲」字。整個晚上，古阿霞躺在乾淨冰冷的鋁板艙，只有在風強到飛機有如遇到亂流震動時，她才從無夢中驚醒，彷彿做夢般想到那個「雲」字，也許是正駕駛寫給妻女的遺書開頭，未完的遺言。

第二天下午，他們趁風雨停歇，離開了飛機。在經過奇萊北峰下成功堡的一片草坡邊，巨豔的落日掛在天陲，底下襯著無際的雲海，幾乎像上帝展示剛畫好的風景畫，吸引大家目光。

這是古阿霞看過最美的落日，乾淨無瑕，一吋吋落入地平線的雲海，萬物都染上柔光，人非得經過這麼多的登山苦難才能看見。這時候，她卻失控地蹲在地上，哭不停，透明脆弱的心情像玻璃杯，甚至願意隨時破掉，從頭到尾給大家看光光。沒有人知道她為什麼這麼傷心，於是先離開，留下帕吉魯陪伴。在那片暈染的大地，古阿霞想到的是，她的名字很醜，要跟一輩子，可是她這時卻看到了跟名字一樣美的夕陽，她遇到另一個「霞」，一個攤在臺灣西海岸數百公里的落日，是她這輩子看過最美的落日，尤其是太陽擠開雲海，像是摩西帶領苦難子民逃離埃及追兵，紅海都分開了。

古阿霞這輩子都怪父親給她取了很醜的名字，到哪都被叫「阿ㄏㄚˇㄏㄚˊ」，如今卻見到最美的了。或許，就像飛行員在喪命前寫下的那個字一般，她無情的父親真的死在越戰中了，留給她美麗的遺言，就寫在自己的名字中，就寫在大地上，她見了就哭。

——原載二〇一四年七月二十八、二十九日《中國時報》副刊

紹興南街——徐念慈

南投縣埔里人，自高中後就離鄉求學，畢業於臺中女中、交通大學傳播與科技系，目前就讀臺灣師範大學大眾傳播研究所。

對於寫作這個小宇宙仍在摸索，希望能繼續寫下去，每下筆仍覺得須要繼續精進。

因科系背景，寫作經驗多為媒體報導，曾於雜誌社實習。因參加臺大紹興學程的活動，寫作出〈紹興南街〉，並以該作品獲得師大紅樓文學獎及青年超新星文學獎首獎。

近中正紀念堂，有條紹興南街，穿過便利商店，轉兩彎有個小巷。進去可看到路燈下擺了幾張舊沙發，下午常有一群老人在那閒聊，尋常路不怎熱鬧。白天，車子都從大馬路駛去，甚少經過內巷。再往裡走，有家算命舖，舊暗潮濕的日式宿舍，門口用尋常木頭和廉價鐵皮加蓋做成了門口，門是上了紅漆的鐵門，臺北多雨，鐵皮和鐵門早已鏽蝕斑斑，木頭也帶了點苔，外頭暗灰色的圍牆蔓延滿炮仗紅，但除了花期，圍牆就一種潮濕的灰，繞滿了濃綠雜亂的炮仗紅。狹窄的屋口勉強掛了張板，說精通紫微面相。

這裡的人都說，想進這家店，膽子練硬再來，屁仙很靈，「好的不靈，壞的靈。」

我觀察過，客人不多，但都帶了點倔和神祕。巷子已經窄小，駛車的人卻視若無睹，一輛輛黑頭車硬要擠進巷裡，最後卡了個動彈不得。駛車的脾氣硬，但從車裡出來的人卻瘦弱氣虛的多，面容帶了點苦，像是誤加劣等元素的寶石。慕名前來的，往往不算自己的命，一心要算自己憎恨的人，聽了自己痛恨的人未來一片破敗，連想露出同情的表情，嘴角都先洩了底，笑得陰森痛快。

屁仙生意聽起來陰狠，但人卻和氣。人也生得白白胖胖，個子不高，脖子短，笑起來眼睛彎成勾，方頭大耳，很喜氣，但這裡的人都說：「嘴生壞了，才會做這行。」人肥厚聲音卻拔尖單薄，搭著短下巴帶了點女態和薄命感。

屁仙最大的特色就是「屁」，倒不是為人臭屁招搖，是老愛放屁，常常人未到，屁先到。人陰柔，但屁音豪爽，也奇，屁常放，但不臭，只是聲響。早年看醫生，儀器檢查都健康，醫生只說要是生活沒病痛就不用治療，習慣就好。屁仙倒常自嘲，說是因果，上輩子賣劣質香，這輩子才不斷生惡氣，成天老是不住放屁，這輩子就多燒好香，看看下輩子會不會就變得香氣襲人。哈哈說著，隨後又放了幾個響屁。大家習慣那些屁音，也都當玩笑話聽。

我家就住幾條巷外。小時我常夜哭，不好帶，性子倔不愛吃飯，瘦小像隻乾扁的猴，遇委屈只會哭，不怎麼惹人疼。有天奶奶攜著我上門跟屁仙聊天，認生的我，不哭還笑。屁仙說這是有緣，很適合走算命這行，但性子倔強要改。之後，奶奶沒事就帶我來晃晃。小時候來習慣了，長大去外地念書，有空回家時，就會騎腳踏車來屁仙這問安。印象中屋裡有個小女娃，聽說是屁仙親哥留下的遺腹子，當時一起玩鬧過幾回，但大點後，各自上了小學就少見面了。女娃自小就愛花草，門外的炮仗花就是女娃帶回來的苗。最初見面少，還以為是女娃上課時數長，幾次後才被告知女娃被母親帶走了，寄養在小舅家。被母親帶走那天，女娃和屁仙哭成淚人兒似的，屁仙聲音本來就細扁，聽起來又更哀戚了些，像護子的老母雞般嗚嗚啼叫。

女娃走後，屁仙家外頭就不怎打理了，院子只擺幾張凳，水泥地，幾個簡單盆栽。花草對屁仙來說是些惱人物，沒雅興打理，只用心呵護牆外那幾株炮仗紅，炮仗紅有個俗名，炮竹花。

屋外隨意布置，但進屋，是有洞天的，白天和夜裡氣氛也大不同。一抬頭就一座精緻木雕菩薩，前面一罈香爐，佛像和兩側的梁柱早就被香火燻黑。屋裡除了燭光和幾盞燈，不甚透光，窗上了鐵杆，玻璃又貼了密密麻麻不知哪來的日曆紙月曆紙。側邊不透光，但屋子是天井設計，正上方的光會透進來，光由上而下打入，到底層時已柔和很多，抬頭時，粉塵就在光影間安靜地盤旋。小時我就跟女娃在這玩了不少躲貓貓，玩累了，就是屁仙把我們從桌子下抱出。

天井打下的光，只能讓菩薩那面光亮。其他屋角仍灰暗如上好的天鵝絨，可能是視線差，嗅覺就敏銳，不管哪時進來，進屋就一股味，空間透著一股淡雅的香味。那香也不大形容得出，只覺憶起了什麼，正想大力一吸時，味道又散了；但當沒留心了，又裊裊襲來，讓人恍惚間，覺得小屋真帶有幾分仙氣。但屁仙說，他從沒聞到我說的異香，還打笑我，屁聞多腦子也差了。

香爐上永遠插著高聳新上的香，燃燒香火的小紅點，晚上看來就像這間屋子的眼珠子一般，正正直直地看著剛進屋的人。

屁仙論命一開始是沒人要算的，屁仙一開口第一句就說，「論壞不論好，忠言苦口，聽不聽隨意。」一般人算命，雖嚷「聽聽就好」，但心底深處總是想算個心安，最好能聽個大吉大利格，誰想觸楣頭，一兩次後，大家就不愛來找他了。但不知是哪個賊聰明的人，來算自己的敵手、痛恨的人，幾次後，屁仙的名就在某些人中傳開了。一開始，屁仙是震怒的，但為了生計，也就睜一隻眼閉一隻眼了。

屁仙論命也奇，幫人看，說這人命宮在午帶擎羊，擎羊血光重帶刀命，三方四正多煞星，三十五歲後大則喪命，小則斷手斷腳。講得奇可怕，不過面前這個聽眾沒在怕。似乎是個大老闆，但正落魄，急著再起。穿著名牌西裝，皺褶很多，看來很久沒好好打理，眼眶因疲憊帶了密布的血絲。一邊擦汗急忙問會成嗎？像個噴著汁的老蟾蜍，一直不斷囑囑說，那人在運輸這行很有天分，行事謹慎，真會有血光嗎？屁仙不語，老闆也就沉步恍神走出。

但就這麼鬼巧，聽聞那對手過年回鄉探親，一個方向盤沒打好，衝出去，血流滿地，現在手斷了一隻，大醫院出來後，事業也收了。上回在鬧區遇到，蟾蜍臉變成了個金蟾蜍，又風發了。

又一次，有個中年婦女問感情，整身黑，頭髮盤得整齊俐落，顴骨高聳嘴唇帶著鐵青色，進門時唇也抿得緊，但噴的香水卻很喧鬧，香先奪人，很是嗆鼻。一坐下來，命盤排完，屁仙直說，「這人命宮太陰陷加煞，性格憂鬱，做起決定又優柔難斷，注定為情傷，要是貪得太過，眼明心盲，會鬧自殺的。」

話一落，婦人低垂的頭卻抬起來，宛如沉水中升起了太陽，精光四射，臉色變了，一臉雀躍，跟剛進門那種強要振作的灰敗感不同，一笑，皺紋抬起彷彿年輕了好幾歲。原來他先生外遇多年，在大陸養了個柔情似水的小情婦，最近小情婦跟先生鬧扶正，嚷了大半年，還打長途到婦人家嗆聲，婦人花了很大心思，明查暗訪了小情婦的生辰，特地從南部跑來算。

算完後，婦人紅包給得奇大，出門時車子擦到牆，尖銳聲刮落了大片烤漆，就算這樣婦人也笑得合不攏嘴，直說「平安就是福」，好似老天爺就是特別眷顧她。後來，有鄰人去大陸經商，才知在臺商界傳得很凶，最近有個小情婦狠狠砍了某個南部臺商的手腕，轉身就從辦公大樓一躍而下，聽說掉下來時，腦袋先打中了遮雨棚才滾到地面，腦汁這麼流了滿地，附近圍起來掃了好幾天才乾淨。

幾次後，屁仙的名就這麼傳開了，但大家都傳算這個損陰德，甚至說屁仙的嘴把人咒死了，「看薄唇，開闔開闔」，有個遙遠的人還正在笑滿懷，卻不知未來注定零落、凋謝，瞧，命盤的主人還不知道呢，眾人的眼已在等待這個與自己無關的人的造化了，是應驗呢？還是躲過一劫？

鄰人愛聽別人去算，但自己的時辰卻不透漏，都還囑咐身邊孩童少接近那區。有些鄰人表面看到屁仙十分客氣，但私底下嘴裡都碎碎說屁仙養小鬼，說他用詛咒發了一次又一次的横財，難怪終身未婚絕後。

小時，我聽到這些話時，總特別氣，跟女娃兩人用小拳頭拚命對這些鄰人猛打。氣不過，這些人將這些話語放在餐桌上、擺在客廳，用旁人的不幸，聯絡與親友之間的感情，假裝不知私語的鋒利，尋機刺傷人心，完美了一家子的和樂。

不知這些話有沒有傳回屁仙耳中，但這些巷弄流言蜚語也夠讓算命館沒人煙，只有幾個知他性格好，願意跟他往來相處。屁仙見人也笑笑問好，不攀親，有生意就做，沒生意就去外頭繞繞，不然就找幾個熟的朋友在院子聊聊。還笑，老光棍不怕寂寞，梅妻鶴子的生活是一種趣味。

天氣好時，屁仙就會開院落的門，擺張小板凳，在院子晒晒太陽，身上穿的就是那幾套。一般算命愛穿的深色馬褂唐裝，屁仙都不愛，就愛花花綠綠的襯衫，越花越中意，下面搭一條洗了有點灰的舊西裝褲，看起來不怎麼協調時尚，但屁仙那神態氣質，把服裝穿得挺有模樣，不瀟灑，但就是舒服順眼。陽光正暖亮，屁仙矮胖的身子上那套花衫半瞇著眼坐在綠壓壓的盆栽旁，遠看起來就像一株在地面上盛開的肥厚大花。

花總是會引蝶蜂，有時嗡嗡聲不停，可真熱鬧。屁仙有個好聊伴，隔壁的潘阿姨這一帶住久了，摸透屁仙的習性，覺得人好相處，加上當年潘阿姨出生時，阿祖嫌又生個女兒，胡亂填了日期就送去報戶口。生辰不準，潘阿姨也就不信這套，日子無聊，午時就愛來屁仙這作客閒聊。今一來拿了幾個小白菜，就大嗓門扯開嚷：「家裡太多，分你幾個。別客氣。」

潘阿姨做人不拘小節，但內心有塊很細、很脆。一開頭，開朗的閒話聊聊，但話就像線頭，線頭一拉就會扯出一團糾結，潘阿姨內心的無奈，常不禁拉扯，一鬆懈苦悶委屈就從那張厚實的嘴中滾出，從小時務農聊起，到二十想找個人家嫁了，卻喪偶，拉拔兒子大，兒子卻只聽媳婦的話，無不娓娓道來，不斷命苦，話語像團混亂的黑毛線緊緊繞了好幾圈，把婦人給捆住。

言起過往，帶了深沉的無奈，越安慰淚帶越凶，覺得最悲慘不過如此，這悲慘的故事，每天就回味好幾回，好像不反覆咀嚼帶苦辣的回憶，人生沒什麼深刻。有句話這麼說，往往是過去把我們弄成了現在的樣子，一個人空虛又不能創造時，那是一種癱瘓。屁仙也行，靜靜聽，不怎麼回話，偶爾應諾。屁仙論命時侃侃而言，講得很絕對，但平日聊閒話時，話卻不多，給的建議也不多，聽了也不嚷嚷，是個好聽眾，潘阿姨知他肯聽，什麼家人不愛聽的委屈話，都往他這倒。我這年輕人，頭幾回還覺得新鮮，會不時附和一下，現在真的越聽越睏，一看到潘阿姨來，只禮貌笑笑問好，就忙著補上說要去趕作業，騎著腳踏車，飛去玩鬧。

電影都演「青春時留下什麼，我們就變成什麼樣的大人。」我才不想變成這種愁苦的大人。騎著腳踏車，在附近繞了好幾圈，迎著風，速度一快就好像變成風的一部分。

繞回來時，潘阿姨正一把鼻涕一把淚剛講完，說要趕回家炒菜。屁仙看我沒要久坐，把板凳收起轉身回走。平日我是打完招呼，就疾駛回家趕著吃飯。看過屁仙進門的身影只有一回。但印象很是深刻，也說不大出，只覺得很是疏離，好像那個背影是另個魍魎。那影子特別安靜，眼光黏著屁仙進屋，直到門關才回神。不見什麼燈亮，除了把大門鎖緊的鐵鏈聲外，再也沒聲響，連腳步聲也無，陰森森的，此時我都會想，屋子把屁仙吸了進去，愁苦的話語跟著屁仙被屋子咀嚼消化。

天色由紅灰轉靛黑，潘阿姨家的爆蒜和爆蔥香從窗溢出，我上了腳踏車騎上小路，劃過了幾口香。也許只有在炒菜時，潘阿姨才不會一勁嘗著人生的苦味。動了手腳，有了創造，心念就不會癱軟太過。抬頭看，路燈就像陰間的燈亮起，穿越了一盞盞。

這回校裡課業忙，我好一陣子才回家，細問才聽到屁仙那出事了。

我慌忙起來，飛車入巷，街燈盞盞從頭頂掠過。門卻深鎖。後來我才發現，是否，那朵遠方可見的矮胖花朵已離開了花季。

隔幾周後，潘阿姨才說出最新的情況，才知小舅把屁仙畢生積蓄，都帶走了。屁仙去找親人理論時，只看到一個年輕妹子坐在屁仙年邁小舅腿上，嗲喊要買名牌包，小舅還柔情似水地回應，但看到站在路旁的屁仙來討錢，手一攤說都花完了，臉色一臉無謂。

屁仙那麼和氣的人，氣得，話都說得斷斷續續，顫抖地抓著那位小舅的衣襟，又是老淚欄杆又是哭啞，但小舅任憑屁仙再怎麼懇求，就是一個子也不願吐出來，吃定屁仙好欺負，還嚷著：「女娃早被阿姊的同居人虐死了，你糊塗。」越喊越得理不饒人。屁仙莫可奈何，最後只能蹣跚往回家路走。當屁仙絕望又憤怒地走後，當著他的面，小舅露出了一抹微笑，一種施虐者的微笑。

那天，屁仙臉色灰白，水泥灰，風吹成灰。走到屋前，發現屋子被貼了張法院通知，限期半年內搬遷。原來這陣子，屁仙這區土地出了問題。里長也前來探問，說會繼續爭取，其他案還在法院中，拍了肩說節哀，先騎著自行車走了。

屁仙嚷著聽不懂，嗚嗚哀啼了起來，當初女娃走那回，啼聲切切是種欲守護的急切心；今的哀啼，連我這年輕人聽了也不捨，潘阿姨在後頭流了滿臉的淚。只是人人都沉默，生怕再多一個聲，就會壓垮什麼似，任啼聲飄盪於風雨。說風雨並沒什麼錯，那晚就屁仙這區下了整夜的雨。

這事後，屁仙看起來沒什麼變，但說也怪，再也聽不到屁聲了，之後就到處跟鄉里說不算命了。屁仙當著我的面嘆：「這幾年拚命做這行，是心中有牽掛，今無掛了。」有日我悄聲進了內屋，香火已停了，入口亮紅的眼睛已闔上，沒有香味的屋，好像沒了氣息的大鳥，撲地匍匐。要收起門前那張算命的招牌時，屁仙說要替我看最後一回，那天他笑了一整臉，皺紋都連到了眼尾，嘻嘻笑著「你，貴不可言，嬌妻美眷。」

當屁仙再去理解土地的事後，才知原來兩個月前，這區被宣告屬於臺大校方用地，希望當地區民搬遷，如不搬遷，將訴之法律向不願搬遷的住戶索賠這幾年居民的土地使用金。屁仙就是第一批被訴的居民，未來還會有更多居民納入搬遷聲明中。

為爭取應有的權力，社區裡幾個比較有意識的居民成立了自救會，平常對公眾事務疏離的屁仙，那事件後突然激憤了起來，把所有的時間投入了這次抗爭之中，性格轉變之大，讓我們幾個熟識的鄰里也很驚訝，直說認錯人了。幾乎每幾周就開個會，這會屁仙是每回必到。他說：「我之前總想著過好女娃跟自己的生活就好，只要別聽、別看也許就不會受到傷害了，只是他錯了太多。」有閒的居民也會常去會中聆聽，每次只有微薄推進。其餘就靠著口耳相傳，時而再加上鄰里的一些生命經驗，七嘴八舌給建議。目前正進行難纏的司法攻防。

騎車來時，都會經過一條由矮牆相對而成的幹道，才發現最近幹道的灰牆上貼滿了相關文件和組織活動照片。原來天無絕人之路，有校方學生自願出席幫忙斡旋。官司纏訟中，有幾戶人家判決剛出來，說勒令半年後搬遷。整個社區動盪不已，如被攪動的水池，萍葉漂蕩。

屁仙，我開始會繞去看看自救會的會議，一同開會。初只是貪個熱鬧，但才發現校裡所學，跟法律跟土地竟這麼不相連，仗著年輕機敏，讀大學又識字，鄉里給了不少期望，但只有自己懂，那是名實不符，只能拚命多問點，和校方人事互動時，我只能遞茶水，看著他人談判。

太多東西像根長入了土，深入了屋，潘阿姨看到我就直嚷著，有些孀婆取得土地手段合法，但不識字條約沒讀透，現今才知幾年後要歸還；有些居民因遷來早不知這是臺大用地，只知從房東那攢下這屋。潘阿姨越說越鬱結起來，臉色鐵青，還提到屁仙不算命後，沒日沒夜付出，拉贊助遊街什麼都親力親為，累了也不休息。昨日她去找屁仙時，才發現，屁仙暈倒在菩薩前，叫他休息幾回，屁仙只淡淡回：「我已經糊塗一生了，這回不能。」潘阿姨好說歹說，不捨要離開時，聽到屁仙呢喃了一句：「我看到女娃了，她很好。」一聲落下，就像水珠落，你也分不清，究竟眼前是否真有那滴水。門已關上，隔絕了潘阿姨的追問。

聽聞屁仙這事後，當晚我做了一個夢，屁仙屋子的遠方，出現了一張開闔開闔的嘴，一旁訕笑聲不斷，我很憤怒揮拳，覺得這世間也許讓人失望透頂，但總是會留下一些什麼吧。留下什麼，我們就變成怎樣的大人，我走在入夜的紹興南路，帶著惡臭的人孔蓋，湧出了大量墨黑液體，黃紅色的路燈映在這片黑沼澤，看似了無生命的泥沼，此時卻湧出了銀色閃爍的魚，衝破了過往拚命前行。

這段時間，沒有什麼奇蹟可言，只有一腳步一腳步地踏。但只有一回，真的只有那回，發生了奇蹟，但這奇蹟太微小、太微弱，同別人說時，總被笑呆傻，但我知道這真存在過。

這是真的，判決要出來那夜，寒流特別強勁，連合歡山都下了不少雪，天冷路上行人疏落，斜斜細雨散在整個潮濕的空氣。但也奇，屁仙家的炮仗紅遇寒卻開得特別滿豔，像是把整片灰牆侵蝕掉，勁插滿豔橘，那片牆就像張極尊貴的橘紅毯子，軟軟包圍了屁仙的家。

不知在哪聽說「天地無私」，說上蒼給予萬物的一切，都是平等的，任誰都沒有特等席。但從路燈下看去，如燃火的炮仗紅，卻像有感情的生物，細細柔柔地包覆了屁仙的花，就像在安慰屁仙的靈魂。從旁經過時，連路口都聞到了細細弱弱的香，炮仗紅從未有香味，但那幾夜，真有香，連我也不大信，我此生也只看過那一回。或著雨水的草味，讓我想起了什麼叫做沁人心脾。

事情真有了轉機，是否奇蹟之後總象徵了變化，很渺小，甚至不足為道，但在陰鬱的冬日中，很有冬陽的新鮮氣息。關於迫在眉睫的搬遷，法官有了另一番解讀。「法官判決三十個月後才須搬遷，臺大校方也同意以每戶判決依最晚搬遷戶為準，可統一三十個月後搬遷，並協助安置。」一聽到臺大學生雀躍的解釋時，連我內心都謝了一聲娃，莫名覺得這次判決見證了女娃的存在。屁仙想必也如是想。

激情告了段落，很久之後，大花朵又坐在外頭的某天，那天到現在我還不知是夢還是真實，但印象記著我問屁仙：「還會念著娃嗎？」屁仙沒說話，但模樣帶笑。潘阿姨才大聲答：「屁頭仙，早就把這當成每天要吸的空氣了，不會忘啦。」我想或許是這些日子裡的氣定神閒，昇華了思念。女娃或許仍在某個角落，但思念不會改變。看到炮仗花，就會聽到女娃的笑聲，站在路口時，總會想瞧瞧，女娃是不是又會雀躍而入。屁仙又放了一串的響屁，一如既往。

——原載《短篇小說》二〇一四年八月號，第十四期

本文收錄於二〇一四年十一月《青年超新星文學獎作品集》（印刻）

本文獲二〇一四年第一屆青年超新星文學獎首獎

伍淑賢，香港人，原籍廣東順德，從事企業傳訊顧問工作。香港大學英文及比較文學系畢業，早年小說多發表於香港《素葉文學》和《文化新潮》雜誌，近年多見諸報章。著作有《山上來的人》小說集，收錄了由一九七〇年代至二〇一二年間出版的短篇和中篇小說。

古古——伍淑賢

在食街還有臺灣牛肉麵店的時候，我就見過古古。第一次是下午三時許，以後也是差不多鐘數，我在銅鑼灣等女兒下課，趁空來歇歇的時候。

一看古古，就知道是媽媽生。她們總是四個女的來，應是住附近，下來吃早餐。蹬對幼金涼鞋，皮膚眼睛都睡夠，彩指甲油潤。吃飽了，去洗頭，化妝開工，跟我們早上差不多。

我喜歡看安靜而吃得的女人，她們都很吃得，也很安靜。點好東西，就坐著等，總是輕輕的，其中一個偶然抽根菸。我在另一邊的青葉夜店，也見過她們。晚上的行頭固然隆重得多，但也沒什麼話，都是身邊的男人在說話。優質的媽媽生，多很斯文。

到下午三點多，有時會有個男人加進來吃麵，這時她們會多來份春卷，配小黃瓜。幾個女人點的幾乎每天一樣，不是牛肉麵就是排骨麵。

小心那醋，沾了洗不掉。

那是古古的話。沉厚的語音。

有時，我接了女兒也帶來吃麵，店裡就我們兩檯。女兒天生一頭爆炸鬈髮，喜歡擦香水的姨姨，開動小胖腿走過去搭訕。我掙扎了好幾秒要不要制止小孩兒，那邊已來不及交起朋友來。吃麵的女人放下筷子，逗玩女兒的爆炸頭。古古在一旁，還是喝茶。

以後見到都會點頭，也說不上認識。只有帶著女兒來，她們才會逗她笑，說幾句話，就散了。

這樣看古古吃麵，有幾個月光景。之後女兒轉了上國際小學，很少再去銅鑼灣。只有一次，我們幾個男人深夜上小圓山料理，一上樓就見幾檯媽媽生，古古占了最遠一檯，在暖酒。我當然沒打招呼。

妻子把女兒弄進了國際學校，認為人生責任已完結大半。每看CNN新聞，見到黃皮膚東岸口音的強勢女主播，皆喜孜孜，如見廿年後的女兒。

我很擔心。趁妻子去波士頓開會，一去去十多天，偷偷讓女兒讀中文小說。帶她去書局挑，回來拿起《臺北人》就看，兩天看完。初中的女孩，也不知在想什麼，身上老是輪流穿著那兩件大字T恤，不是Hello Kitty就Dear Daniel，維持了兩個星期，然後永不再穿。頭髮還是一樣爆炸，臉上卻全副彩色化妝，整天在家裡光腳走來走去，也不是上街。後來竟不願意在客廳跟我吃飯，宣布以後要自己在廚房裡站著吃。過了個多星期，又乖乖坐到餐桌來飲湯。

有次她喝完一碗湯，問我會不會給人刺死，又說那些香水姨姨，不就是《臺北人》裡晚晚請客的女人。我說我不是實業鉅子，或處長，或銀行總理，而那幾位姨姨，早已轉投金融界了，不再擦香水。

女兒後來真上了美東名牌大學。上飛機前，心一横往髮廊呆坐六個小時，燙直了頭髮。她四年大學，都堅持留著直髮，直到畢業回來打工，第一件事就是回去那家髮廊，不知又坐上幾多小時，還原那個爆炸頭。

這天她帶我到小南國嘗小籠包。一坐下來，老著臉說，看後面，你那個媽媽生。古古的事，我早丟下七七八八。除了先前向她買的幾份保單，已經供滿，也不急於套現，先放保險公司滾存生息。

我沒理女兒的表情，埋頭吃東西。我問起妻子在美國的近況，她說很少見到。有時她特意從宿舍回家煲湯，約媽媽回來吃飯。媽總說太忙，不來了。

這時古古已結了帳，揹個染紫皮袋，另挽個文件包，繞我們桌子後面出去，沒看見我們。她一個人，沒胖沒瘦。

那天晚上我看電視，邊看邊想，像古古這樣的人，我以前有過五六個吧，也因為她們後來紛紛轉當經紀，為了顧存情面，我買下很多奇形怪狀的投資產品，竟都依市上升。到我退休時，無端又多份收入。

不過古古是不同的，因為她有個兒子。而我在某年某天，在一個很安靜的地方，竟然主動說過，可以為她剛生下來的兒子做任何事，包括當出世紙上的爸爸。

古古並沒這樣做，我終於也沒見過那出世紙。她只是後來告訴我，朋友幫忙起了名字，叫晉圖，冀望將來當個官。小晉晉我見過幾次，有次我帶古古去檳城玩了幾天，我讓她把晉晉也帶來。要不兩個大人，竟日對著，真太靜。

晉晉不愛理人，自己走路自己玩。我們住岸邊一家老酒店。酒店沒門，一面對大街，一面看海灘，風自由穿過。晉晉第一天到酒店，穿了新鞋新襪，在大堂等我們辦手續的時候，地上有個幾吋深的方形裝飾水池，他沒見過，以為是實地，兩腳踏進去，鞋襪全濕透，他哼也不哼。

古古見到了，說，去，去木椅處坐下，把濕鞋襪脫下來。

他爬上木椅，裝沒事搖搖腿，不肯脫鞋。一定要跟我們上到房間，才願意換掉濕東西。

檳城我是第一次來，原來每天下午真會下那麼大的雨，涼快得陰冷。古古跟我去旅行已經很多次。她很愛游泳，天天要泡泳池或者海灘好幾遍，見到沙灘有攤販經營水上電單車，也一定要試。我討厭不停洗頭，一天游泳一次就夠。

我說要帶晉晉去城裡玩，古古很樂意，繼續游泳。

檳城市中心也沒什麼好玩的，都是些廟，教堂。街上多是三四幢高的舊房子，有騎樓擋陽。四五十年前的上環，應就是這種氣氛。下午很熱，我抱著晉晉經過一家中藥店，進去看看。百子櫃從地直上天花頂。我放下晉晉，問夥計有沒有涼茶蔗水賣，卻說沒有，我又不想讓小孩子喝汽水。四周看看，買了包山楂餅，圓圓的紅片，放一疊在口裡，酸酸的可以解渴。

因為我吃，晉晉也吃了，卻不知他真心愛不愛。我們又散步了好一會才回去。古古游泳完了，在房間熟睡。晉晉見了，也要上床跟媽媽睡。

我獨個兒下去餐廳吃晚飯，就在海邊。檳城的電壓很不穩定，無端會停電，或者飯吃到一半，燈突然變暗，侍應急急逐桌送上小蠟燭，大家風雨飄搖地把飯吃完。漆黑中，海浪幾乎拍到身上。這實在是個非常適合偷情的地方。

我也是來偷情的啊，怎會帶起小孩來，還獨腳兒吃飯。

連偷都變了老夫老妻，我認老了，雖只四十出頭。

回來之後不久，我就如實跟古古說了。她也沒什麼，只道，有空上來跟晉晉玩。後來我聽朋友說，她休息了幾個月，不久就找到一個願意照顧她的人，還跟他轉了行。

於是我幫襯她買了好些保單。晉晉，會想起的，來往則不必。

女兒開車從小南國送我回家，自己又再去中環，是星期五晚上呵，得去樂樂。我講了又講，清楚地講：別開太快，喝酒別開車，香港現在罰得重。她開車和弄機器有點天分，似她媽。

只是咪咪，即是我女兒，今天邊開車邊告訴我一件事，說在機場見到晉晉，已經是大人的晉晉，在入境櫃位給旅客查護照蓋印。

咪咪一往都不喜歡我的女朋友，我可一往都沒覺得抬不起頭。我方方面面都照顧得好，誰都不能說我不負責任，也從未一腳踏幾船。只是越往下越沒興味，後來乾脆連她們名字，怎樣走在一起的經過，都不再去想，漸次斷了音訊。

有時在街上見到，勿論她們身邊有人沒人，我都很自然上前打招呼，畢竟有交情。女人卻不這樣想。好多老遠就繞路走，有些更離譜，在商場正面碰著，避無可避，竟裝不認識，老著臉橫過。我是很想敘敘舊的，坐下來，喝杯咖啡，問問還好嗎，有什麼可以幫忙。可反面不認人的，是她們。

晉晉進了機關辦事？咪咪這女兒認人很準，不會錯的。她在美國讀書時，有次暑假回來，想是太悶，偷偷進我房間翻東西，找到一張年輕人的大頭照片，背面寫著，晉晉十八歲生日，就拿出客廳問我是誰。我如實說是香水姨姨的兒子，不過已經好多年沒見。為什麼要寄來照片呢，她問。我說不知道。不過小孩生下來能活到十八歲，也是值得高興的事。咪咪你們在那邊，十八歲會大夥兒開車去山上滑雪，穿州過省去賭城看表演，人家不過拍個照，寄給朋友留個念，總可以吧。

所以咪咪說在入境櫃位見到晉晉，我就信了。再憑我的一些關係，很快就查證沒錯。

有一天，我比咪咪早下班，去超市買些材料回去煲湯，一出超市就見到古古。

她沒有不認我，她更像在等我。

古古還是不胖不瘦，淡淡的，鼻梁架了深藍膠框眼鏡，頗入時的款式。

我們真的坐了下來，就在對面馬路一家街坊茶廳。我要奶茶，她點薏米水。

想不到你願意來這種地方，我說，你總嫌茶餐廳鹹腥。有什麼可以幫忙，我問。

古古小心把薏米水的薑片挑出來，逐一擱在碟邊，說一遍她想要的。

原來晉晉十歲時她就走了，留下給當時同住的那個男人，即是帶她轉進保險行業那人。

今回她真的嫁了，也是唯一一次婚姻，可這個丈夫對她並不算好。她再生了兩個女兒，丈夫開始動手動腳，她又帶了女兒出來，獨自養。他後來上了大陸，當然又置了家，日久就沒聯絡，香港的房子倒是由她住，不過也沒轉她名下。但她賣保險真有一手，兩個女兒也過得不錯。只是長大了的晉晉並不體諒她，約出來見面不見，送手錶相機，鋼筆和錢，都原封退回。

或者有方法的，我說。晉晉知道你為什麼要走？

她說，他到現在這麼大，應該知道。當時那一位，三點鐘就下班，回家睡懶覺，賣單夠數就收工，沒出息。我見外面有個更好的，在東莞有工廠，還不走？結婚前，未來老公倒說得明白：跟我，就別拖個小男孩來。

她推開半涼的薏米水，摘下眼鏡，說，不再講這些。找你是有求。要不要吃麵？我問。突然好想吃麵，雖然這兒的麵不會好吃。

麵來的時候，古古已經說完。她是想跟長大的晉晉——廿多歲了，還是叫回晉圖吧——上影樓拍個相片。怎樣弄得他來，歡歡喜喜照一張，就這而已。

我試一口麵，很淡。古古問夥計拿個小碗，放點醋調味。

當心這醋，她說，沾了不好洗。

那張晉圖十八歲的照片，也是你哄他拍的嗎？我問。

古古說：沒有。聽說是他自己上影樓拍的，還給我郵寄了一打過來，什麼也沒寫。我想起他小時見過你，跟你去過旅行，我就寄你一張，幾個姊妹也各給一張。我後來打電話找他，他接了，禮貌交談了幾句，說預科畢業了，又拿了身分證，出來找事，是個大人了，便拍了照，送人，也不是專寄給我。聽得出，那是養他的爸爸教的。

想不到那人除了睡懶覺不好，倒為她義氣帶大了孩子，還懂得教年輕人老派的禮數。

據古古講，晉圖沒再找她。

原來是這樣。我嚼一口有醋味的麵。這事我回去想想。騙他不好，專誠約他，他必嫌突兀，不來。

古古堅持結了帳。我問她上哪兒去，她拍拍隆起的包包，說游泳去。我說仍很討厭洗頭，不然真會陪她去。

拜託你了，分手前她說。我問為什麼一定非上影樓拍照不可？她說，只求了個心願。她還想另拍張正經的大頭照，萬一有事先走，靈堂就用得上，省得辦事人到時張羅。

回到家，咪咪還沒影，我如常為她煲了湯，回房上網，看書。煲湯的時候，有點想念古古，給她發了個短訊：游泳完了？

站在瓦斯爐火前，自己的臉也熱起來。留意著手機，她沒有覆。

晉圖的事可怎麼辦好，真得費點心思。到了這個年紀，有事還得找女兒商量。

咪咪近來又把那些十多歲時買的 Hello Kitty 睡衣翻出來穿，還合身。邊擦牙邊聽我說，白色泡沫一口啐出來，咕嚕：我不要幫那些媽媽生。

我辯稱是幫晉圖，你在機場見過的。

隔了一夜，第二天晚上她換了件 Dear Daniel 睡衣，進我房來，問古古其實確切是哪一個香水姨姨，我答是那時在牛肉麵店，淡淡坐著喝茶，沒逗她玩的那個，也沒碰過她的爆炸頭。她應了一聲。之後的早上，她說可以幫古古，不過未想到方法。

咪咪在投行做證券分析工作，每早六點起來洗頭化妝吃早餐，七點穿戴好，出門上班。她每天都經過樓下的平臺去地鐵站。從高望，她的爆炸髮是個大黑圓球，下面襯著西裝套裙，高幼跟鞋。我養了個奇女子。

我問公司的年輕人，如果有這麼一件事，該怎樣安排，他們根本不答，覺得無聊之極，或者說，用電腦弄張合成照吧，五分鐘即成。有一個說很好呀，他回去想想。

晚上醒來睡不著，看電視的黑白粵語電影，這種設局也多的是，比如兩個冤家分別由熟朋友相約，在雍雅山房喝茶，自然見面，或者精心設計行程，製造偶遇等等。不過後來總是給人識穿，不歡而散。

我很快就放下這事。一廂情願的設局，太可笑，做不出來。

過舊曆年，我問咪咪要不要飛過去陪她媽過幾天，她說公司很忙，走不開，到復活節再說。

那就我們倆過吧，我說。咪咪你講的，今年要精心布置布置，認真過個唐人年。於是就張羅起來。

另邊廂，咪咪一定是在拍拖。晚上總來五六起電話，她神祕的通話地方，包括衣櫃裡，露臺的舊洗衣機頂，或者坐在貓盆邊，貓則放自己床上去。論理一屋只兩口，菲傭又不住家，她自己房間關上門就最私隱了。不過這些神祕舉止，或都是做給我看的。

不穿 Hello Kitty 啦？我有天晚上忍不住問。她說太舊，毛了，扔了，改穿運動衛衣，睡覺也是。她手機又響起來，極速閃身不見人。

我本來打算在沙發上躺躺，等她出來，問她過年想吃什麼特別的菜，如果要自家發魚翅，或者釀鯪魚，得早兩天準備。怎知一躺下就起不來，到四點多醒了，自己進房睡。待擦乾淨牙，洗把臉，人反清爽起來，轉來轉去睡不著。

於是趁天未亮下樓取車，開到筲箕灣街市，看早上有沒鮮魚可買。

結果是行了一圈街市，來得不是時候，好魚未回來。經過大街一家酒樓，早茶剛開。我記得，這裡面都是大圓檯，白檯布，中心有巨型「楚」字，紅圈圈著。就著這麼一個「楚」字喝普洱，似有刀劍嘯伏，隨時有俠客飛仙從天而降。

這種茶樓的好處是十分自由。客人都很熟了，熟到自己找茶葉，自己倒開水泡茶，最熟的會去廚房挑點心。

普洱我愛泡濃才喝。這兒茶葉算是相當劣等，怎樣泡都一樣，沒心理負擔，完全放鬆。

廚房未有點心出來，又沒報看，乾坐著等，等記憶回來。

其實我買過給古古的東西並不多，除了去過不少旅行，就是送她兩套睡衣。不是西洋匣士那些，而是老派的毛布睡衣褲，國貨公司款式，日本製造。梭針極密的布料，頂幼細，滑而暖。襟領和雙袖，釘上橡皮糖般的紅膠鈕。

挑的時候古古也在，是她見到要買的，說耐寒。然後她見到真正東京來的 Hello Kitty 睡衣，要我買給咪咪。我說好的好的，一口氣買了很多。我問要不要另買點什麼給晉晉，她說，我們這幾年沒見，你可能不知道，晉晉快十歲了，宣布自己再不喜歡卡通公仔，只肯穿淨色的，波波圓點的，和有英文字母的睡衣。然後古古就走了，說約了老闆見客，帶走毛布睡衣。

那之後這些年都沒見過她，直至小南國。

現在有什麼可做呢？現在只有喝光這盅茶，回家。

第二天是周末，去我們父女每年必去的年宵公園。

咪咪把曲髮束起，收進一個格子絨巴利帽，頭頓時小了一號。我這才比較清爽看到她臉。

以本地的標準，這公園是海般大了，但以咪咪的見識，是小草地上蓋些竹棚而已，這卻不減我們的興致。她媽媽近年都沒回來過春節，我和咪咪，卻仍忠心耿耿地奉行她的舊規矩，逐天的過。比如今天是買花，買糕點，明天是換上新年專用的沙發套和杯箸碗碟，和醃釀好兩條土鯪魚，待年夜飯前煎香，放著壓年。然後查看傭人洗擦抹刮，大致就緒，後天一睡醒，就可以舒服地坐著過年。

咪咪她媽媽在家過年的時候，很著緊水仙，一定要買，買了必要開，還得年初一凌晨開才算數。咪咪小的時候，我除夕一定回家過夜。這還不止，更會十一點多摟著咪咪，在客廳對著兩盤水仙，等開花。她媽不知做了什麼手腳，除夕向晚，總會有五六朵趕先撐開，來點香氣，待到十點左右，又有七八朵蠢蠢欲動，從口上裂條縫，花蕊露點端倪。十一點三刻，咪咪就很興奮了，像看母狗生小狗，在我懷裡緊張地等。有時是十二時整，最遲是十二時一刻，先有兩三朵，然後另外三四朵，白色黃色全舒展開來，濃香得咪咪要掩鼻。她會用小手指觸撫花瓣，我拿開她手，說：花開很用力，會痛的，別碰，讓它休息。

這些胡扯的話，希望沒人會記得。

我們在公園買了桔，桃花，菊和劍蘭，連水仙，幸好有菲傭幫忙拿。

往出口走的時候，另一邊草地有個小型嘉年華，十多個白色帳篷，有些年輕人在扭彩氣球，散在地上，要做個拱門。時候不早，陽光已不弱，陸續有小朋友拉著大人過來。這都是些公家機關的攤位吧，展板都是講些守法公德的事。有個宣傳兒歌正以巨響廣播，甜美而煩厭。

我們一拐彎就見到古古，她在一個正中特大的雙帳篷邊徘徊，架副圓墨鏡，像在看什麼，其實這種地方哪有東西好看。不過一留神就明白了，她在等帳篷裡工作的晉圖，不知指望會等到什麼。

這個雙帳篷應是重點攤位吧，有個小童波波池，前面還泊了輛吉普車。小朋友答對了大會預設的問題，就可以爬上駕駛座裝司機，或站上後座，立正敬禮拍照。另一邊放了個穿紀律部隊制服的紙板公仔，掏空了頭，只要湊上自己的頭，就是張鬼馬照片。晉圖在忙著，照顧答中問題的小朋友，讓他們安全上車下車。有些太小的，或特別害怕的，晉圖就把他們抱起來，放上去，放下來。

大家都是開心的，一般都很吵，偶然有短暫的安靜，然後又是尖叫嘶笑。古古很成功混在其中，就像一個參加嘉年華的普通媽媽，雖然沒一個小孩是她的。我看看咪咪，不用我叫，她已經放下東西，拿起手機在攝錄了。我說，錄像要，硬照又要。不知道手機的鏡頭變焦夠不夠用，解像度倒應沒問題。

然後我們就走了。那十幾分鐘，我想過要不要上前跟高大的晉圖打招呼，甚至大方地邀請古古、咪咪、晉圖，要菲傭姊姊為我們拍張草地大合照。不過這等可笑的事，我自不會幹。

回去的時候，菲傭開車，咪咪在玩手機，我坐後面，不敢問她拿來看，又怕她大意刪掉。這時她說，東西剛傳去了我的電郵帳戶。我提她別在網上分享這些。

今年的水仙花，或是天氣太暖，除夕十點多就全部綻開了，沒一點保留。花香與飯後的紅茶氣息混雜一起，怪怪的。如果有一件事是我最想和妻坐下來，好好談的，就是她調校花事的祕方。

咪咪晚飯後就出去，皮短褲長靴，型格披掛，鐵釘袋，是我理解但沒法心愛的造型。我心愛的，細暖綿密，暗香而內裡翻騰的東西，早就過時了。

咪咪拍的短片我看了幾遍。那些畫面，跟古古想要的正經母子合照，實在離天萬丈遠。那真是個奇怪的嘉年華，而我也絕不相信，晉圖不知道他媽媽就在近處。

我第三次看短片，放慢看，發現晉圖在跟小孩周旋之間，曾經兩次停下來，跟一個中年男子笑著打招呼。我明白了，這就是帶大他的那個睡午覺沒出息男人。古古其實早就知道了，一天這個男人在，她就甭想親近晉圖。那天原來是個三人追逐的嘉年華。

我喝完一杯茶，下了個決定。我給古古發個短訊：新年快樂。年初一會很暖，要不要一起游泳去？

——原載《短篇小說》二〇一四年十月號，第十五期

那天

葛愛華

出生於港都高雄，現居風城新竹，現任《科技生活》雜誌總編輯。曾獲梁實秋文學獎文建會優秀獎、竹塹文學獎散文首獎、林榮三文學獎小品文獎、宗教文學獎短篇小說首獎、夢花文學獎短篇小說首獎、福報文學獎短篇小說首獎、新北市文學獎短篇小說首獎。出版有短篇小說集《年輕舊事》等。

眼前這燈盞迷離、喧嚷嫵麗的港城，不是舊時候那小鎮的樣子。街道沒大改變，但幾幢老屋舍都不在了。那是石灰摻碎礫有個吊腳樓的房子，當時在僅五六萬人口的小鎮上，就已先佇立了二三十個年頭。

那樣的老房子在舊時的小鎮很便宜，扎實的骨架抵擋海口歲月的寒風酷暑也還硬朗。搬進那房子前父親天天來回忙碌，粉刷裝燈掛窗簾，等斑剝大門板卸下來按嵌了當時頗為時髦的落地玻璃門和鐵窗時，她們母女仨才雇一口鐵牛車，從基隆把剩餘家當搬過來。

搬家那天父親自己騎著腳踏車，後車斗拴捆枕頭棉被軟席榻，車把手左邊垂掛鋁壺鐵鍋，右邊盪吊一隻顛簸路上不斷磕絆他膝蓋骨的大錫桶。

那大錫桶倒扣十幾個父親準備擺攤賣麵食的塑膠大碗、木筷和白鐵瓢羹。

她倆此刻遠眺彼時根本還沒開始啟造的關渡大橋，天壁煙花、人間燈火同樣燦爛，人潮川流中她轉頭對她妹說，嘿，咱爸那年帶我們去淡水河看國慶三軍操演，有這樣熱鬧嗎？她妹撇嘴點頭，嗳，那次人山人海我們還走丟哩，咱爸找到我把我勒緊了卻喊妳的名字。那時我忙著看直升飛機噴出彩色煙霧，她說，才恍神咱爸和妳都不見了。她妹撇嘴點頭，不是直升飛機，噴出彩色煙霧的不是直升飛機——，她接著說：妳看到像鬼一樣的蛙人，從海軍快艇衝上岸時，嚇得大哭還尿一褲子……

眼前光線抽長搖動變換的事物，與過去的殘影景象交疊，河堤旁新砌的崗石大樓某層鑄鐵欄杆陽臺上，兩個結辮子的小女孩，手抓牢籠欄杆朝下邊的鬧元宵探臉，像鳥頭一樣的小臉，正好在張看她倆。

那時父親也好想要她倆留長髮，曾對母親哀告：別再給咱閨女鉸頭髮了行嗎？小女娃兒就是要綰著兩根辮子才可愛啊！

那時候，有點遠了……，在淡水河畔，她倆模仿大人們拿小手蓋在眉骨上仰臉朝天空眺看，天空上的神龍小組正在表演高空跳傘，周圍是睜不開眼睛的喝采和掌聲，一萬六千呎的晴空萬里，飛機尾巴拖著濃霧，棉絮般噴寫幾個大字，65卄。

她們都成了這段人間風景裡的一小片碎屑，像鞭炮紙花炸開來，隨風揚起，無聲無息……

她和唯一的妹妹是孿生，但很少心靈相通。

有次，她倆齊聲問母親：「這什麼魚呀？」

腹大頭小眼睛凸，尾巴像拚死開到盡頭的曇花瓣搖曳。一紅一黑兩銀白，四隻小魚都發著光，被母親養在自家樓上一間不使用的廁所浴缸裡。

「金魚。金色的金。」

金魚被放進小卵形磁磚花色無頭緒拼貼的浴缸後，就消失無蹤。

母親抓著斷柄瓢子在專心找尋金魚，她問：「為什麼要叫金魚？」

她問題多，她妹喜愛表現聰明：「妳笨喔，他們家姓金啊！」

「是不是長大以後，就會變成金色的？」她再問。

落地玻璃門上頭有兩扇固定式的氣窗，窗簾布沒搆到那上邊去，塵埃雨痕的氣窗，罩著冬日暮色，鼠灰夾雜著黯淡昏黃的街道，傳來遠處渡輪低沉的叫鳴，嗚嗚噎噎的聲音在被遺忘了的記憶深徑裡跌蕩，似有若無。是氣味，明確地竄到眼前來指認的是氣味。

那是淡水冬天慣常的冷霧，帶一絲油污包覆的腥氣裡，隱約透露半點薄荷腦的蒼涼。

父親在基隆時老想著跑船退下來以後，要到淡水來置辦營生。

為什麼要選淡水這樣一個在當時幾乎沒什麼外來人口的地方，而且他們還住在一條馬路就貫穿一個里的河岸邊上。母親從來不問，父親好像是那樣說過；因為淡水有山有海啊，說完想起基隆又訕笑說；因為淡水鳥兒多啊，呵呵笑完自顧自地再說，淡水可好嘀咧，淡水有馬偕醫院哪。

父親壯得像牛馬從不感冒生病，何況他也不信耶穌。

父親說他知道自己不是什麼好人，但也不會幹太糟糕的虧心事。要說該上教堂懺悔，就是當年沒把東北老母一併帶出來，撂在老家給鬥爭時鬥死了。父親說，懺悔應當是要懺悔的，但也沒想過求神寬恕。

老說不跑船退下來就要在家門口賣貓耳朵、韭菜盒、蝦仁餛飩、大滷麵，口沫橫飛說得麵食料理項項一把罩的父親，其實連花捲饅頭都沒有鎮上空軍眷村裡一個灰翳眼珠裹小腳的老奶奶發得好。

父親買了這幢老房子興致勃勃翻修後，便在一樓客廳旁的階梯入口先打了片三夾板隔門，他說這樣樓上住家不會被樓下賣鋪干擾。母親嫌那扇門極醜，便在門板上掛了一本兩呎見方的明星月曆，五月分那張是下巴有點長、描畫粗黑眼線、露齒貓咪笑的李雅芳。

母親好像滿喜歡那張明星彩照，一直掛著五月沒翻面。

賣鋪也一直沒有點火起過爐灶。

父親把一家子搬到小鎮來後，竟然還是從淡水搭火車到基隆，接班表照樣跑他的商船，帶他的水貨。

她倆在那老房子各個窗口蒐巡一遍，估摸熟了，曉得在樓上後面房間窄窗畔，可窺覷牆外違章建築老小好幾口人家，午後到傍晚輪流添柴燒水、解衣洗澡，那風景可真賽過自家門前張眼就可瞧見的海口嘸日、煙雨歸帆。

違章人家的澡間，裡壁豎著甘蔗板，天棚鋪的石棉瓦讓颱風掀去兩半塊沒重修。浴間沒設抽水馬桶，要大便還得走出圍籬外到隱密弄角去，那兒有個附近十幾戶違建人家共用的木頭門閂落糞坑。夜裡沒燈，她見過有鬼一下白眼亮、一下黃眼亮也去上廁所。

從破洞天棚窺見，使勁刷抹黑紙鈍剪的暈糊皮肉，個個人影末了都會伸手鑽入還搭著濕內褲的裡邊，抓撓掏摳，她倆眼珠瞪得比頭大，還是瞧不清內褲裡發聲作響的是啥模啥樣寶貝。總是三幾下瓜瓢汲水嘩啦啦澆擊肉體時響時靜，泡沫水流沿著澡間溝縫汩汩洩出，沒有顛倒夢想多餘動作，只有時間被嚴格限制的脫濕刷沖標準步驟，一致兜攏小片毛巾，濕內褲魔術把戲睨眼換成乾淨硬挺的。

那些人家男的多穿白內褲，女的多穿黑內褲，黑白全是不縮口垮到見得著縫線的四角褲，有時幾顆腦袋碰著在雜物堆裡喳喳嗡嗡講話，那樣子像麻雀啄食包穀粒。

擱在澡間外邊的幾個鋁盆，整夜醃浸滿屋人畏縮疲乏情緒糾纏的衣褲。手動抽水井只有一個，連刷洗衣物也要輪流。

天未亮透，總是一個圓額西瓜皮短髮女孩最早起，就著其中一隻澡盆咬牙埋臉勃勃勃在洗衣板上折磨著一塊不大起泡的褐方皂，汲水搓揉、搓揉汲水。那女孩刷扭衣褲的樣子，好像對什麼人充滿恨意，但肯定是比愛漂亮的母親喜歡乾淨。

父親開船後，母親偶爾會帶著她倆從淡水搭火車到圓山，下了車站撐起滾蕾絲邊花布傘的母親，便自己顧著走在前面，她倆在身後一腳快一腳慢地跟著母親往南走，走到農安街，過馬路，和一個開委託行騎白色偉士牌老戴著太陽眼鏡忽然就要她倆齊聲喊乾媽的手帕交，一塊相約去逛街，飲茶，打發時光。

偶爾母親乾媽她們也會和人打打小牌。贏錢時歡天喜地，輸了錢也沒見她們有什麼不高興。

她們只要低聲說話，就會用和父親不同的語言。後來，她們連高聲說話，都用和父親不同的語言。

早些時光父親跑遠洋商船，一走年餘，回程帶美國毛料電毯，德國攪拌器、收音機、電動刮鬍刀；她倆墜地後，父親只接頂多出航個把月的近洋船班，回程夾香港藥丸、東南亞香料咖啡、韓國高麗參、日本珍珠粉養命酒和肩掛式真皮袋單眼相機。

這些東西樣樣可都是乾媽委託行訂單上火紅水貨。不光是乾媽那爿店，整個晴光市場舶來品商店街的門徑通熟後，父親開船倒變成跑單幫，船上舵工的活兒，反而是出港船票。

父親是賺了不少錢，每個月頭母親都會帶她倆到衡陽路銀樓店鋪把看亮晃晃金飾，順便在黑市裡兌換父親給她家用的美鈔。那時一元美鈔，能兌換四十多塊新臺幣。荷包揣滿月用，再拎帶她倆到乾媽那裡吃遍市場小吃，尤其是母親最愛的黑醋花枝羹，吃得雙頰緋紅、旗袍領口扳開兩個鈕絆拿手絹猛拭汗，也花不了什麼大錢。

有陣子乾媽迷上看玉。母親幾乎天天午後從淡水帶她倆坐火車抵臺北，乾媽的偉士牌噗噗噗沒熄火就等在噴水池那兒接領。她站在機車前面踏板上，她妹像塊蔥油餅給挾貼在乾媽背後和母親胸前，兩大兩小一塊從館前路噗噗噗趕到衡陽路找熟人看玉，一看一下午，她倆睡了醒醒了睡，小鬧幾下挨幾回罵，天光仍然大亮，母親猶陪著乾媽不膩不厭專注地在看玉。

乾媽究竟買了多少玉飾不清楚，但清楚的是，那個賣玉的老闆娘還領頭帶她們去中山北路算命卜卦。她倆是不是也跟去了江湖術士那裡，完全沒印象，但印象深刻的是，後來乾媽和母親為了改命開好運，找了間專門給電影明星打針美容的診所，一塊去隆鼻。

紗布。

坐在烤了白漆的化妝臺菱形鏡前，母親躡指揭密似的掀去鼻梁上一小塊藥水味刺鼻的白

她倆看見母親的鼻梁邊上，腫了一小顆紅豆疙瘩。

「看到沒？」母親問。

她妹聲音楞得像剛剪齊的劉海：「看到了。」

「漂亮嗎？」母親再問。

那紅豆疙瘩嗎？她說：「不漂亮。」

母親唇角一掀，帶著笑意的濃音，對自己新生的鼻子說話：

「嗄，不漂亮？這可是和李雅芳一模一樣的蔥管鼻呀！……嗳，阿姊多愛唱那首〈你我情相繫〉——，前不久李雅芳被壞人綁去，強拍脫光衣服的照片，她在報紙上說要退出歌壇不唱歌了，嗳……好可惜呀。」

母親自顧自地哼著什麼曲調，她看看鏡子裡的母親，又看看鏡子裡的自己，才發覺自己怎麼跟母親長得一點也不像呢。

母親的眉是黃昏兩抹炊煙縹緲舒朗，她倆卻是眉骨擎舉如烈日下棘草絨絨。

她倆是刀刻複層的眼皮摺子，眸色沉沉；母親的睫毛像燕尾點水，遮擋不了單鳳眼的狡點明媚。

還有鼻子——當然，現在母親的鼻梁不一樣了。

她伸手想去碰那顆被母親詢問是否漂亮的疙瘩，母親停頓哼曲微偏開頭：

「啊嗳～不要拿手去碰，才打針的，還會痛，要發腫一個禮拜呢……」

她發現，那嚶嚶囔囔什麼旋律的側臉，赫然是一張陌生人的臉，不僅因為鼻莖隆起的緣故，可能還有別的什麼原因，總之這根本是一個冒充母親的別人！這麼一想，剛剛母親說話的聲音、看著她倆的眼神，也都跟昨天的不一樣了。

這個祕密，她一直沒跟她妹說。

後來，很長一段時間，她努力想要回憶母親的臉，都不知道該想起隆鼻前，還是隆鼻後的那張？

回憶是座廢棄的煤礦坑，黑嗚嗚魔音灌耳人影不見，誰也不知道那時候的什麼事可完全不是那麼一回事。那種日子像東西煮在鍋裡全勾了芡，不曉得藏在稠衣底下不冒煙卻能把腦殼燙開的沸沸騰騰裡，都是些什麼作料。

父親帶那麼多的好貨，過眼雲煙，全部拿去換成他自己眉開嘴笑的鈔票。

只有一次，母親於鏤刻精緻花案的白木扁盒裡，取出有頭有尾小人似的兩根褐紅高麗參。

幾張衛生紙撮成麻花束條，擦了火柴棒點燃，嫋燒的一小枚火粒，離參幹兩指寬翻轉燻烤，母親也讓她倆把玩。第一束麻花燃完，再點第二束，這樣溫火烘烤參幹幾十遍，每一遍母親都認真耐煩，像只做那麼一遍。

把變得不那樣頑固脆硬的紅參，仔細工整切成透光薄片。

兩顆不再淌血的豬心，放在圓木砧板上，她倆搆著貼白磁片的自來水龍頭石槽，看母親把參片塞進豬心導管裡，加滿水的陶土燉鍋，擱坐爐火醺醺然熟睡，才兩刻鐘，整間廚房都是紅參燉豬心打鼾似的噗噗鼻息。

滿水煲成半鍋藥材補湯，父親頸毛倒豎大快朵頤：

「噯，那誰，為啥今天給燉人參豬心吃啊？這幾根是最上等好貨，我藏著，故意不交妳阿姊，交妳阿姊就不好意思調高價錢，她貨款又給得慢。」

一海碗下肚，再添滿：「嗨呀，這幾根紅參可得來不易啊，那誰呵，妳可真不識寶哇，要拿也不問我一聲，嘖，就這麼自己——」嚥了一大口黃金湯：「就這麼自己燉來吃了，多可惜吶。」

母親在她倆飯碗各挾兩筷子青菜，她倆又分別揀出來給對方，母親再給撥些魚鬆、摻點保衛爾牛肉汁，輕聲催促在手指間扯玩橡皮筋的她倆快點吃飯，父親倒是吃得狼虎，一下子滿碗公又朝天。

母親勾勾眉不看誰一眼：「你怎麼老是覺得，好東西只要是給自己人吃了用了穿了，就是可惜？」

「是可惜啊。」

「跟你的人，就這樣能蹧蹋？」

「這紅參，可不就，鐵錚錚給妳蹧蹋了嘛！」

父親趁熱添吃，頃刻間連鍋底也朝了天，最後一碗參湯在他左手裡搖搖顫顫，舉箸的右手先點後撇緊接著胸前比劃：

「我說，這拚坐牢帶的好貨，我個個都要賣大錢！這錢才好，人會老，攢了錢咱好開店，我兩手的武藝哪！那誰，妳知道……，去年生病後，我體力大不如前，船上粗活兒再幹不了啦……，靠走私咧更不能多幹，現在海關查得緊，那可是賭命錢呵……。」

碗筷擱上桌，父親認真說：「所以哪，我估摸著，在咱家一樓賣個家鄉味兒，這房子是咱自個兒的，用不著店租，用不著店租咱價格就比人強啦，咱做多少嘿全歸過活兒用，也可守著妳娘兒仨，嘖，這往後日子多明美啊妳瞧！」

母親放下碗筷想離桌，父親喜孜孜按住她手背，像撥開雲霧見月明地笑開臉來，還邊笑邊拍自己大腿哼囔：

「咱這就開店，不跑船了！……咱要摟著寶貝閨女兒過日子，妳看咋樣？」

那天早上，還沒真正醒過來，她就知道母親不在家了。

顧不了一直覺得沒住人的頂樓廁所有鬼，小腳掌連爬帶跳登上樓梯，之前被注水養著金魚的浴缸，獨自乾燥張嘴躺在那裡死不瞑目。後頭追上來的她妹，扯著嗓門尖叫：

「我就知道！我的金魚不見了！」

她回到母親的臥室。不感覺有什麼東西不見了，但也覺得似乎少了許多東西。

化妝臺偌大鏡子令人不安，好像母親畫了張要上戲臺的大濃妝，坐在鏡子裡衝她倆直笑。

「媽媽為什麼把我的金魚帶走了？妳說，媽媽為什麼要帶走我的金魚！」她妹坐在樓梯上，抱著下床氣哇哇痛哭。

那才不是妳的金魚呢，她很想這樣說。

母親離開的那天很短，短到混雜著一種既害怕發現什麼又怕不能夠發現什麼大事情的氣味，完全來不及著落。

父親帶她倆去乾媽的委託行耗等一晌午，乾媽就近打電話叫麵館夥計送兩碗麵來。

「阿姊妳吃，我不餓。」

年紀顯然要比乾媽大上一截的父親，開口閉口總是那樣好聲叫喚。

乾媽對父親說：「這家店的意麵啊，我吃到厭死了！你就趕緊把麵吃完，帶兩個小孩回你家去等，說不定人已經在家啦。」

父親不吃麵反倒抽起菸來；先一根一根報仇雪恨抽到天涯盡頭，再熏紅眼一根嘆息接一根投訴無門撇得滿地，拿腳擰滅的菸屍讓乾媽用掃帚往外撥弄揚起灰塵。父親的神色焦躁折騰，抽乾的菸包往口袋一塞，便起身跨腳踱到門檻外頭去。

她不敢離座，她妹忍住哭泣，兩人同樣害怕父親也要不見了，卻不敢跟上去。

下午委託行生意熱絡，她倆魂魄落落。

乾媽張敞喉嚨在磨石子樓梯口大聲喊叫女兒下來，那個被喚做富美的女孩，一直端在樓上扯著聲哨不斷回應：「蔡啥啦？直直叫，我在讀冊耶！」

富美身穿繡學號新興國中白上衣和一條燈籠藍短褲，腳夾釘亮片舶來品木屐拖鞋，拿了乾媽遞給的錢，朝她倆揮揮手，要回家了？她倆精神全飛上來。

「念幾年級？」

「啥會嘎？還沒念國校妳媽就把妳們的頭髮剃得這樣短喔！」

「想嘛知，一定不是她親生的，才下得了這種毒手。」

「我初中以前都留辮子，留到屁股下面喔。」富美手掌在之前留髮部位比了比，然後伸出手指：「光是綁頭髮的髮圈啊，四個德國 BOBO 水果糖玻璃罐都裝不完哦！」

「BOBO 水果糖，有吃過嗎？」

她點點頭，她妹搖搖頭。

「嘿，驚死人，生目珠也無看過長得這麼相像的雙生仔哩？妳媽都不會弄錯哦？」

其他雙胞胎大多是長得不相像的？她猜。

富美朝前走，過兩條街，在一個小販前停頓，垂臉和坐在板凳上顧涼擔的小男孩說話：

「阿源仔，還剩什麼飲料？」

約莫十來歲的小男孩把屁股一挪，伸手在原先置冰現已成水的桶子裡撈看：

「有蘆筍汁、沙士，……還有楊桃湯，要買哪一種？」

富美盯看著：「涼不涼？」

小男孩的手往桶裡更深入些，等手肘全部淹沒在水裡面，才抬眼訥訥地：

「唔，好像不太涼嘍……」

「——啥米不太涼!?阿源仔，你阿嬤若聽到又要扒你的皮嘍我跟你講。」富美插腰擺首：「上次我媽問你楊桃湯怎麼酸酸，你說賣三天都賣不去，你阿嬤拿雞毛掃追到菜場口打，你都忘記痛了响？」

小男孩的手在水桶裡進退不得，眼珠流露出又做錯事的恐懼，憨慢地促銷：「那……富美姊姊要買蘆筍汁嘿？」

「都太不涼了，還敢賣我。」

富美甩頭朝前走去，那方向有車牌，也許可回淡水，生怕落後會被任意丟棄，懷著跟小男孩一樣的恐懼眼神，她倆首次攜手團結跟緊在富美圓翹的屁股後頭，像要把自己右腳撇掉一般大步走；她妹夾在前額的塑膠髮夾掉了不敢回頭撿，散髮黏著汗濕遮頭蓋臉也要跟住富美腳步，但那腳步東拐西彎遠離車牌，眼一眨——妳們要走去哪裡啊～過來～，她倆被喊定在一部攤車前。

沒棚攤車後頭瓦斯桶牽線占據著一面特大平底鍋子，她倆見鍋內一個個白麵皮脹得很帶勁，底下油水咘咘咘咘烙著比父親在家弄給她倆吃的餑餑圓扁些；戴帽小販脖頸披條毛巾，呲呲在大圓煎鍋上提壺灌頂，再次掀開木板蓋時，平匙一鏟，底皮焦酥的東西在面前全翻了筋斗，惹她發笑。

富美遞錢從小販手裡接過兩個油紙袋，呼叱呼叱自己先吃完一個：「妳們吃過生煎包沒？要不要吃？」

她抿唇搖頭，她妹點頭張嘴，富美才說著那麼燙妳沒辦法吃啦，又在她倆面前三嘴兩口吞進一個煎包。

手裡握著油紙袋，富美扭身木屐嗆嗆，兩隻滴溜溜粉白腿招來路上騎腳踏車的男人撥鈴鬧她，一次兩次那男人見富美不肯理睬，乾脆攔她勾纏：要看電影嗎？……請妳來去跳舞飲咖啡？

「你袂曉去呷屎喔！」富美啐他。

她倆後來一人一個煎包捧在掌心，不燙嘴的溫度連啃帶咬，點綴肉末的甘藍菜清甜芳香，比父親在家時為她倆做的加蝦皮冬粉的韭菜盒好吃，她妹拿小手抹開滿臉亂髮對她說：

「沒有韭菜耶，我喜歡。」她低頭掀起裙襬擦拭嘴邊油漬，印著卡通圖案的小白內褲上頭，露出她那肉凸凸好像茫然困惑的肚臍眼。

富美兩眼專注在戲院票口掛著鎖頭的大扇玻璃櫥窗上，右手邊櫥窗是「今日放映」，左手邊櫥窗是「下期放映」，裡面黑白劇照一張張十來吋大小，以劇情順序編排圖釘張貼。她們三人仰臉看，在櫥窗裡無聲搬演的喜怒哀樂，有頭有尾。

「李雅芳——」她妹叫。

「才不是哩……」她說。

富美調過頭來：「那是唐寶雲啦！」

什麼是藏寶銀？這個姊姊說話腔調跟乾媽一樣，她忍住沒敢問。

兩餐之間說不清是餓還是饞，富美一人吞吃四個煎包，也不掛慮她倆到底有沒有跟上來，就鑽擠在戲院門口騎樓人縫裡，翻看塑膠地舖上橫置羅列極為俗俳的皮件衣物。到底是要不要帶我們回家啊？她還是忍住沒敢問。

掌燈時分，她倆又跟著富美眼睛麻木腳跟囉唆地轉回委託行。兩隻不涼的鐵罐蘆筍汁發出碰撞聲響被富美擱在店旁小櫃上，她倆聽見富美怪模怪樣悄聲呢喃：「哎哦，三油一丸來了。」

乾媽鐵鎚碰釘子似的連瞪富美好幾眼，硬把她挑眉撇嘴的表情捺進臉廓底下，才轉身眉俏眼笑地與人搭接說話。

商品展示玻璃櫃前，正要給嬰孩換尿布的女人，一直不停在說話，眼尾瞟見她倆搖手擺腳跨進門檻，唇邊串珠落線依然不歇止滿地彈跳的語音，僅在中間穿插半句：「——這兩隻雙生仔誰人的，生作外省面——」

乾媽找貨的手和聆聽的耳朵篩孔落物準確無誤：「——就是外省仔，用嘴認的契查某囡啦——」

兩人談話回歸之前軌道正常運轉：「哎，講到阮囝，真正足爻吮乳，應該去電視臺參加比賽，妳看，一粒乳水飽漲漲，無半點鐘就攏乎伊吮到乾摳摳，吮無嘛不肯放喔，擱用齒岸給我嚙得流血流滴，害我頭暈目暗強要倒頭栽哩！」

在瓦楞紙箱裡翻弄貨物的乾媽，沒人看得到的頭顱還是殷勤點應：「放心啦，有我給妳攢正港大欉高麗參，免驚妳會倒頭栽。」

「哇啊，他的雞雞好大耶——」火爐爆炭噴出一聲響，她食指直彈目標物，高喊她妹快過來瞧：「妳看，好黑哦！」

店頭上乾媽、那胖糊糊女人和本來在店舖後邊剝撕棉紙吃羊羹的富美，全噎聲碰額圍看那攤開在尿布裡的物件。

富美說：「啥米雞雞？」

乾媽斥：「嘖，是卵葩啦。」

富美揚聲：「哎哦，真正有影ㄟ——」

乾媽接嘴：「烏擱大粒。」

胖糊糊女人扭轉乾坤裹上尿布：「頭家娘，妳知冇？生這粒烏卵葩真不簡單，換阮搭家八兩重金鎖牌佮百外斤油飯哩。」（她小聲問：她說什麼？富美小聲答：說那隻黑雞雞可以拿去換黃金和油飯。她妹小聲：哇啊～！）

「做滿月彼日，阮囝頷仔頸掛金牌掛到滿胸崁來；阮囝請油飯按厝邊隔壁送到電火柱仔嘛有一份！」

「想起阮頭前生那三個查某囡仔，月仔內腹肚枵，跟阮搭家討一碗雞酒湯，夭壽骨喔，無鹹無纖無滋味。所以講喔，我拚死生著這粒糖甘丸仔囝，實在是有夠值啦！」

（她小聲問：她說什麼？富美小聲答：生到兒子多搖擺，生到女兒腰就敗。她妹小聲：哇啊～？）

乾媽銳眼瞥瞪交頭接耳的三人：「有耳無嘴閃一邊去。」

「當然嘍，生著後生無仝啦，妳這房是大囝大孫呢，將來袂分祖公仔產，妳甘蔗倒頭甜占兩份咧！」乾媽讚捧稍歇，緊接著點交生意：「來來來……，半打顧目珠ㄟ魚肝油，一箱治脹氣ㄟ驅風油，兩打放筋絡ㄟ紅花油，擱有三罐呷落屎臭藥丸，無不對喔？」

「臭藥丸加挈兩罐，囡仔蛀齒痛，窒一半粒仔在齒縫，擱真有效。」

「好好好。」乾媽放圓音呼喚：「富美啊，後壁紙箱內臭藥丸加挈兩罐來……。妳看看，這兩斤上等日本花菇厚敦敦，有水嘿？阮對面賣意麵ㄟ頭家娘跟我註文，講這趟船貨來一定要先留乎伊燉雞仔，為著妳，我先暗坎起來。……擱有喔，這兩打阿凸仔女王洗身軀ㄟ香雪文，專工攢乎妳面肉幼咪咪……」

「老主顧就是家己人嘍！擱再講，誰人像阮厝內一家伙仔把魚肝油挈起來作水飲，飲到阮搭家目珠利劍劍，妳知否！」

乾媽撥算盤核帳，按往例魚肝油驅風油紅花油臭藥丸，同場追加高麗參香菇玫瑰花香皂，女人照單全收，搖晃好幾隻拴在手腕間咬紅鑲綠寶石金鐲子，從手提包裡捻出一疊綠蓬蓬百元鈔，也不數算：

「來，攏總愛偌濟錢，頭家娘妳家己點。」

「唉喲，講安捏啦……」乾媽兩手接鈔票，扭頭裂嘴笑：「富美啊，趕緊敲電話叫計程仔來門腳口載恁澎皮阿姨哦……」

母親離開的那天很長，長到混雜著一種極力想要回憶更多又渴望擺脫什麼的情愫，好像永遠不會結束。

她倆整晚守在騎樓，每有人影穿梭便抬眼張探，張探復失落，生生疲睏。

應該是連末班公路局客運都沒有的時候，委託行才打烊。

店頭木板門已拼上一半，一身怪味的父親來了。

乾媽到富美床上把睡沉了底的她倆挖起來穿鞋、拿毛巾抹臉。

路邊陳舊樸素的房屋無聲無氣門戶垂閉，父親怪響的腳踏車顛躓在一大段偏僻的碎石路上，很遠才有一支燈泡黯淡的電線桿，很久才有一輛掛棚運貨大鼻頭卡車從後面探著照燈轟隆駛來，鼻頭燈一過，那路途重複蒙昧黑暗猶如洪荒。

她側坐前輪腳踏車桿，車頭晃得極厲害，她一路緊抓驚怕，隨時都在預備好跌撲地上時，要能吞聲忍耐那皮肉痛。

舟車翻騰，終於看到家門前的街道，像饅頭噎住喉嚨，是她委屈的哭腔先憋不住低嚷起來：「媽媽——媽媽——」

父親歪斜地架好腳踏車，先蹲倒溝旁七滋八味猙獰噴吐，然後搧自己耳光似的用力擦抹下頦，掏摸褲袋：

「……咦，大門鑰匙哪兒去啦？」

她彷彿看見母親，從街口路燈下轉進，一邊安撫鬢髮裙角揉捏脖頸肩臂，一邊點著尖頭包鞋壓抑腰肢擺弄，款款走來……

母親站定在家門前，左腋下取出白絹和一個線繡珠花手拿包，扭開金屬壓釦，她瞧見那裡頭有母親頭痛必備的五分珠藥包：

「……嘿，鎖匙哩……」

找不著開門鑰匙，母親扣上手拿包，先左右瞧看一番，然後伸手探進大門邊寬條鐵欄杆內的玻璃窗櫺，推開一條縫便扒著臂膀使盡力氣往裡蹭，指爪摸索再摸索，搆著大門內靠窗牆壁上鐵釘掛的一把備用鑰匙。

母親每次都能用這種手法，拿到那把備用鑰匙開門進屋。

進得屋裡，母親先脫了鞋，放下珠珠包，去餐桌上倒開水吃五分珠止痛藥。然後，著絲襪塗蔻丹的腳趾貓步回到客廳，慵慵落坐茶几旁沒靠手的小沙發上，垂覆著一綹捲子燙過的髮絲，昏昏想起什麼心事來，母親就那樣安靜無聲，若有似無地笑了笑。

矮小的她，模擬母親的祕密，扒攀鐵窗朝裡邊想探手，卻瞧見那把開門的備用鑰匙，齒縫綻露掉墜在屋內角落。

她盯看那把鑰匙，像盯看著離家不遠碼頭船塢上的小舷燈。那鑰匙也正詭駭地閃著金屬光點，在凝望她。

「媽媽開門……媽媽開門……」是她妹先呼後嚎，雲雨密布開始抽泣：「媽媽，妳開開門啊……」

父親汗流浹背滿嘴怪味，拙笨地和什麼東西抵抗著抵抗著，一邊安慰妹妹，一邊繼續掏摸口袋找尋開門鑰匙：

「別哭別哭，媽媽明天就回來了。」

本文獲二〇一四年第四屆新北市文學獎成人組短篇小說類首獎

跨界通訊——陳又津

一九八六年出生於臺北三重，國立臺灣大學戲劇學研究所劇本創作組碩士。《印刻文學生活誌》十周年封面人物。

中學開始寫作散文及詩歌，大學期間參與影像及舞臺劇製作。受劇作家紀蔚然及小說家駱以軍啟蒙，正式踏上小說寫作之路。二〇一〇年起，陸續獲得角川華文輕小說決選入圍、新北市文學獎短篇小說首獎、香港青年文學獎小說組冠軍、教育部文藝創作獎劇本佳作、時報文學獎短篇小說首獎、國藝會長篇小說補助。著有小說《少女忽必烈》。專職寫作。

真的是你嗎　00:41

不然呢　00:45

你不是早就死了嗎　00:46

我生是羅家的人　死是羅家的鬼啊　剛剛

我照臉書個人資訊撥電話過去。響一下，通了。「跨界通訊客戶服務中心您好，國語服務請按一，臺語服務請按二，for English……」我按下一。這個服務中心到底是什麼？「歌曲點播請按一，收聽留言請按二，障礙申告請按三，業務說明請按四……」什麼東西啊？九。「對不起，您撥的號碼不正確，請查明後重新輸入。」〇，還是不對。耐著性子全部聽完之後，「直接聯繫客服人員」在四業務說明—七網路介面—三虛擬對話的選單。花了半個小時，客服人員全在忙碌中，《夢中的婚禮》已經輪了一輪又重播，「如有不便敬請見諒。」絕對不原諒你。我掛上電話，回到臉書。想直接問出最關鍵的問題，按 Enter 之前，又換了另一個問題。必須先弄清楚才行。

「我剛打了電話，你們是詐騙集團吧？」

就在我按下傳送的同時，帳號回覆：

「我們不是詐騙集團，是NGO。」

●

晚間零時，我和我爸重新聯絡上。起先是他的臉書帳號復活，雖然那帳號從未真的死過，沒人管它，也不曾開立死亡證明。以前他最喜歡上傳登山照片，那些山友一個一個消失，背景慢慢變成安養院，總有一個人插滿管子躺在床上，更後來，彼此的子女推著父母到靈堂上香。我爸的身體一直很好，對於學習新知充滿狂熱，濫用貼圖到了令人困擾的地步，道聲晚安要來回十個貼圖，直到他八十七歲車禍去世為止。沒人知道他為什麼大老遠開車去墾丁，平常他就會開去花蓮或彰化找朋友，甚至是拉斯維加斯，只覺得他四海之內皆兄弟。但他出事那天路況良好，天氣穩定，明明快到家了，卻撞上路邊的樹。早說過那臺破車不能開了，他卻堅持能用。

「生是羅家的人，死是羅家的鬼。」很像我爸會說的話。

我懷疑他根本就沒死，畢竟他以前就是冒名頂替來臺灣的，我十六歲才知道我家姓羅不姓李，全家到戶政事務所去改姓。車禍把人都撞爛了，殯儀館化妝師修補之後，看起來有眼睛鼻子嘴巴已經是萬幸。說不定我爸只是想讓小孩拿到高額保險金，自己換了個身分，還在哪裡活得好好的。

辦完對年，我弟發現爸的帳號突然復活，出現一些美食照片，他一開始以為被購物網站之類標註在內，一些叔叔伯伯的名字也在其中，他們都是最近才加入臉書，更精確地說，死後才加入臉書。我懷疑這是最新的詐騙手法，利用死者創造幽靈帳號，但檢舉無效。我弟說他目前帳戶尚無異常，這個帳號也從未主動發來訊息，看著老爸在另一個世界吃喝玩樂的照片很愉快，這樣說也許不太對，他笑了笑說，覺得比起用鼻胃管灌食，如果死後真可以這樣吃遍大江南北，那死了也不算太糟的事。他要結婚的時候，不知道哪來的靈感，發了一封訊息到我爸的臉書帳號，結果我爸真的回了：「要好好疼老婆，不好意思來不及活到看到你結婚，我的保險金如果還有剩，給她買個鑽戒。孩子出生的時候記得拍照上傳，油飯要提早半年訂，不然訂不到林合發。很高興你結婚了。★。*:.*・＼(￣▽￣)／・:.*。★」

網路之中，也許真有靈魂寄宿，那我就可以問出那個最關鍵的疑問：「你為什麼要去墾丁？」「因為那邊天氣很好……」朋友留下免費的住宿券，馬上就要到期了云云，這些話我都聽過了，現在不用浪費時間再打一遍，我真正要問的是，你是自殺的嗎？為什麼和你最愛的狗同一天忌日？房間收得整整齊齊，願意丟掉那些早就沒用的東西？（除了那臺車）我認為這不是巧合。你前天才說過再也沒力氣養狗了。網路的另一端顯示正在輸入，二十分鐘後還在輸入，隔天傍晚訊息才傳了過來：

我已經八十七歲了，如果還活著就快九十了。人世間該看的都看過了。你知道老人痴呆症最後會癱瘓失禁嗎？我不知道，或說不知道有這麼嚴重。因為連續劇只說會走失而已，走失還好，但是癱瘓就要請外勞，那好花錢，最孝順的小孩也挺不住這些年的折磨，有人病了十五年，比抗戰八年還久啊。幸好老人還有很多別的病，如果要洗腎或中風，小孩可以早點解脫。但是老人痴呆也不一定只有老人，比我年輕、比我健康、比我聰明都會。最會下棋的老王病了之後，我們都在想下一個就是我了。寫字好看、以前幫我們寫信回大陸老家的老陳，病了當然寫不了信，他小孩就買了一堆帖子，讓他在那邊像個小學生一樣描紅，慢慢那字也像人一樣缺了條腿、胳膊，筆劃不全，問他什麼意思也不知道，雖然在寫字，卻是不識字了。你會慢慢失去生活能力，需要別人餵飯穿衣，忘了自己是誰，現在幾歲，連站起來走路都會害怕，怕跌倒。所有你本來有的東西，忽然就不見了，漸漸變得像另外一個人，另外一個不受人尊敬和喜歡的人，一個討厭的多餘的老人。我不要造成你們小孩子的負擔。

你林伯伯卻改變了我們，他不能下棋的時候，開始學打毛線，要打件天藍色上面有白雲的小毛衣給他的小女兒，雖然他女兒已經三十多歲，但毛衣可以送給外孫女。他那時候已經看不懂電視了，沒辦法預測下一個畫面讓他很害怕，雖然打毛線的時候他常常漏針，但一個扭轉就能打出一個結，絕對不會錯。即使最後連毛線都打不了，他也會對探望的人說謝謝，連照顧他的外勞都說他很乖，從來不掙扎，把自己當作禮物一樣交到別人手上。我不知道輪到我的時候，能不能像他一樣好，但是我還有時間，可以培養自己做個更好的人。我去簽了放棄插管治療聲明書，每天都很快樂，到現在也是。不然變成植物人，更不知道要活到何時。所以我不是自殺，只是不小心死掉而已。

如果這個帳號是我爸，那他真的變成一個更好的人。最後一句話轉得太硬了。如果這是NGO，那他們有足夠的實力稱之為公益組織。如果是詐騙集團，我也認了。如果是我，我也會去簽放棄聲明。所有品性、知識、教養都是我們一點一點學來，最後也一點一點失去，剩下赤裸的一個人，我們不記得自己出生的時候，也不會知道自己最後的模樣。可是網路帳號不同，只要資料庫不壞，這個人格就能永遠存在。我想這個帳號真的很像我爸，一生不求他人，不太說自己的事，這封訊息恐怕是他的極限了。

不過，就像這個世界不存在童話故事一樣，我的父親不認識林伯伯。那個帳號是我註冊的，林伯伯的女兒自然也是殭屍帳號。死亡就是死亡，絕對沒有靈魂存在。發出訊息的地址在博愛路上，周圍除了公家機關和百貨公司、西服店，就只有一家網咖。等座位旁邊的馬尾眼鏡男子去上廁所，他的電腦還停留在臉書介面。我對了一下收到的訊息與他發出的訊息。昨天一發出問題，我就立刻搭計程車出門，路上不停查看手機，就怕他突然斷了聯絡。沒想到他竟然花了這麼多時間回覆，過程中不斷輸入又倒退，隔壁座位的我比他本人還緊張。

他從廁所回來了，我坐在他的位置上，把手機遞給他。他皺了皺眉頭說：

「你不是應該在網路上嗎？」

「你不知道現在的手機可以上網嗎？」我說。只要稍微更改一下設定，你人實際在哪裡根本不會有人知道。不檢舉可以，但是——

「我要加入NGO。」

●

跨界通信NGO在博愛路的西服店樓上，店名叫做戰略網咖，每小時十元，聚集了很多蹺家的人，就是他們教會我爸登入臉書，而不是市公所的長青電腦班。綁馬尾的這位就是老闆，人稱阿雜。我爸到死都沒戒菸，這裡螢幕又大很適合他，我爸探病結束就會順路來吹冷氣，有時甚至把吊點滴的同鄉推來，給他看小孩的臉書動態，那才是小孩平常不敢對父母說的真實模樣。他和這群年輕人有了約定，如果他超過三百六十五天沒上線，應該已經不在這個世界，請他們繼續更新他的動態。

「網咖的收入夠你做這件事嗎？」我問。

阿雜說，當然不夠，每天賺一個人幾十塊錢，要不是房子是老爸留下來的，連付房租都不夠。充其量只能付水電費，更別提換設備了。這個團體的營運主要來自保險金。空難之後，風聲不知怎麼傳到家屬那邊，有個網友找上阿雜，希望能用這筆錢讓他的家人過得幸福，雖然沒想過要接案子，但是拒絕又太殘忍。阿雜慢慢接觸到榮民以外的中年人、年輕人、小孩子，轉型為跨界通訊。簽約管理帳號之前，會讓捐款人確認授權條例，聲明「跨界通訊」無法代理所有意見，只能根據現有資料演算，但捐款人完全不在意，把錢匯到戶頭之後就沒再聯絡，好像這筆錢會咬人似的。

「這種契約也行啊？」我問。

「比靈骨塔還好賣喔，你想想你一年掃墓幾次，一天上臉書幾次，投資報酬率絕對划算。」

難怪我爸天天跑這，買了手機、平板電腦，還有奇怪的生前契約。

阿雜跟我一樣，到現在還是不知道他父親是自殺或不小心的，是失智還是裝的。他爸還活著那時，三不五時接到警察電話說你爸在橋上遊蕩，要走去湖口支援趙志華兵變，有時候站在環河道路中央說有好多星星，有時候認不得同鄉老友說他們是匪諜意圖不軌，有時候又好好的說剛剛是開玩笑的啦。連醫生都拿不準他的狀況，只說發病情形每個人都不一樣。廢話，這樣還看醫生幹麼。終於有次他父親從橋上跳下去沒救回來，他每次上香只想著那一刻究竟是自由意志還是失智？假設這是父親的決定，他沒什麼好說。如果是失智，那也許他認為自己是掉到星星的海洋裡面。有一天，他登入父親的臉書，電腦幫他記住了密碼，雖然密碼也不難猜，就是他兒子阿雜的生日，從沒換過。阿雜這才發現他父親加入了「榮民四七」的網路社團。

置頂的創立宗旨為：

「根據國軍退輔會調查，現存一九四九年前後撤退來臺的老兵已婚有子女並居住在臺灣者共四十七名。故名為榮民四七。這群人目前還活著，但除了比將軍和總統活得久之外，沒什麼重要性，沒人在乎他們死活或經歷的事，就連老兵自己也不清楚是否參與過歷史，官卑職微。這群人只擔心自己活太久，給小孩造成負擔，吃掉子孫的福氣。四七這個數字未來勢必減少，趁我們有能力的時候就去死吧。」

社團裡有一份手冊，貫徹去死的意志，就像把自己的餘生當成最後的禮物。阿雜看著，連大氣都不敢喘，就怕按下滑鼠漏失什麼重要訊息。手冊說燒炭、跳樓、吃錯藥這些方式都太明顯，最不著痕跡又能騙過醫生的就是老人痴呆。父親就是按照寫好的流程進行，但某天開始就不再登入，其他的老人知道了，就商量該怎麼幫他。阿雜回想那段期間，以為父親病情好轉，但那時候才真的病了。原本的計畫被打亂，平常下棋的夥伴想提醒他，卻被當作匪諜。原來這些老人遠遠地看起來在下棋，其實都在交代後事，難怪掛著點滴也不願意錯過這每月一度的聚會。

這些老人在神智清明的狀態下，以正當、及時的手段，且幾乎是英雄的態度迎接最後的生命。社團裡面留下了許多遺書，當初的四十七人經過三年後銳減到十六人，他們把密碼貼在社團，以防自己有一天再也無法登入。阿雜想，如果不是看到這個社團，他會覺得是自己沒照顧好老爸，都是自己的錯，但既然老爸這麼希望，那我就把死亡這件事當作禮物接受吧，一定能找到回報的方式。過去只有靈媒才能跟死者溝通，如今靠著科技能面對第一手資料，反而能客觀認識那個曾經存在的人。

於是，一個個死去的帳號復活了。

剛開始只是跟他一樣的榮民小孩加入，後來是網咖裡面的年輕客戶。

只要網路還在，他們就還活著。

只要我們持續更新，他們就不曾死去。

阿雜叫出一名重生帳號的資料，對方和我同年，學歷、興趣幾乎一模一樣，他就是我的試用階段。其他志工挑出跟他一樣年輕的死者跟我互動，接著他過去的朋友、戀人也傳來訊息，讓我漸漸知道他是怎樣的人。

跨界通訊的旺季是父親節和母親節，臉書朋友貼上自己做的賀卡、截圖、點播歌曲。一首初音未來的〈苦海女神龍〉造成網路癱瘓，我們才知道關注這裡的人遠不只那些按讚的。在這家網咖裡面，有人刻苦練功，有人上網做報告，有人追小說，也有人像我們一樣讓死者重生。二十四小時全年無休，就連春節期間，都能和彩券行、超商三足鼎立。我趁團圓飯之間的空檔來到網咖，一一審查發布到我管理的塗鴉牆，旁邊的阿雜正在處理我爸的帳號，我切回自己的身分問他：

你知道人生的結局是什麼嗎　17:31

大不了是死而已　17:31

你知道失智的結局是什麼嗎　17:32

就是癱瘓而已　17:32

你知道人死了之後會怎樣嗎　17:33

我早就知道，以新的形式活過來而已　剛剛

推開褐色玻璃門，冬日的天空暗得很早，只有興奮的孩子們聚在公園裡面放鞭炮，我舉高手機，錄下這短暫的聲音。沒人知道人可以活到什麼時候，資料庫何時會報銷，記憶能留存多久不被腐蝕。

我閉上眼睛，聆聽新年的風吹過空蕩蕩的城市。

——原載二〇一四年十月六、七日《中國時報》副刊

本文獲二〇一四年第三十七屆時報文學獎短篇小說組首獎

一天的收穫——盧慧心

一九七九年生於彰化縣員林鎮，二〇〇三年畢業於臺灣藝術學院進修推廣部戲劇系。曾獲時報文學獎、新北市文學獎、桃園文藝獎、臺中文學獎、入選九歌一〇二年小說選、臺北文學獎。

大樓裡有六臺電梯，警衛幫忙刷卡開門的時候，特別指了最後一臺，說：「貨梯。」其實算不上貨梯，只是電梯三面都用保力龍塊和薄木板貼起來，免得運貨時刮壞，他跟小李側過身，扛著貨往電梯裡擠了又擠，警衛問：「不放下來？」他們根本不作聲，氣一散就難了，兩人悶著頭又穩住腿腳往裡鑽，這次電梯門順利關上，終於可以上樓了。

走的時候，他注意到，社區公告欄上貼出了「社區大型垃圾棄置要點」。

小李在大道旁放他下車，幽靜住宅區在石板縫裡鋪著卵石，標榜是日式庭園，新種上的樹被削剪得慘，不及開枝散葉就迎來了夏天，有些就此乾枯，不甘就死的，羽狀的新葉直接從銀白色的樹幹上抽生出來。明亮的黃昏裡，他沿著寬敞的庭園走過摻了玻璃粉的柏油路面，越過一批低矮陰暗的樓仔厝，鑽進舊巷底。

這地方是年後才匆匆找到，也住了快半年，二房東是個瘦長扁臉的年輕男人，說那間房漏水，上一個房客搬了。加蓋出來的屋房很畸零，有抽水馬桶跟淋浴設備的衛生間還是鐵皮搭的，獨立在陽臺一角，內部裝著塑膠層板和牽電的簡易熱水器，大概在五金大賣場買的，天冷時夜半出來拉尿很吃不消。

陽臺空闊，光裸的水泥地，圍牆很矮，站在邊上看有些嚇人，七八盆花草是老屋主種的，老屋主晨昏都來，每次晴天上工前就見到盆土已濕，枝葉剪擇照料過，地上一片落葉也沒有。雨天時盆栽又被搬動，藏在屋簷下。扁臉男討厭屋主任意出入，其實陽臺也沒能鎖，住戶都上得來，他不介意，也是因為對這臨時的住所沒有多少私人感覺。

裡頭潦草用板壁隔間，兩個住房隔著走廊門對門，豆綠色大塊的瓷磚地板，下大雨時，走廊跟他房間那道牆兩邊都滲水，床墊直接擺在地上，第一次浸到水就黴了。這地方哪有女人肯來。他看房時就這麼想，現在也是這麼想。

爬五層樓，在狹窄的樓梯間打開往天臺的鐵門，這排公寓背對著後頭的排水溝和荒地，自陽臺看去，天地邊緣的杏色正在消融，天光走得飛快，只留一層淡淡青暈，荒僻的城市邊上，綴著一兩點星星，地氣暖暖地蒸騰上來，曬了一整天的水泥地也滾燙地噴吐著熱氣。

他先脫了衣服鞋襪，灰藍色的制服外套，白汗衫，粗布牛仔褲，先進淋浴間沖澡，水在水管裡晒足了，一開就是溫熱的，開大港水沖淋一陣，才沁涼起來。他洗頭洗臉洗身軀都是一塊麗仕香皂，頭髮剃得短短，短髮一根根像板刷一樣挺一樣扎人，鬢角飛白上來，他也不以為意，就是胯下的東西，真是麻煩，他把下頭翻洗乾淨，那傢伙也不看時機，兀自精神起來，他不理，照舊光著身走出淋浴間，不怕人看，四鄰都是灰黑水泥壁，裂痕裡就是紅磚，淋浴間頂上勾著一根橫竹竿，扁臉男的子彈內褲和汗衫晾著不收，他則是一條大毛巾和四角褲。這裡沒有洗衣機，只有脫水機，洗衣不難，大桶清水倒一點洗衣粉進去踩踩搓搓算洗過，天冷的時候也去過路邊的投幣式洗衣店。

他先把乾燥的毛巾從竿上剝下，粉塵紛紛，先擦頭臉、隨意在身上搵兩下，毛巾一碰水，很快就稀軟下來，纖維虛了。

扁臉的男人好像在又像不在，先前說是要考研究所，平日不知在做什麼，他對學問是尊敬的，又覺得是很遠的事，敬而遠之啦。

「沒考上，」扁臉的年輕人有天跟他說，「以後我要國軍尢賴了。」

他不是不識外國字，也有在 on line，只是很多講法他不是很了解。

擦過身軀，毛巾照樣晾上，回屋裡開了電風扇，地上的床墊雖搬出去晒過幾次，後來還是有發酵味，有點甜甜的。天擦黑了，熱浪反而滾滾彌漫上來，他又走到陽臺納涼，街邊的路燈夠亮，他四角褲已經穿上，身上瘦，倒都是筋肉，晚風徐徐，要在戒菸前還能抽幾根消遣，現在只能滑手機了。

他菸戒得很快，幾十年菸槍，也就不抽了，小李問他是怎麼戒的，他沒說是某個夜裡，他吃過米粉湯站在路邊抽菸，有個頭髮結塊渾身發臭的赤腳男人走來用手勢跟他討菸抽，他抖抖菸盒，裡頭就剩下兩根，心想也好，一人一根抽完它。誰知那個男人把兩根菸都取走，然後放了一個十元硬幣到他手裡，他楞了楞，本能地掏出打火機要替對方點上，對方搖頭，只是很珍惜地把兩根紙菸輕攏在手裡彷彿掌心藏著一隻小麻雀。

他想了想便把打火機給了對方。

兩根菸收十塊錢未免太黑心，追加一支賴打。

後來那個晚上他有幾次都已經轉進便利店要買菸了，一數出手上那十塊錢，便又改了想法，此後就不抽了，不知那個用十塊錢跟他買菸的街友現在抽什麼牌子。

他的手機是三星的，螢幕寬，好滑，他喜歡跟女生聊天，有些交友軟體，只要拿手機起來搖就可以看到附近會員的照片，他會避開酒店小姐傳播妹的檔案，雖然說照片比較多比較美，但她們哎來哎去就是要撩你出來買茶而已，不光是怕麻煩或怕花錢，其實是，沒有那麼想。他跟老查某說，男人到了一個年紀就不必聽下面的東西使喚了，現在都是Kimochi問題，心裡爽比較要緊，也可以爽比較久，他只想跟哪個女的隨便講講話，老查某嗤笑他，既然只是講話，男的女的又有什麼差？他想了一下說，男的沒關係，但要讓他以為那是個女的才可以。

老查某白了他一眼。

他很快跟一個小女生說上話，小女生感情出問題，他自願當聽眾，小女生說，第一個男友愛吃醋，發現她還跟以前的乾哥過夜所以分了，跟第二個男朋友曖昧的時候被他當時的女友發現，撕破臉就在臉書上對罵，後來交往不久自己又跟第三個男友陷入情網，把第二個男友傷得很深……

他已經跟不上事情的發展，只回著各種貼圖。老查某傳訊問他代買的酒到了，什麼時候喝，跟老查某拉了幾句垃圾話，剛剛認真在講感情事的女生已經又寫了一大堆，他沒耐性看下去，想著老查某的酒，穿上衣服就趕快騎機車去買老查某喜歡的那攤滷味，繞去店裡已經快八點，真的餓了。

老查某跟他一樣剃平頭，纖細的穿著女式白汗衫跟窄管牛仔褲，略鬆皺的頸肉裡閃出絕細的一條金鏈，聲線粗啞。

他常覺得老查某像是練了什麼神功，不是葵花寶典，人家那副寶貝好好的，老查某是已經練出了精神上的一個好屄，就藏在老查某精神上的女體裡。

老查某的 Club 開在某商業大樓裡，內裝很像一般小酒店，有卡拉ＯＫ可以唱，幾套沙發、厚簾隔間的包廂，加一個吧檯，老查某以前的幾任相好都是日本人，店裡也以日本客居多。時間尚早，客人還沒來，店裡的公關圍在吧檯喝啤酒打鬧，看他來了紛紛笑嘻嘻來問好，叫堯哥，老查某幾下就把男孩噓走，帶他到裡面的小辦公室喝高粱吃滷菜。

「現在這幾個真的很難管教，大粒仔還偷偷陪客人去泡溫泉。我氣到兩天不想跟他講話，看到他就厭。」

哪個不是這樣？他把 line 上小女生的感情煩惱給老查某看，老查某看得掩嘴吃吃笑，「現在大家很 open，也不用談感情來騙身體，還是以前好，好想被騙喔，那才叫有 quality 有沒有？好好燒幹一次可以回想一輩子的那種。」

老查某嘴角翹起，笑嘻嘻抖落菸灰，手勢俐落得很美，客人慢慢來了，板壁那邊傳出歌聲笑聲，夜生活才要開始，老查某伸長腳腿，仰頭吁出一團煙霧：「你跟阿芬的事情還沒談好？」

他嘿然無語，自阿芬家搬出來以後，他沒再見過她，甚至在 line 上講兩句也會煩起來，阿芬叫他把話講清楚，但其實他只想拜託她，停！Stop！

但要怎麼停下來？

大概人啊生來就是敗壞，煞車不住。

他跟阿芬相識以來，阿芬給他帶來的感覺是從來沒有過的，阿芬是他三十六歲才遇見的初戀，那時她和前夫剛分居，後來她離婚離得拖拉，又掛心前夫搶走的孩子，十年來，感情填貼出清，已然見骨。

老查某在積滿的菸灰缸裡熄掉菸頭：「要不是阿芬、我們也不會認識。」

相識之初，他追阿芬追得好熱，阿芬帶他到老查某的店裡玩，他唱了一首老歌，老查某直說好好聽喔，還跟阿芬說，這個妳不要就歸我囉。

往事一一浮上心頭，都那麼近、像昨天。他久久說不出話，想了半天，才說，不用談了，其實阿芬心裡也清楚。

老查某只是點點頭，說：「好久沒聽你唱歌了。」

他無言地喝著，途中老查某出去招呼客人，不多時他已經在沙發上睡倒了，醒來看時間過了三點，身上有條毯子。推開辦公室的門，外頭正熱鬧，坐在席間的老查某正在陪客人聊天，卻仍一下子就捉住他張望的目光，遠遠睨他一眼。

他先跟負責管帳、比較老成的那個男孩還了酒錢，其他幾個男孩卻不顧死活攔上來勸酒，連半醉的客人也起鬨來跟他敬酒。

阿芬第一次拿掉他的孩子時，跟前夫還沒正式離婚，他又心疼又慚愧，暗暗立誓要愛惜她一世人，阿芬離婚後，說不想再結婚，他也同意，只是漸漸也想要孩子了。有幾年他不太開心，怪自己無用，錢也沒有，阿芬不打算生，他不怪她，等他發現時才知道，她又暗自拿過、還做了結紮。

吵到最後，阿芬的黑髮汗濕黏在臉上，雙眼斜吊，像鬼，她厲聲承認她是為了前頭的孩子著想，再生，要怎麼對他們交代。

他吼她：「我四十六歲了，四十六歲！」

十年。

想到這裡他就很恨，不嫁給他，卻要他乖乖作伴，不生孩子，那之前幫別人生的又算什麼？他懷疑阿芬畢竟還是不愛自己的，可能還是那個花心的醫生前夫才真正擁有過阿芬的心。

阿芬叫他不要把她當成只會生養的母豬。

我會跟母豬相幹嗎？會替母豬舔嗎？

阿芬努力對他好，要他把其他的可能忘了，原本就計畫不生，不如就當做他們從沒懷上過，但他怎麼可能這麼簡單的、這麼簡單的——

他很想好好寫一封信告訴她，為什麼他沒辦法跟她過日子，可是從來都沒寫出來過。他在騎車、在吃飯、在街上走路的時候，在各種時候，他都會突然分心想到那封沒有寫出來的信，那些話就在嘴邊，甚至好想抓起任何一個人大聲說出來，但從來不是他拿著筆對著桌上白紙的時候，不是在手機上摸索著注音按鍵的時候。然後現在，他又想把現在寫到信裡，因為酒意未退，因為十年前他們來過這裡，他要從最前頭開始，從「親愛的阿芬」—，或只是從……

醉酒的客人趁醉上來摟著他，老查某擰著那人笑罵兩句，又指定要他唱首歌。

他唱歌時，臺下兩三對臨時結成的情人摟腰抱肩，這些男人還在情場奔騰，火花四濺，有一剎那，他對人生的情意也同樣綿綿，甘願配唱。

酒散了，出來時他騎得特別慢，繞些巷子蜿蜒到白天送貨的那個社區，後面垃圾放置場是開放式的，從花園進去直通垃圾場，有隻虎斑貓沒入白花點點的茉莉樹叢，天才剛亮，路上靜，他腳步輕快如重回年少，在淡淡的酸臭味裡巡梭。

垃圾場很有條理，分類回收，尚有價值的東西都被挑起來了，收音機，電子鍋等雜物端正地擺在一起，幾乎像一份家當，其中赫見一個女人頭，他先是一驚，很快地認出是做髮型用的假頭，卻又多看了一眼，女人頭上綁著黃布條，用簽字筆寫著「退回服貿」，他不禁對「她」一笑，來得苦澀。

轉了兩圈，幾乎有點起疑了，他才突然發現垃圾場後面的鐵柵門可以拉開，往裡頭一看，小小的露天廣場上真的堆滿了大型垃圾，從舊冰箱、皮沙發到咖啡桌都有，他看中的是一套藤編的長椅，擺在陽臺上乘涼多愜意，還有一張圓的玻璃茶几，小小的。正當他把看中的東西慢慢移到路邊時，小李倒已經開貨車來了。

小李這次把車屁股退進巷口，把他連機車、藤編椅跟茶几一起卸下，小李自己搬了一套幾近全新的沙發：「有錢人不要，我們當寶。」

他扛了藤椅上樓，雖然夜裡只睡了幾個小時，可是心情很興奮，天全亮了，空氣裡的水氣、植物氣味都很新鮮，第二趟搬茶几的時候，有個女的拎著剛買的早餐走在他身後，他一身汗，瞥見那女人裸露的頸子和胳臂上也蒙著汗氣。

「搬家啊？」她問。

他嗯一聲，茶几比較沉，玻璃很厚，走到四樓要上五樓的地方，那女的收回剛掏出的鑰匙，多看了他一眼：「我幫你開門。」

她繞到他身前拾級而上，他脖頸裡抵著茶几的桌面，視線所及只是她草仔色的連身裙下一雙勻稱結實的小腿。

她把半掩的鐵門拉開，他又嗯一聲算道謝了，把茶几擺到藤椅前，今天屋主是把盆栽拉到日照錯落的簷下，恰好點綴。女人站在門邊說，「好看耶，跟外面的咖啡店一樣。」

他也喜孜孜地，轉開水喉擰了破毛巾，擦起椅上的灰塵。

「都是撿來的。沒人要。」

女的說：「有時路邊看到很好的家具，也沒壞，想搬，又搬不動。」

他大起膽子打量她，不過三十出頭吧，紮著馬尾，淺棕膚色，笑起來還滿可愛的。

「可以找我，我專家啊。我在貨運公司的。要搬什麼，我幫妳。」

「好啊，電話借一下。」

他雖是一楞，倒很快把手機遞上，女人輸入一串號碼，撥響了自己的手機才還他，聯絡人已經都存好了。

「秀怡？」

「嗯，你名字呢？」

「阿堯，堯舜的堯。」

「我是第一次上來耶。」秀怡舉起手機，往天空、往屋後的野地一一瞄準，按下快門。那後頭他去過一次，為了去撿被風吹下去的衣物，排水溝底雖也雜有可樂罐、破腳踏車，溝裡的流水卻意外地清澈，溝底和兩旁的渠壁都生長著一層柔軟絲狀的水草，透過水面可看見綠絨在水流裡纏捲著一顆顆盈亮的氣泡，幽靜地在水下閃閃生光。

「我可不可在這邊吃早餐？這裡有風，又涼。」

「可是……我要洗澡。」他囁嚅。

「啊？」

「這邊。」他指著一旁的淋浴間給她看，又含糊地說，「妳要吃早餐就吃，我洗澡了。」他說完，回屋裡抓汗衫短褲出來，也不看她，趕緊往狹窄的浴廁間鑽去。

經過一夜而冰涼的水直接在他頭上沖淋，他摸索著身體，慚愧又失望，怪自己還有二十歲的心，卻更在意秀怡——這個名字真好——秀怡就在外頭坐著，他卻脫光了在這裡，四十瓦燈泡下，他從那塊缺角的圓鏡裡看見自己稍帶浮腫的臉皮，輕聲咒罵，誰看得上這張老臉？他撇開雜念，落力洗完澡，身上水漬就用剛脫下的外衣擦乾，穿上短褲汗衫，下面的東西很安分，跟他的心跑兩個不同的方向，他倒是聽著自己的血液回流，果斷開了門，搓紅的皮膚迎著風，毛孔收縮，身上很涼，臉上卻又是辣辣的。

秀怡就窩在那長藤椅的一角，就著茶几吃她的飯糰，專心調弄著手機，嘴裡一嚼一嚼的，幾乎像個在路旁等車的學生，不相干的。

他心裡不知哪裡鬆弛了下來：「我進去了，妳隨意。」

「好……」

她把好字拖長了，也像個漫不經心的學生。

回到房裡，被熟悉的淡淡甜味包圍，把待洗的衣物扔進洗衣簍，打開電風扇，脫去上衣，就穿著一條四角褲枕住自己手臂，閉上眼，沒開燈的房間，只有不時飄動的窗簾掀著一波一波光影，眼皮裡暗的亮的光，浪潮似的起落。

他心裡照例浮起那封一直想寫卻沒寫成的信，乖乖地又從信的開頭重新思量。阿芬，點兩點，我不怪妳，真的。我已經釋懷了。我們之間，一開始就註定沒結果。幸好我們沒結婚，也沒孩子。留在妳家的東西，全部隨妳處置，我們也不必再見面了。妳要好好過。阿堯。

落入夢鄉前，信就寫完了，這是第一次。他真的該睡了。

——原載二〇一四年十月二十、二十一日《中國時報》副刊

本文獲二〇一四年第三十七屆時報文學獎短篇小說組評審獎

骸

葉佳怡

木柵人。畢業於東華創作與英語文學研究所。譯者。雜誌編輯。曾出版散文集《不安全的慾望》，短篇小說集《溢出》。

李晨瑜 攝影

漫長流水線上，一臺臺相機從屍骨長出靈肉，迴光返照。工廠是樂園，隔絕外界一切音響氣味，人類於是專心誠摯，為的就是熟習轉生之術。就連一整排近頂窗格射入的光都是被應許的逼視。一片片金屬、玻璃、塑膠薄片、環扣、與圈線帶著自己的身世前來——談身世似乎過於矯情——雖然從最原始的物料到此死了一次，但又被賦予了形式上的新生。

不同生產線上的工人帶著不同顏色鴨嘴帽：第一條，藍；第二條，紅；第三條，綠；第四條，螢光橘；第五條，黑；無論高矮胖瘦或男或女都被顏色分類抹去，只是以競賽的方式希望讓最多相機迴光返照。他們不說話，大部分時間不說話，然而要是挨近一點，偶爾還能看見他們嘴唇掀動，用最小動作與最近的人聊天。

「你中午要吃什麼，小賤貨。」麗子說。

「烏龍炒麵，賤貨。」晶姊答。

「你竟然叫我賤貨。」麗子繼續說。

「和你學的。」晶姊繼續答。

「誰准你學了。」雙唇蠕動如蟲，有薄有厚，靈敏的肌肉以最小最精細的方式運作。賤貨。

這便是運作的最終結果。

流水線的機械聲隆隆響著，遠方有規律的敲擊聲，叩叩、叩叩、叩叩……。組裝的各種聲音混合如海潮打上岸時拍擊碎裂，留下一整片白沫，無用的白沫，頂多在風景畫中蕾絲般綴在海陸交界的邊緣。

然而遠方有真正的海陸交界，一片長滿硬草的石灘，殘留的水沫是帶綠的灰，此刻飄上一艘中型漁船。漁船中有死屍，一位中年男性漁民發現了，先抽了根菸，接著通報最近的海巡署辦事處。又有一艘，對，這次有死屍，好，我懂，反正身分比對至少需要半年，不會不會，我不會聲張。就算我去廣播，大概也不會有人感興趣。中年男性漁民大笑了，將留有最後星火的菸灰一彈飛散。他的笑聲在菸灰落地前就結束了，因為一股濕重海風襲來，沾走過於輕薄的菸灰，散在空中好一陣子。

食堂裡滿滿都是談話嗡鳴。一位年輕男子脫下紅色鴨嘴帽，露出雜亂黑短髮，其中幾束酒紅挑染油得特別厲害，發亮。那是晶姊的紅帽子夥伴。一位中年婦女脫下黑色鴨嘴帽，露出以多支堅硬髮夾固定的長髮，繞成一球包頭，彷彿芭蕾舞者；沒想到就在排隊領餐的隊伍中，她確實單手搭著一旁欄杆，用力抬了一下腿，褲管縮短時露出腳踝上的髒汙護具。是了，伸展的動作有很多種，有來自往外探尋更多可能性的舞者，也有來自往外尋求正常生活功能的流水線工人。

「今天沒有烏龍炒麵，看你怎麼辦。」

「雞絲飯也不錯。」

「最近一直有大廠要來收購的消息，你說怎麼辦，我們會不會失業呀？」

「今天明明有烏龍炒麵。」

「竟然沒騙到你，小賤貨。怎麼樣，你覺得我們到底會不會失業！」

「我怎麼知道。什麼確定消息都沒有。」

麗子還是不滿意，正想繼續逼問，卻又輪到她點餐。「烏龍炒麵」，她臉上拉出明顯過度微笑，「多給一點啦。」今天給麵的剛好是位年輕小女生，夾子湯匙在她手上都嫌大，彷彿一舉起來就要害她整個人往後翻倒。小女生謹慎地夾舀三次，最後又仔細掐了兩根麵條上去，「剛剛好。」她的笑容這麼說了。麗子翻了翻白眼，這小鬼顯然沒在聽她說話。

如果有人給這一刻拍了相片，定格時間，畫面會是這樣：麗子對著遠方翻了白眼，眼瞳剛好面向食堂光源，所以眼白更顯清透；小女生喜悅又羞怯地低著頭，目光鎖住那一堆如山的烏龍炒麵，當中只有一片白菜葉在排隊人潮的縫隙中吃了一點光線；晶姊抿著嘴，就這樣，抿著嘴，嘴唇以上的部分稍微往鏡頭背面斜斜地轉了，幾乎全在暗裡，只贘一隻手緊緊捏著托盤，非常緊，彷彿一個仍等著打出去的拳頭；相片邊緣是那個年輕男子，挑染紅髮沒入鏡，但一隻腳放鬆前伸，於是讓我們看到肌肉仍稱堅實的小腿線條，以及卡其七分褲下緣與露出的鬆緊繩。鬆緊繩的末端稍微散開，突出幾絲細線，是給家裡的貓咬了。

「每個月比賽好刺激唷。」

「那才不是比賽。」

「哪裡不是？」

「流水線產量墊底是會扣薪的，那叫懲罰，不叫比賽。有獎品才算比賽。」

「誰知道？哪天可能就有獎品。晶姊你也太無趣。人要隨時抱有希望。」

「這樣呀。」

「是這樣呀。」

「就像你還對樹子抱有希望嗎？」

「靠夭呀。」

食堂裡響了三次拉長的電子鈴聲，鈴——鈴——鈴——剩十五分鐘，再過十五分鐘流水線就要運作了。

「你為什麼後來沒點烏龍麵？」

「看你點了，我突然不想吃了。」

「賤耶。」

午餐時間結束之前三分鐘，大家陸續戴起鴨舌帽，各色圓點一粒粒暈出空氣。麗子想，雖然島上工廠愈來愈少，但比起其他陸塊上的便宜勞工，島的工廠還是更仔細、更先進、更有精神才是。雖然這裡所謂的更仔細、更先進、更有精神，其實也是來自外商管理，說不定這些外商在別的陸塊也能運作出類似氣象，但麗子堅信一切仍有所不同。這可是島，是海洋四處侵挖逼近的島。

鈴——鈴——鈴——鈴——鈴——時間到了。今日此時退潮到最底。擱淺的中型漁船離海已經一段距離，露出的石灘中有小蟹爬過。船上屍體繼續腐爛，但臭氣改變並不明顯，如果只從外貌辨認，那腐爛至少還需要兩個日子醞釀。中年漁民坐在離船一段距離的地方，又點起一支菸。今天不是出海的好日子。其實已經好久都不是出海的好日子。他又找到了一艘遇難船，雖然有人，但並不使他興奮。他光看船體形狀就知不對。弟弟出海的漁船也屬中型大小，前尖後方，但眼前這艘太新潮，流線部分太滑順。從幾乎燒焦的外船體可以隱約看見一個「豐」字，但幾乎所有漁船都喜歡在名字中放一個「豐」。日日豐收，夜夜豐收，魚身鱗片甚至缺乏散落空間，全體聚集為最令人歡騰的腥臭，誰不愛呢？他曾經想過，不然自己的漁船就名為「豐腥號」，多實際，但他太太沉默地把「腥」改回「興」，夠普通，結果改完兩天，她就給一輛卡車輾死了，夠普通。害他現在把「興」改回「腥」又顯得有點不敬。好個死女人。天空突然落下一陣雨，但就是大約十秒暴雨，他沒有動。陽光透雲而出，纖細但熱，畢竟現在才正是夏轉秋，太陽還沒那麼容易被打發。

工廠內流水線又開始運作，輸送帶啟動又定格，啟動又定格，震顫又震顫。大部分工人站著，少數工人坐著，原因各自不同也不明，又或者有人偷偷坐了五分鐘再起立，純粹是個祕密。叩叩、叩叩、叩叩……令人忌妒的聲音，所有工人都側耳傾聽。叩叩、叩叩、叩叩……此時只有麗子恍神了，她有一點恨，接近暴力的恨，於是細細扭動起嘴唇。

「你明知道我不想結婚。」

「我知道。」

「那你幹麼提樹子。分開那麼久的人了。」

「為了讓你閉嘴。」

麗子突然真正地無言以對。讓她閉嘴？確實，晶姊這麼做的效果極佳，這也不是她第一次這麼做。總有偶爾幾次，晶姊不耐煩了，就拿樹子來堵她，她也確實停止了話。然而問題是，為什麼這件事能讓她閉嘴？為什麼她必須不停向晶姊證明自己以作為辯詞？她跟樹子的故事無聊至極：學生時代開始交往，小鎮內情誼長，一晃眼就是十年，然後樹子想結婚，找了長輩來談，她家長輩也沒意見，但自己突然感覺抗拒，一切中止，樹子去外地工作，從此大家當作沒這十年感情。

麗子負責裝置快門葉片的光圈組，首先必須對齊電路板，接下來得鎖緊四顆大螺絲和一顆小螺絲，還要再將一格細長墊片固定在凹槽裡。她知道自己有些什麼話語可以用來反擊晶姊，但既然已經先思考過了，她就知道自己不會說了。除非哪一天她真的失去理智，或許才會衝口而出。是的，除非她失去理智。突然她感受到右膝不適，於是稍微彎曲了雙腳又伸直，才發現自己忘了套上護膝。該死，她必須提早用掉自己下午的十五分鐘。麗子按下桌底早已按滿指印的小黑鈕，流水線上方一個紅色小燈亮起，麗子於是開始等，等了兩分鐘，小燈轉綠，她於是放下手中工作，轉身走回衣帽間。

衣帽間裡有一整排鐵櫃，上下對開，兩人共用一條細瘦鐵櫃，如同蝸居於一棟過窄的城市高樓。麗子住的鎮上沒有高樓，最高的鎮公所也只有五層，但已足以俯瞰整座城鎮與海洋。她和晶姊在流水線的位置相鄰，兩人於是共用鐵櫃，彷彿學生時代外宿，那種因為住在上下鋪而必須親愛的姊妹，又因為生活習慣不同得彼此憎恨的姊妹。晶姊的櫃子在下方，底部滿是粗黑鞋印。她用力拉開自己鐵櫃，取出藍色護膝，當時特地挑了與帽子同色，只是上面多了自己手縫的五瓣花。九朵花總共四十五瓣面，幾乎都因為她的不同外褲沾滿了不同色澤，許多地方還有灰汙的漸層。她用力甩上櫃面，氣自己因為疏忽而提早用掉珍貴休息時間，結果一使力，竟然輕鬆震開晶姊鐵櫃門。

她在關起前偷看了一眼，有張相片黏貼在深處。她期待過這個時刻，但裡頭只有一張風景相片：廣大海面凍結著高低起伏的冰，彷彿靜止的浪。

在石灘雨點早已蒸發完畢的海邊，海巡署派了五個人來，另外還有一輛巨大的拖板車。

六個人在現場呆站了一陣子，面著海風抽菸，其中一位年輕的海巡署人員厭惡菸味，於是一溜沒注意就已站得老遠。終於警車和吊車一起抵達，大家拍照的拍照，採證的採證，鎮上警察局長還帶了檳榔請大家，大家都接了，不過也有人接了隨手扔進浪裡。一輛救護車來把屍體運走，中年漁民遠遠看了一眼，那半毀臉容已被覆蓋。其他人綁鋼索的綁鋼索，撿殘骸的撿殘骸，其中一人在殘骸中撿到一段燻乾魚肉，似乎是魚體中段加尾部，有一隻手臂那麼長。大家想了想，最後還是決定扔在原處。海浪在遠方沙沙作響。中年漁民想到自己的鄰居到印度海捕魚，已經出發十二天了。不知道印度海的海象是否平穩？

麗子在休息間呆坐，眼神望著黝黑鐵櫃當中的相片，雖然幾乎沒有光線，一片白淨畫面在鐵櫃中仍非常顯眼，只是突出冰層的線條邊緣稍顯模糊。十五分鐘到了，「麗子」，更衣室的音響出現了女主管喊她的聲音，只有名字，沒有多餘話語，畢竟有時休息的人多，主管可能每隔十幾秒就得喊一個人的名字，哪有時間應付多餘。

「才剛吃完飯，怎麼跑去休息？」

「你管我。」

女主管走過她們身邊，多看了麗子一眼，麗子也回頭對她笑。回頭時對著晶姊翻了個白眼。晶姊應該以為她是為了女主管不快，但不只如此，她也為了晶姊不快，只是晶姊不用明白。外面天光稍微變暗了，或許是飄來雨雲，廠內於是瞬間調亮了燈管。有些外商就是這樣神經質，深怕光線改變壞了工人的生產速率，但又捨不得把窗戶遮蓋。她就問過女主管，為什麼不遮起來算了，女主管說，要是沒有窗戶，好像顯得廠方虐待工人，連自然光也不願意施捨，所以當初幾經辯論後才決定把窗戶設高一些，有光，理論上也有景致，但不易被工人取得。麗子聽完，腦袋覺得有些打結。女主管非常和善，比起前一任男主管和善多了，但人很冷淡，話說完就完了。她也不凶，但麗子每次跟她說完話都覺得必須趕快回去生產線邊，呆楞著也好。女主管的表情像一個永恆的警告。

「你的鐵櫃被人開了。」

「什麼意思？」

「我也不知道，反正你的鐵櫃門剛是開的，我幫你關上了。」

「噢，謝謝。」

「櫃子裡有張相片，好像是海。」

「啊。」

「哪裡的海？」

「不重要吧。」

她忍不住想，說不定晶姊是殺人凶手，畢竟殺人凶手才會這麼冷淡。她沒真正見過殺人凶手，但每次見到新聞裡的殺人凶手，即便只是被抓進警察局前的驚鴻一瞥，偶爾連凶手的頭都因為蓋了衣物而沒看到，她總是堅信：那不只是張沒表情的臉，根本就是張冷淡的臉。冷淡的人才能殺人。冷淡的人才不在乎別人死。雖然她也聽一位警察朋友說過，一次進了警局，他們猛然拉開罩在凶手頭上的外套，卻抓到凶手正在皺緊鼻子做鬼臉。不過那所謂的凶手最後沒有判刑定讞，所以更是堅定了麗子信念。你看嘛，所以他不是凶手，不過晶姊當時便問了，沒被判刑又不代表無罪，麗子聽了很不開心。為什麼要破壞她的信念？

「你這個殺人凶手。」

「什麼？」

「沒事。小賤貨。」

「我一直想問，賤貨就賤貨，為什麼要叫我小賤貨。」

「你管我。小賤貨。」

「我年紀比你大。」晶姊洩出一絲笑。

「小賤貨。」

吊車把外殼焦黑的船體吊上半空，灑下一些碎漆，船體損毀狀況不明，平衡點難抓，他們試了幾次才成功吊起。反覆中有人從附近的飲料店叫了巨型塑料杯裝的紅茶，甜膩甜膩，大家幾口就灌完，但也有其中一位穿著海巡署背心的中年男子小口小口地吸，好慢，吸管都給牙齒壓皺了。雲後的太陽是一片光暈，此刻已經幾乎降到海平面。在蒙著薄霧的海面劃出一道淺金色裂痕，水波則不停將其反覆摺皺。船體終於吊上拖板車，放下，但放下瞬間震動，於是船頭裂下一根木柱子，尖端還猛力撞上駕駛座背板。木柱子早已腐蝕剝裂，看不出是船體何處，於是那位害怕菸味的年輕海巡隊員隨便找了根麻繩將木柱跟船體綁在一起，好盡量保存船隻完整證據。中年漁民跟著上了拖板車，說是要幫忙，大家也沒什麼意見，於是把裝了塑料空杯及殘餘紅茶的大袋子交給他，要他找機會丟了。

叩叩、叩叩……停了。所有工人微微抬頭，換誰了？這項工作理論上是輪班制，但女主管對於班表刻意管得鬆散，有時假意弄丟班表，有時假裝看不清自己筆跡，又有時假意忘了登記，直接換一張空白的重來，所以大家心知肚明，一切憑的都是女主管心情。之前那位男主管知道大家渴望這項工作，偶爾也會利用這項工作交換些好處，但他的情緒起伏明顯，又愛嬌小女孩，所以大家的喜樂與怨恨都有跡可循。然而女主管上任三個月，大家還是看不出她的喜好，於是廠中氣氛遲疑且曖昧，幾位年輕俊俏的男孩蠢蠢欲動，荷爾蒙到處噴發，撩起了各種迷魅氛圍，幾乎可稱平和親愛，她想，除了叩叩停止的此刻。

「晶姊，換你了。」女主管平板嗓音傳來。麗子在晶姊背後沉默地做著嘴形：「小賤貨。」晶姊在背後對她比一根小指。那是晶姊辱罵的方式。

這項工作迷人的地方有兩點：一、可以坐著；二、可以敲。如果不在工廠工作過，大概無法想像這兩項特點加起來多讓人愉悅。根據外商工作規定，這項工作之所以要求員工以坐姿執行，主要是因為經過實驗證明，坐著產生的敲擊程度最適當，也較能在反覆敲擊後維持同等力道。晶姊坐下，起身離開的年輕男子遺憾又怨懟，腰都彎得沉了。她開始敲。

天色微微暗了，海邊大家動作快了起來，帶點焦躁。船隻放在拖板船上很高，沿路很可能勾上電線，所以得在天色全黑前完成，不然一個災難又要引發其他災難。吊車小心跟在拖板車旁，猜拳輸了的海巡隊員站在吊車頂，雙手戴著塑料手套，沿途遇上電線就大聲警告，如果避不開，他就得用手把電線拉起，確保不會被船的任何部位勾上。這船不用拖去修船廠，這是好事，因為前往修船廠上的路會穿過城鎮中心，到時候要避開的電線就更多了。如果是要去海巡署，只會稍微穿過城鎮邊緣，只要越過了這區，之後的路幾乎就毫無阻礙。

到了城鎮最邊緣，海巡署感謝吊車與警方的幫忙，當然也和中年漁民道別。他欲言又止，一位和他認識的海巡隊員於是說了，別擔心，要是真的查出什麼，會告訴你。拖板車在暮色中載著巨大的船骸離開了，其實那不算艘大船，尤其在海上航行時更是小得可憐，然而一旦到了陸地上，看起來卻如此笨拙龐大，總是讓陸上的行人不知所措。

中年漁民拒絕了其他人載他回家的提議，說自己住處不遠，想自己走走。夜色開始從海的邊緣蔓延而來，他覺得安心，側身沿著近海的水泥快速道路往回走。偶爾有幾輛車經過他身邊，速度翻起了風，吹得他手中的塑料空杯在袋中咯啦咯啦作響，一個個皺摺又彎曲。他想到自己弟媳的臉，七年時間過去了，不能再領取失蹤補助的那天，弟媳和他一起去吃了熱燙燙一鍋薑母鴨，另外加點了無數鴨腸、鴨胇與鴨心，吃到最後全身上火。他看著弟媳，感覺下腹一股火在燒，但那股火和弟媳沒有關係。她又加點了一玻璃瓶米酒，用牙咬著撬開，竟因此撬裂了一顆牙，血絲絲地從齦肉內滲出來。她一邊滲血一邊看他，眼裡也有火，但與他無關，最後只是猛力灌了一口啤酒。他也猛力灌了一口，嗆得猛咳。吃完薑母鴨，兩人走出攤子，風一吹，全身都冷了。

第二天他們去聽法庭宣判死亡，又過一周，他弟媳牙疼得厲害，不得不去重做一顆假牙，最新的潔白陶瓷，和所有其他牙色怎麼都不同，還花掉剩下死亡賠償的好大一部分。之後他幾乎再沒見過她。

麗子又裝完一個快門葉片的光圈組，順道檢查了上一個人裝的十一顆螺絲。沒有漏，又沒有漏。她簡直要憤怒了，漏一顆也好呀。不然簡直太無趣了。為了轉移注意力，她強迫自己將思緒拉回晶姊身上，想起晶姊只有一次主動提了。那次難得是她主動開啟話題。

「聽過離岸流嗎？」

「什麼東西？」

「就是一整段灰白浪花，中間要是有個缺口，代表海水往外流去的離岸流。游泳時要是被捲進去，幾乎無法脫身，很容易溺死。」

「講什麼呀，這個，神經病。」

「我老公跟我講的。」

「……不是失蹤了嗎？」

「又不是一跟我結完婚就失蹤了。」

「……為什麼要講這個，賤耶。」

「結過婚了不起呀。」

晶姊臉上浮現曖昧笑容，麗子竟然看不明白。

樹子不愛抽菸，連酒也喝得少。只偶爾咬咬檳榔。這種品行在小鎮裡不常見。他書念不起來，但畢業後願意幫忙家裡魚塭，誰也無從抱怨。他對麗子的所有要求都說好，從學生時代便騎一臺家裡多出的老式偉士牌載她上下課，載她去鎮上唯一一間體面的電影院與服飾店。如果麗子開口，他還會掏錢買單。麗子上班後就載她來回工廠。當然，要他主動做些什麼有點難，可只要吩咐，樹子都會去做。樹子唯一放在心上的執念只有芭樂與烏魚子。芭樂沒有季節之分，只要攤上有就買，整顆啃得咂咂作響，只偶爾把過硬的芭樂心扔進路邊魚塭。過硬的芭樂心似乎是他人生中唯一無法忍受。至於烏魚子，便是過年儀式，他會買一整瓶高粱，隨意倒入一只翻倒鍋蓋後點燃，用烤肉夾刮起烏魚子切片燒烤，火光忽大忽小，星星點點散落魚塭旁的雜草，卻從未再點燃起什麼。冷風間歇穿過，他還是穿一條短褲，露出堅硬小腿及美麗肌肉弧線。

叩叩、叩叩、叩叩、叩叩、叩叩……相機是這樣，許多細微零件拼湊，是工廠樂園中的迷你樂園，螺絲扣上螺絲，玻璃覆上膠板，葉片層層拼貼，按鈕連接著啟動線，電路板、電極正負板、硬碟、排線、反光板支架、對焦屏、閃光燈擴散板、感光元件、感光元件低通波濾鏡、螺絲、螺絲、螺絲……所以必須有人敲，以幾乎要敲散這迷你樂園的氣勢，好看看有什麼部位可能在內裡崩落。一個又一個工人坐在這裡，敲兩下，然後聽，聽有沒有小東西在內部掉落的聲音，要是掉落了，代表迷你樂園崩毀，光線無法順利穿過鏡頭轉換成訊號，或者即便轉換成訊號也無法形成畫面，又或者只形成令人無法理解的畫面。

那是工作五年後的事了。她聽說樹子去了別的地方做魚塭。那是填海造出來的新陸地。是政府德政。她聽了心裡微微發酸。這裡的魚塭主要是烏魚與草蝦，她見了一輩子的烏魚與草蝦，但那裡主要是黑鯛與鱸魚。她也想見見那種總是黑鯛與鱸魚的日子，說不定還因此願意為誰熬鍋鱸魚湯。可是不是為樹子。可是她又只有樹子。她一直不知道樹子離開是不是覺得丟臉。太多人後來都離開了。

她突然離開工作崗位，直直衝向正在敲相機的晶姊。她舉起相機，敲她的頭，為的就是從晶姊臉上看到應有的憤怒與挫敗。她還可以繼續敲，但得先開口。

「剛有消息傳來，你老公的船找到了。」

中年漁民回到家門口，覺得哪裡不對勁，四周看了看，抬頭，才發現門口街燈壞了燈泡，少了那照耀鎖孔的一道死白光線。他用鑰匙胡亂試了幾次，終於找到鎖孔，開門，走進那片陰暗狹窄。房屋雖然不寬敞，但還是隔了三個空間，其中一片是原本的水泥牆，另一片是前屋主自行搭建的木板牆。水泥牆是為了隔開廚房的空間，他自己則讓木板牆隔開了睡房與身兼客廳的雜物房；為了讓雜物不要太髒亂惱人，他還在雜物前方掛了塊藍色塑膠布，稍微隔開雜物與客廳空間。至於客廳其實就是一張桌子、兩張木頭椅子、一架前屋主留下的電視櫃與電視機。如果在家吃飯，客廳也就是飯廳，飯廳也就是客廳；如果把藍色塑膠布掀開，再把雜物拖出來分類、整理或修理，那麼客廳擺設便成為雜物間的娛樂。是的，他總想像可以向誰解釋：我有時就這樣坐在木椅上，自行粗糙地修補一隻燒壞的鋁鍋，其實不修也無所謂，但現在幾乎無法出海，漁獲少，氣候惡劣，許多先進技術太複雜，所以寧願花時間修補手邊雜物；有時候補得好，就送給鄰居，或者就在家裡多留一具完足用品。好一個死而復生。

他按開客廳燈泡，從電視櫃裡抽出本子，裡頭塑膠活頁夾滿是一張張列印出來的單薄紙張，有白有黃。印表機似乎不夠力，印出影像出現一條條濃淡不一的粗糙油墨，許多墨點滑曳著就斷了。他單手在胸口前撈了撈，空的，才想起自己不戴眼鏡了。真怪，幾位還沒死在海上的朋友都說，哪有人像你，常出海時成天看海，卻在二十歲出頭莫名患了近視，後來不出海，近視竟緩慢痊癒，還逐漸有遠視傾向。他還不滿五十，眼鏡行老闆說應該不是老花，但誰知道？或許只要心夠老，總也會出現類似傾向。他又開始翻看紙上粗糙相片，自從知道有個網站專門給這些船骸建檔，他便定期去公所拜託工讀生替他列印相片，一張張收著。他知道這些都不是弟弟的船，但他喜歡看，喜歡把它們收拾起來，像是得到一份份細心妥貼的禮物。工讀生來來去去，每個每個都像來送他禮物的好心人。

整條流水線停擺了，刺耳警告規律響起，大家開始瞧向麗子，她卻毫無反應。她還在想像自己氣勢驚人地前去與晶姊對質，去逼問她為何老是挑釁自己。她更想像自己繼續騙她。騙她找到了那艘屬於丈夫的船。她不相信晶姊會歡欣鼓舞。她不相信晶姊願意見到丈夫歸來。晶姊太平穩、太滿足。她強健穩固的手規律敲擊相機，一臺又一臺，但不期待那是一臺好相機，也不期待那是一臺壞相機。麗子相信那是一種絕對的冷淡。她又想起樹子，想起他美麗的小腿肌肉泡在魚塭淺水處，那麼沉默。幾人聯手把她拖進休息室，空下位置立即補上一名備用工。晶姊抬眼，雙手卻還是繼續敲。那眼神裡是白花花的浪，隨時能把人帶到極限遠方。

●

下個月、再下個月以及再下個月，麗子的流水線都墊底。那是戴著藍帽子的流水線。那是士氣低落的藍帽子流水線。走路有光的則是黑帽子流水線，他們挺直背脊，走起路來特別高壯。連續的勝利讓他們喜歡聚集，甚至開始熱烈討論外商收購與否的利弊分析，他們形成一股氣流，無論說話或安靜，都因為氣流加持而眼神燦亮，就連是否被叫上前敲擊相機，感覺都是次等煩惱。

晶姊和麗子找了一天出門，到鎮上一間帶有城市風情的海鮮餐廳吃飯，裡頭幾乎全是西式風格，一整片落地玻璃窗外卻圍著水泥造景池養了十多隻紅鶴。「為什麼是紅鶴？」麗子幾乎要開始抱怨。「不知道。看起來漂亮吧。」晶姊裝作沒注意那幾乎要開始的抱怨。一隻紅鶴頭頂禿一塊，細細腿腳卻還是有力踩踏，不確定是否害病，不確定是否應該引發憐愛。

餐廳是晶姊找的，錢是麗子付的。晶姊點蛤蜊燉飯，蘑菇太生，起司太斑駁，麗子點檸檬鮭魚義大利麵，檸檬味死酸且極油，她沒有批評。兩人聊了餐廳裝潢、聊了碗盤、聊了紅鶴、聊了動物園。她們都沒去過動物園。曾有一次畢業旅行，麗子有機會去隔壁縣市的大型野生動物園區，光這一次大概就可抵過五座小型動物園，卻恰巧生了怪病，全身發熱。她家人又崇尚節儉美德，沒有旅行習慣，一切沒了後續。晶姊也只應說自己也沒去過動物園，話語沒再帶過什麼。走出餐廳前，麗子替她開了門，晶姊逕直走出去，似乎有多看麗子一眼。

她們往外走，走的是往海去的一條陰暗寬闊的道路。路燈離得太遠，卻也沒有靠近的理由。她們不停穿梭地上明滅，沒在意這是個缺乏星星的夜晚。雲可以擋住的太多了。

「其實我不介意你罵我小賤貨。」晶姊說。麗子笑了，聲音短促而乾，幾乎要裂開，大概如同柏油路隙間的冬草一般粗硬。這幾周東北風仍然吹，雲朵以肉眼無法見到的方式移動，雨卻始終沒有落下。

接近海的時候，她們遇見了中年漁民的背影，他坐在接近石灘的隆起土堆上抽菸，明滅彷彿遙遠的船燈。晶姊腳步沒有遲疑，繼續往前，穿過一陣尚未消散的煙，麗子則繼續懷抱著她的不明白與忍耐，彷彿孕育一個連她自己也不明白的未來。海的聲音大了，突然之間充滿空氣。中年漁民看見晶姊越過她，終於只來得及看見背影。

那些防風的樹木早已被越過了。晶姊突然停下腳步，麗子只好站定。不過這次，麗子忍不住翻了個白眼。

中年漁民開口，「前陣子有艘船漂來。不是認識的船。今天剛拆完。」海風吹來。「該回收的都回收了。木頭、金屬。你也知道，回收最多的就是金屬。」晶姊點點頭。「該回收的確實得回收。」

像老婦一般，麗子緊張地搓搓手，然後確實意識到自己此刻的多餘，心口立刻一陣空。如果樹子還在，她會要求樹子載她去電影院，立刻看一部喜劇電影，然後她會記住每一次滑稽場景出現的定格畫面，彷彿一旁的樹子會替她收藏起來，這樣即便之後遺忘，也不怕無人提醒。不過晶姊不行，晶姊太擅長遺忘。

中年漁民繼續說，「工廠還好嗎？」「還好。」「島上工廠不多了。」「是呀。」「會擔心嗎？」「擔心什麼？」麗子好像應該停止這種習慣，這種在腦中演練各種畫面的妄想，上次便是這樣，才讓藍帽子流水線低迷至今，也讓她在晶姊面前莫名矮了一截，不過她無法克制。她繼續想像樹子的體貼，在那片填出來的陸地上，他會繼續找到這麼一位女子吧。他會從塭寮的低矮屋頂下走出，晒開他平直溫正的臉龐，回應前來女子的所有需求。

「擔心沒工作？」「你才擔心太多了吧。」晶姊笑了，麗子想像她在背後翹起一根小指。那是晶姊辱罵的方式。

「都拆光了嗎？」晶姊總算自己開口問。「都拆光了。」中年漁民語氣帶笑。一種滿足。

如果有月光，應該會有一條奶蜜之河由海平線一路灑來。麗子一邊妄想，一邊湧起衝動，想去拉晶姊的手，一同走向那條想像之河，但她沒動。明天還是會有人敲相機，好久沒輪到她了。叩叩、叩叩，明天或許終於又要輪到她。

再下一根菸的時間裡，中年漁民則想，他這弟媳口中有顆陶瓷假牙，用的錢是與他均分的弟弟的死亡賠償。弟弟或許永遠不會回來了，但無妨，那顆假牙只有他明白，在那座陰暗濕潤的口腔裡，永遠永遠，只有他能明白。想到這裡，他便知道，自己可以再一次回家，繼續安靜等待下一次出海。

然後再過五個半小時，在他們都離開岸邊後，天還暗夜，浪花灰白，來的是當天第一次滿潮。

要是有人給這一刻拍張相片，那就好了。

本文收錄於二〇一四年十一月出版《染》（木馬文化）

廁所裡的鬼

陳思宏

彰化人，輔大英文系，臺大戲劇研究所畢業，住在德國柏林。曾榮獲林榮三文學獎、九歌年度小說獎。出版作品包括長篇小說《態度》，散文集《叛逆柏林》、《柏林繼續叛逆：寫給自由》等。

一

他覺得鎖匠好煩，開鎖就開鎖，嚼檳榔的嘴不斷開闔，肩頭一緊身體一弓，喉間傳來老鏽輪軸雜音，在深鎖的鐵捲門前無預警洩洪，炸一地暗紅色的問號。

你很久沒回來了喔？你媽好像很久沒來市場買菜了？不記得我這個阿伯？你媽以前在市場賣水果，我的店就在隔壁啊，都忘光光了啊？啊你怎麼可能沒家裡的鑰匙？也不是不想賺你的錢啦，但你要不要再打電話，搞不好你媽只是開冷氣睡死了？你有沒有多按幾次電鈴啦？這麼熱，你媽搞不好就只是不想動不想開門，誰想動啦？

熱，真的好熱，他再度按門鈴打電話，拍打鐵門，依然無人回應，鐵門上留下汗濕掌痕。鄰居阿媽坐在輪椅上揮扇看這場戲，小鄉難得有人吵鬧，比午間電視精采。這一排房屋，當年是鄉裡最新的建案，某任鄉長當初就住在其中一棟，在任的那幾年砍掉了老茄苳老榕，推走三合院，請土地公搬家，大舉拓寬屋前馬路，蓋了個水泥地小公園，周一晚間封街擺夜市，周末放露天電影，所謂政績。如今馬路失修，今早一定有場大雨，皮膚長癬的流浪狗在路上的積水坑洞裡打滾。小鄉的花卉檳榔農事留不住年輕人，整排房屋剩下老人留守，夜市跟電影一起離開了。有幾棟屋子甚至沒窗沒門，騎樓堆滿舊家具，熱天裡散發霉臭。

真的好久沒回來了。清明、端午、中秋、過年，他打電話回家，短暫問候，母親稱一切都好，沒事不用回來沒關係。母子都知道，在電話上以聲音存在，是彼此最好的距離。他去臺北之後，母親開始獨居，有次在電話上她說，自己一個人真好，語調平穩，幾乎沒情緒，只有兒子知道是真心話。

上個月他去芬蘭，飯店送了一張明信片，實在是想不起來能寄給誰，地址就寫了老家。回臺灣後，打電話給母親，一直都沒人接。或許參加進香團？或許去拜訪親戚？但母親討厭人群，不喜歡出門，獨居讓她安心，去年隔壁一家搬去城市，母親開心地說，真好，又少了一戶，嬰兒真吵。上周母親終於接了電話，說收到他十年前寄的明信片，想不到十年後還可以收到啊，隔壁鄰居房東要趕人把房子收回，每天都用電話騷擾，她表態支持鄰居，結果家裡電話也響不停，廚房排油煙機壞了，算了反正也不想煮東西，聽說那個蓋高樓的要回來辦喜宴，我看你不要回來比較好，晚上外面壞人好多，門鎖好不要踢被，香蕉皮不要吃，臺北乾旱記得要早一點回家。母親滔滔，敘事似乎有關連性，但超出他的理解了。

媽，我下禮拜回家。

母親沒答話，繼續說，免費的喜宴千萬不要去，壞人很多，吃了會胖，有颱風，倒下來壓死人。

他向打工的咖啡店請假，什麼都沒帶，預計當天來回。故鄉幾乎沒變，田疇荒廢，耕地上有蓋到一半就廢棄的農舍，紅綠燈壞了沒人修，街上商店少了許多，只有棺材店穩穩開著。他從公車站走回家，看到檳榔田、稻田之後的遠方一片金黃閃爍，高牆皇宮。他沒時間確認這是不是幻覺，趕路回家，只要確定母親沒事，他就可以吃頓飯，稱忙回臺北。那裡，他租了個小套房，裡頭有臺老舊的冷氣，機器啟動吐出冰涼吵鬧的空氣，外面車聲還有隔壁大學生歡愛都被冷氣雜音悶住，他可以睡死，無夢。

他在烈日下喊了兩小時，沒有任何回應。母親不開門，隔壁輪椅阿媽給了鎖匠電話，說偶爾會見到母親出門買小吃，但最近很少見。

鎖匠開始動工，黃褐鏽斑吃掉他童年記憶的天空藍鐵捲門。天空藍是他童年的晴朗記憶，父親準備去中國，母親在市場賣菜，家裡剛剛買了一臺大電視，他在小學常常拿獎狀回家貼牆上。天空藍一直都鮮豔，直到廁所出現鬼。

鎖匠幾句幹你娘，再一口檳榔汁，頑固的老鎖鬆動，鐵捲門往上捲。

臭。

熱辣混濁的臭味逃出房屋撞上他們，鎖匠又吐出幾句髒話，這臭不僅濃烈而且熱燙，他感覺鼻毛全都被臭味給瞬間燒了。一樓是客廳，慘白的日光燈亮著，母親的腳踏車倒在地上，到處都是便當盒、塑膠袋，沒吃完的飯菜在悶熱的空間裡腐壞，沙發上有排泄物。一隻狗從沙發下鑽出，衝向屋外。他摀鼻快步，踏過便當盒，衝上樓梯。母親的臥房房沒關，也是惡臭。母親平躺在床上，窗戶緊閉。他搖搖母親，媽，媽，媽，是我。鎖匠也跟上來了，問要不要趕緊叫救護車。

母親的眼睛突然睜開，先看到鎖匠，身體一縮，然後看到兒子，喉嚨發出乾吼雜音。遞水開窗搧風，他看清母親容顏身形，瘦乾，掉髮嚴重，眼神無焦距，但認得他。

鎖匠說沒事就好，他要先走了，今天前面這條路要搭大雨棚，卡車等一下就要到了，他要去幫忙。不要以為他們發達了就小氣忘了這裡，兒子的喜宴回來故鄉辦，給我們這些做事人的工資也很大方啦。

鎖匠的話他沒聽懂，直望著母親，心裡一直想著臺北的那間小套房。

鎖匠收了開鎖錢，笑著說，啊你都忘了啊？你小時候的隔壁鄰居啊，以前的鄉長啊，最近他們在臺北蓋那棟大樓百貨公司啊，不是才盛大開幕？我女兒說很好逛，好多人喔。他們的獨子要娶媳婦了，明天回故鄉辦喜宴，你回來剛剛好趕上，免包紅包，大家都可以去吃。

一輛載滿圓桌的大卡車開進這條路，就停在門口，流浪狗對著卡車狂吼。他從二樓窗戶看下去，這規模龐大，席開百桌。

鎖匠搗鼻走了，留下一室沉默。母親突然起身大聲問，你爸去哪了？明天的喜酒你不要去，叫你爸把錢顧好，他說今天晚上想吃魚，外面的狗要餵，有一隻最近好瘦，你爸最近肥死了，他說要殺我。

二

帶母親去鄉裡唯一的診所，看診前，母親說這醫生醫德不好，想殺她。醫生說有點脫水、營養不良，血壓正常，要注重飲食、適當運動。拿了藥，他把母親留在候診室，向醫生說，我媽怪怪的，說話顛三倒四。醫生正在詳閱桌上的燙金大紅喜帖，說這家人也是有心，回來蓋了那麼大的房子，喜事也沒忘了我們，你明天會帶你媽去喝喜酒吧？反正就在你們家前面。醫生見他呆立，說別擔心，你媽上年紀了，好好吃幾頓飯就沒事，明天喜酒多吃點。喜帖的香水囂張，逼走診所的藥味。

母親不肯吃藥，說藥丸裡面有住鬼，吃了身體裡就有鬼。父親離開之後，母親曾有一段時間很愛說鬼嚇他，廁所裡有鬼不乖就關進去，冰箱裡有鬼不准亂開，書裡有鬼不要讀算了，頂樓有鬼不可以上去，咖啡有鬼不准喝，箱子有鬼不准進去，學校裡一定有更多鬼乾脆這學期不要去了。大約一年後，遠方傳來父親屍體的消息，母親就不再說鬼了。很多童年的事他其實都模糊，但是他清楚記得那個周日早晨，母親開始刷洗，窗簾拉下來丟洗衣機，床墊拉到馬路上日光浴，整個房間充滿肥皂水、消毒液的味道。他餓，哭求食物，母親把他關進廁所裡，他用盡力氣踢門反抗，哭說有鬼啊有鬼啊媽媽妳說廁所裡有鬼啊，母親在門外冷靜地說，沒有鬼，根本沒有鬼，騙你的，我一直都在騙你，我跟你爸一樣都很愛騙人，鬼都死光光了，明天禮拜一，去上學。

藥丸裡有住鬼。老醫生一直都在看喜帖，看診隨便，給了一堆藥，母親不肯吃就算了。在小吃攤坐下，母親真餓了，乾麵配熱湯，吃完全身汗濕，夏衫緊貼皮膚，沒穿胸罩，小吃攤老闆看了把湯灑了一地。老闆問，很久沒看你回來了，結婚了沒？在臺北做什麼？老闆問他話，但目光緊貼在母親身上。

他不記得麵攤老闆面容，但麵食口味是從小吃到大的熟悉。他沒回話，付了錢帶母親走路回家。其實他真的不是故意不回答或者隱瞞，而是他真的沒有答案。他快四十歲，在咖啡館打工，兼職寫文案，有幾個拍電影的朋友常找他去幫忙，買便當給劇組，打掃，偶爾被導演要求在鏡頭前當個路人。其實這些「拍電影的朋友」根本不算朋友，平常不聯絡，找他是因為便宜寡言什麼都好，有次他被導演要求當跳海的替身，超時沒加錢他也沒埋怨。他有個清淡的臉書帳號，沒動力貼照片，也沒有人找他聊天，沒人戳沒有讚。手機款式老舊，偶爾微弱響起，都是咖啡館其他服務生要找他代班。咖啡館冷氣很強，窩著一叢叢的人群，這叢安靜地頭戴大耳機對著筆電傻笑快速打字，那叢高聲討論男朋友女朋友的大雞雞大胸部，那叢朗誦詩的是大學文學社團，吵的鬧的詩的都跟他無關。他身手俐落，調咖啡快速，端一堆盤子從來沒顫抖過，沒人點餐時就安靜地站在櫃檯後，是個蒼白瘦弱的存在，大家的忽視，讓他感到很自在。有次咖啡館老闆醉了逼問，你到底是誰啦？哪裡來的都不說，到底喜歡男生還是女生？他一貫沒答案。他是個無性的人，晨起無勃起，對誰的身體都沒慾望，不自慰沒性慾。銀行裡的存款到了一定的數字，他就買機票去遠方。旅遊對他來說也是個沒什麼熱度的事，這十年來去了許多國家，卻沒拍什麼照片，都是一個人走，廉價的髒旅館很好，貴一點的北歐旅館也好，在他臉上燒出斑的地中海陽光不錯，冬天淒冷的北美也不差。無聲啟程抵達然後離開，在久居的臺北城無人惦記掛念他，陌生的國土他更可以完全不留下任何痕跡，這是他最舒服的行動方式。

母親回到家，快速洗了澡，沉沉睡去。他開始打掃，廁所馬桶不太通，水壓有問題，壁癌猖獗，之前大地震在地板上留下破碎，牆角堆滿狗毛，幾尊久未被供拜的神像灰頭土臉，他的舊書雜物被丟在頂樓。他站在頂樓，踩過自己的舊時雜物書本，想說怎麼這幾年連續幾個颱風竟然沒把這些都吹走，現在怎麼處理呢？從頂樓往下看，數十輛大卡車停駐，許多工人們開始搭建喜宴雨棚，路的開口開進一輛色彩俗豔的電子琴花車。他決定就只先清理一樓客廳，明天來喝喜酒的鄰居可能會來找母親，一樓客廳門面先有個樣子見客，他就可以先回臺北。

他快速打掃一樓，裝滿幾大包垃圾袋，把有尿騷的沙發往後院拖，臭味慢慢離開。母親突然從二樓臥房走下來，打扮整齊，明顯穿了胸罩，吃驚看著他，你怎麼在家？什麼時候回來的？怎麼回來不先打電話給我？我要去買菜，你爸說今天晚上想要吃魚。你怎麼進來的？你又沒鑰匙。

他和母親走去市場，搭棚的工人紛紛向母親打招呼。母親點頭沒回話，快速走向市場。母親一路喃喃，那些人是誰啊？現在黑道好可怕。母親年歲已過七旬，身形瘦，髮灰腳腫，但似乎有人在背後推著她，行走速度很快。

這傳統市場曾經繁華過，賣彩襪的賣衣服的賣肉圓的賣魷魚羹的賣牛肉麵的都不見了，只剩下幾個老人守著小攤，賣自己田裡種的菜，根本沒魚販。母親眼神失焦，對著一塊空地問，賣魚的呢？

母親的眼神越過空地，看到不遠處的金黃。

他之前看到的，不是幻覺。一棟富麗的白色大屋，就矗立在稻田中央。大屋的屋頂是金色，烈日在屋頂上槌打，不斷敲出金色火花。

母親的眼也燒出火。

死人，都是死人，那根本就是我們的房子。死人，他們那一家都去死。

母親快步回家，完全不理會一路打招呼的鄉民，說要睡覺。身體一貼上床，就開始打鼾。

三

他想去看看那棟金色房子。

外面的喜宴雨棚已經搭好，圓桌開始擺上，有媒體採訪車，幾個搭建工人正在接受訪問。工人們開心地說，外頭辦桌最怕下雨，大太陽對新娘子也不好，所以棚子搭好，大家都可以安心吃喜酒啦。記者問，跟新郎熟不熟？聽說新郎常常會回來祭祖？工人們對著鏡頭傻笑，對啦對啦，以前常看到新郎就在田裡面滾，拜祖先很重要，祖先保庇才可以賺大錢啦！龍穴啦，聽說他們在大陸是第一。

他走向那棟房子，穿過檳榔田、荒地、廢屋，反正就朝金色走。傍晚，小黑蚊覓食，他憎恨鄉下的凶狠蚊蠅，回臺北很快就會忘記很多事，但是手臂上的紅腫咬痕許久都不走，腦子記憶可刪除，皮膚卻不肯忘。

金色房子外面，有更多的媒體採訪車。記者找來幾位鄉民站在路旁，指導他們在鏡頭前該說些什麼。附近都是休耕或者荒廢的農田，報廢的插秧機倒在田地上，雜草猛生，排水溝裡垃圾擁擠，不知道哪家還在種田，空氣中有嗆鼻農藥。平坦故鄉一如他的記憶，三合院的晒穀場沒穀可晒，只好晒阿公阿媽，惡性倒閉的鞋廠襪廠已成流浪狗聚集的廢墟，有燒柴味，視線裡沒有太多文明，沒有繽紛顏色，平原的一切都被烈日給晒淡了。但現在平坦的地平線上突然冒出一棟龐大的豪宅，外牆新漆奶白，窗框金色，高高磚紅圍牆上有許多金色繁複裝飾，他曾在法國的宮廷看過非常類似的外牆。最撞擊視線的是房子的屋頂，金漆屋瓦堆疊排列，屋頂沒有任何其他顏色，就是徹底的金。屋主要的不是所謂的建築美學，這一家要的是氣派，堆起來，滿出來，庭院裡的樹茂密壯碩，越多越好，越大越好。

他當然記得這一家人，小時候的鄰居，以前的鄉長，邀父親去中國投資的鄉長。圍牆上有好幾架監視器，大門深鎖，記者準備徹夜守候。他看著監視器，聽身旁的濃妝女記者對著鏡頭說，臺灣首富明天娶媳婦，婚禮的地點不在北京，也不在上海，而是回到他們的臺灣故鄉，席開兩百桌宴請鄉親，這棟豪宅，據說就是供奉祖先的寶地，我們請到了風水師，來跟我們仔細分析，這塊地為什麼會造就了臺灣首富。

這突兀的豪宅到底是什麼時候蓋好的？他沒有電視，上網也不看新聞，用盡力氣與世界保持距離。但他根本無法完全避開，巷口的自助餐播放新聞臺，便利商店一排雜誌封面，網路上許多人轉貼，這一家人在中國賺了多少，獨子買了哪款新車，回臺殺入百貨戰場，蓋高樓，炒豪宅。

天色昏暗，豪宅的燈亮起，他視線翻過圍牆，穿過落地窗，看到一盞華麗的水晶吊燈，垂吊幾公尺。他想走了，就這樣走了，去等那個一小時一班的客運，然後轉搭火車回臺北。

其實根本不需要為了母親留下來啊。

父親的消息傳來，說人在甘肅甘谷，屍體在一家飯店裡被找到。母親問警察，甘肅？甘谷？哪裡啊？哪個甘？哪個谷？警察搔頭搖頭，到底他殺或者自殺，情況不明。母親叫他上樓去，他不肯，隨即被關進有鬼的廁所。

父親到底發生了什麼事，母親從來沒對他說清楚。屍體沒運回臺灣，母親從此不提父親。牆上的中國地圖被母親撕下，他至今不知道，甘古在哪裡。今天早上母親說父親要吃魚，是這麼多年以來，第一次說父親。

成長的過程，母親從不看他。父親過世幾年之後，母親回到市場賣菜，他周末會去幫忙。有次隔壁賣甘蔗的對著母親說，你兒子長這麼高啦，母親回頭看他一眼，非常短暫的一秒，臉馬上別開，眼神驚嚇畏懼。那眼神灼傷他，於是他也不看母親了。幾年前回來幫母親處理舊物，整理相簿，看到了父親的年輕容顏，幾乎跟他一模一樣，細腿窄肩長臉，蒼白瘦高，完全不像個鄉下農家子弟。像，真的好像。終於，他就懂了當年母親的那個眼神。

十八歲他離家去臺北，母子終於可以放下稀淡的關係。

禮貌通電話，他幾乎不返鄉。這次怎麼就回來了？回來又怎樣？母親目前意識混亂，但很有可能，她根本不想看到他啊。

豪宅的金色大門突然打開，記者閃光燈狂閃，一輛黑色轎車緩緩開出來，記者擁上。車窗搖下，後座的男人，一臉醉紅，對記者揮手。

是他。獨子。

四

他買了便當，一進門，母親在客廳翻東西，一看到他，馬上把便當搶過去，不用筷，用手把飯菜往嘴裡塞，接著馬上吐了一地，喊這有毒啊，你們都想毒死我。

清理嘔物，他自己也想吐。母親把自己關進廁所裡，不肯出來。他隔門對母親喊話，媽，你要不要先洗澡，就先去睡了。母親在廁所裡尖叫，你是誰？你不是我兒子，你不要殺我！

隔廁所門對峙許久，母親的尖叫穿透牆壁，隔壁的輪椅阿嬤來到了門口，喊要不要幫忙啊？他累了，他想離開了。他很想走，知道說什麼有用，因此聲音堅定，他說，媽，廁所裡面，有鬼喔。

威嚇見效，廁所裡的騷動立即停止。

母親開鎖衝出來，全身濕，廁所一地屎尿。她衝上樓，躲進臥室。他感覺窒息，需要空氣。走到屋外大口吸氣，卻只聞到帆布，紅白藍條紋的帆布雨棚被鋼架撐兩層樓高，遮去夜空。搭棚工作暫時休止，工人們圍著圓桌吃晚飯，鎖匠看到他，邀他坐下來吃晚飯，叫你媽一起來吃，快快快，菜還很多，我們等一下還要忙，冷氣還沒裝上去，明天辦桌是中午，記得早一點入席，不然萬一位置不夠，大家明天都會回來喔，我兒子女兒都要回來。

這是個被遺棄遺忘的小地方，因為明天的喜宴，大家都要回來了。

繞在桌旁等工人丟食物的流浪狗，突然豎耳，齜牙裂嘴，集體狂吠。一輛卡車開進棚子，幾個壯碩的男人跳下車，手拿大網子，逼近這群流浪狗，狗四方退散。馬路的兩端，出現了一模一樣的卡車，堵住狗的退路，捕狗人動作迅速，馬上捕獲了好幾隻。幾隻狗逃入廢棄的空屋裡，但隨即被抓。車上的籠子裡擠了許多狗，哀號聲在雨棚裡迴盪。

捕狗人向搭棚工人打招呼，今天抓了二十幾隻了，新娘子怕狗啦。

有熟悉的哭聲。他抬頭，看到母親站在二樓陽臺，目睹捕狗。母親悶著哭，那樣的哭聲，是他童年的鮮明記憶。好幾次他打電話回家，不到兩句，話題乾枯，母親就說家附近那些狗，黃的生了一窩，黑的皮膚病一直好不了，黑白斑點那隻最傻，被人欺負還會傻傻搖尾巴。

他進門，拉下鐵捲門，今天一定走不了。明天，明天一定走。

上樓，進他以前的房間，他需要躺下來。一打開房間門，他往後退。

不是都丟掉了嗎？怎麼堆滿了整個房間，疊高至天花板。不是都丟掉了嗎？咖啡。

他的書桌、床鋪，全部都被一箱一箱的咖啡活埋。

他在咖啡館打工，但他從不喝咖啡。

年夜飯，家裡都是新漆味道，鐵捲門天空藍，牆壁白亮無瑕，圍爐圓桌全新購入，最後一次無任何刮痕的家庭時光。隔壁的鄉長逐戶拜年，幾個男人約好年夜飯後去鄉長家，名為守歲，幾張方桌擺開，麻將聲比鞭炮聲還響。桌上鄉長說起卸任後的西進大計，中國什麼最多？人最多！我合作廠商都找好了，適合中國的口味市調都做好了，現在就缺資金，想一想，一個省就好，先不要講全國，講一個省就好，一個省每個人都喝一罐我的咖啡，保證大家賺死這輩子不用工作每天度假，什麼去臺北買豪宅，整個上海都買啦。

他參與了那夜麻將，鄉長的獨子比他大十歲，帶他看家裡新買的大冰箱，美國進口的，雙門，連臺北都好少見喔，洗衣機也美國進口，車子就只買德國款，以後我爸跟你爸在中國賺大錢，你要什麼車子自己亂講，你爸一定買給你。這是我女朋友的照片，校花，說以後要嫁給我，我說要考慮看看，我爸說漂亮女生多的是，要娶一個會忍的。有一對雙胞胎姊妹，兩個我都上，兩個都不知道彼此被我上了。

隔天初一，父親帶他祭祖，說要賣田賣祖厝，擲筊請示祖先。父親繼承了好幾塊地，鄉下地沒那麼值錢，但全部賣掉也是一筆可觀的資金。鄉長拍胸，氣勢滔滔，保證投入的資金越多，以後回本更是不得了。

地方上多是務農家族，願意冒險投資的其實不多。為了讓投資者安心，鄉長組了一團，全男性，全程包飛包吃包住，去中國看廠聽簡報。他記得父親去了快一個月，每天用電話向母親回報好消息。父親回來後臉油肚圓，馬上要賣地，那裡市場太大了，現在再不進去就太晚了。男人們聚集在鄉長家麻將，小孩們在旁邊玩耍，他記得父親談到那邊的女人，每晚換一個，鄉長介紹的都是年輕好貨。他年紀小，不懂男人談女人，只覺得父親表情沉醉，說到其中一個女人，瞇著眼，身體微抖。

幾百箱市調的罐裝咖啡運抵，鄉長開箱馬上豪飲一罐，自己要先喜歡喝，才能放心投資嘛！咖啡占據他家客廳，紙箱堆疊，遮去了亮白的新牆。藍色的、棕色的、紅色的三種不同口味，早餐喝，中午喝，睡前也喝，他記得每種口味喝起來都很像，就是甜。母親說小孩喝咖啡會長不高，但父親一直叫他喝，很好喝對不對？這些都是你以後讀書的錢，盡量喝，帶去學校請同學喝。

後來，父親在最後一刻違約撤資。他被毒打一頓，父母都出手，用皮帶，用拳頭。他被關進廁所，哭聲隆隆，外面大人吵架聲沸騰，他只記得吵鬧，不記得到底吵了什麼事。

父親再度啟程去中國，說要自己來，誰不會做罐裝咖啡，我還可以做罐裝凍頂烏龍茶。父親的死訊傳來後，那些堆高高的咖啡箱子，全部從客廳消失。他常在臺北的便利商店裡看到這個品牌的咖啡，幾年來口味變多了，商標一直沒變。中元普渡，婚喪喜慶，到處都堆了此牌的咖啡罐，躲都躲不開。他一直以為母親把這些咖啡都處理掉了，怎麼現在全部都出現在他的舊房間裡？

紙箱受潮，爛了。他開箱拿起一罐，看瓶底日期，已經過期三十年了。

開罐，拉環在指尖碎裂，咖啡灑出。他雙手沾了黑色液體，舔一舔，三十年了，那甜味還在，只是多了苦，還有酸。

那是父親撤資之後，他首次再嘗到咖啡的味道。

五

隔天清晨下了一場大雨，母親沒撐傘說要出去餵狗，似乎忘了昨天的捕狗大隊。他拿了傘追出去，母親走在田埂上，對著不遠的金色豪宅發出一串他完全無法理解的聲響。母親蹲下，把一些乾狗食撒在地上，說好乖好乖吃慢一點。其實根本沒有狗，母親微笑逗弄著不存在的狗。母親狀態似乎比昨天穩定一些，神情安定，願意和他回家，靜靜吃早餐，洗澡，問他什麼時候回臺北。

本來昨天要走，就看妳今天狀況。

我沒事啊。我這陣子感冒一直好不了，好累，幾個月都昏昏沉沉的。昨天晚上好好睡了一覺，你看我今天不是好好的。你留下來喝完喜酒再回臺北吧。

媽，妳昨天跟我說不要去。

要去。我們要去。怎麼可以不去，不禮貌。你要看，要看清楚，一定要看。一看完你就走。

母親搬了椅子，到屋外和隔壁的輪椅阿媽聊天，兩人話語毫無交集。烏雲散去，宴席雨棚已經搭設完畢，帆布完整包裹鋼架，占據整條馬路，工人手腳真快，不到一天就完成了這個帆布喜宴臨時大屋。大手筆，戶外宴席還裝設了數十臺大型空調，隆隆啟動，新娘子怕熱，妝不能花，冷氣先開下去。

龐大的辦桌團隊抵達，百桌圓桌擺好，電子琴花車開始麥克風試音。龍蝦海膽鮭魚紅蟳黑鮪，幾位辦桌大廚在路旁開始揮汗剁菜快炒酥炸。所有人都趕赴吉時，這前任鄉長一家來自臺灣中部鄉下，原本無名，卻能在幾年內成為中國的飲料第一品牌，高人風水師多年指導有方。獨子浪蕩多年，終於肯定下來，這天極為重要，風水師精算過，良辰在正午，旺夫旺妻財富加乘。日子果然選得好，無雲盛夏，晴朗的結婚佳期。

還不到十點，街道塞車。他站在頂樓，看到休耕的田被當做臨時停車場，各地來的車慢慢塞滿這個小地方。鞭炮爆，龍蝦炸，人沸騰，這小地方許久沒這樣喧鬧。

他小時見過浪蕩獨子的許多女友，獨子在外地讀書，每次回家都牽著一個全新的女生。浪蕩獨子開車帶女友去城市看電影，常常帶著他去。看電影是藉口，車總是開往更偏僻的鄉下，停在無人車的樹蔭，獨子把車熄火，迅速伸出舌頭，粗魯地吻著女孩。有些女孩肢體抗拒，有些則大方迎接。他坐在後座，眼睛睜大，獨子說，看仔細，學起來。

前幾個女孩都只是親吻，後來幾個女孩，獨子開始脫女孩的衣，但女孩們都不肯，獨子生氣，肢體更粗暴，有個女孩臉上流血，另一個女孩被推下車，丟棄荒野。有一次，女孩自己脫掉上衣，讓獨子吸舔乳房，其實在後座的他原本睡著了，但獨子把他搖醒，他揉眼，女孩正對他微笑。前座兩人都脫光之後，移到後座，他被獨子抱到前座，整個車體開始搖晃。有農夫剛好經過，看到車內風景，罵了髒話快速跑開。在前座的他當時真的很想睡覺，但後座的獨子伸手拍他的臉，幹，看一下啦。

母親穿了暗紫色絨布套裝，款式老舊，樟腦味刺鼻。

媽，我想走了，今天晚上咖啡館有班。這喜酒妳不要去喝啦，在家裡休息就好。我下禮拜再回來。

母親怒視，不可以，跟我一起去。你跟我去吃一頓，之後你就走，下禮拜，下下禮拜，都不用回來了。不用回來。不用回來。不用回來。你就走。你爸下禮拜回來，我就輕鬆了。你看完馬上就走。

母親開始化妝，粉餅乾裂，口紅一碰唇就截斷。

媽，那些咖啡不是早就都處理掉了嗎？怎麼都堆到我房間去？

喔，我跟你爸還有隔壁的阿媽搬好久喔，累死我了。你等一下去車站記得把那附近的小黃狗帶走，帶去臺北，小黃就安全了，不然在那裡會被路人丟石頭，還有回臺北之後不要打電話回來。

母親把斷掉的口紅往眼皮塗，眼袋浮腫，血絲在眼白燒。他打電話向咖啡館請假，看樣子今天回不去了。母親用力拍掉他的手機，叫著，就跟你說吃完飯你就可以回臺北了啦。

外頭喧譁熱烈，宴席搭棚的入口擠滿人潮，準備入席。數十輛加長黑色大禮車緩緩開過來，記者們失控推擠，已經入座的賓客尋聲又跑出來看新郎新娘。

人潮往禮車推擠，母親緊拉著他逆著人流，找到靠出口的圓桌，定定坐下。他覺得母親是亂坐，桌位應該都有安排，但母親堅持要坐這桌，離電子琴花車舞臺距離遠，她說，這樣你到時候好走。

桌上有燙金菜單，二十道，已經有人喝掉好幾罐紅酒了。他還穿著昨天的衣服，襯衫有母親嘔物的味道。但人實在是太多了，根本不可能有人會注意到他的寒酸存在，這讓他放心。他手心濕，群眾讓他懼怕。春天臺北發生大型學運，他有一晚鼓起勇氣，帶了毯子去夜宿街頭。已經過午夜，群眾還熾熱，謠言漫飛，身旁的年輕人都在激動咒罵。他接過一碗熱湯，躺在街上，發現自己好冰冷。他根本對群眾運動沒興趣，到底在反什麼他不清楚，群眾熱炒，就更凸顯他的冰冷。所以他怕的不是群眾本身，而是群眾的熱度，讓他徹底覺得自己分明就是具屍體。

追趕吉時，致詞開始，風水師說要準時開席。他遠遠看到新郎新娘入座，新郎胖了許多，福態中年。地方政客、介紹人、雙方家長致詞，菜還沒上，據說是法國空運來的金牌獎紅白酒不斷上桌。

他的第一口酒，就是獨子給他喝的。喝啦，男人都要學喝酒。獨子大話不遮，我爸說拓寬馬路可以讓我們多買一塊地，蓋個公園可以在臺北買套房，你這小子跟著我，聽我的，以後你長大我給你買車當成人禮。他崇拜獨子，名車帶他上山下海吃西餐。那時候鄉長看上附近一塊荒地，風水師說百年難得好龍穴，以後在中國發達以後回來蓋大房放祖先牌位，保證富貴十代。

前任鄉長上臺致詞，感謝鄉親，我兒子是你們看著長大的，以前我們就住在旁邊這邊其中一戶，他小時候都不穿褲子在這條馬路上跑來跑去追女生，今天終於找到老婆，願意定下來，我們當然要回到我們開始的地方，兒子你今天不准給我脫褲子啊。新郎搔頭，怕狗又怕熱的新娘遮嘴笑，妝濃豔，遠看是個年輕的女孩。

停電。

冷氣全部停擺，麥克風失聲。

混亂中，菜開始上桌。母親開始大口吃，四處看，像是期待著什麼。電一直沒恢復，封閉雨棚蒸煮人汗。

停電顯然打亂了原本的節目流程，新娘快速去換了另外一套禮服，跟新郎開始逐桌敬酒。上湯焗排翅剛上桌，母親胃口好，跟同桌的鄉親搶食。他沒動筷，冷看百桌人浪爭食，哪是飢餓，只是貪，龍蝦是澳洲進口的喔，起司是巴黎空運的，啤酒是德國的，塑膠袋準備好，地方上出了大富貴人家，等一下剩菜多包一點。他想起富貴大宅裡的魚池，餵食時間，鯉魚推擠。

百桌敬酒，新人逐漸朝這桌逼近。他聽到新郎大聲說，多吃一點多吃一點，吃到像我這麼胖，還是有人要嫁給我啦。雨棚溫度持續攀升，人味翻騰，新娘的粉底隨汗掙脫皮膚。新郎海飲，和鄉親們拍肩，盡量吃盡量吃！

就當做吃冰棒，獨子那時對他說，就像我買冰棒給你一樣啊。

第一次是在鄉長家，美國進口的雙門冰箱拆箱擺廚房，紙箱沒丟掉，就放在獨子房間裡。紙箱非常巨大，獨子把他抱進去，他看不到紙箱外的世界。獨子說，這是我們的祕密世界，沒有人會找到我們喔。拉下褲頭拉鍊，獨子把他的頭往他胯下壓，很簡單啊，就像是吃冰棒一樣，你不會笨到去跟你爸你媽說吧。

經常在那個巨大的紙箱裡，獨子讓他喝酒，然後吃冰棒。至今，他都記得那口感。後來有時在頂樓，車上，無人的田裡。有一次他覺得好玩把母親要賣的西瓜當球從桌上推到地上，砸爛一地鮮紅，母親盛怒，把他關進廁所裡。鄉長獨子來求情，說小朋友會聽他的話，讓他進去開導。母親推托不敢，鄉長的兒子被我關廁所，傳出去我水果就不用賣了。獨子堅持，說只是要幫忙教小孩，別想太多。獨子進入廁所，鎖上，擦乾他的眼淚，噓，獨子褲子褪到膝蓋，不要跟你媽說，你最乖了，冰棒捂住他哭聲。

新娘尖叫，手上的紅酒撒在禮服上。幾隻流浪狗，突然從圓桌下跳出來，對著新人狂吼。狗的肢體極為暴怒，賓客們快速退散，新娘不斷尖叫。

母親忽視眼前的混亂，盛一碗宮廷干貝羹，一臉滿足，腳邊一隻黃狗正在啃骨。

母親第一次撞見，就是冰箱紙箱。母親挨家挨戶找兒子回家做功課，鄉長夫人說，跟我兒子在樓上玩。母親上樓，看見了。她把兒子從紙箱拖出來，打了獨子一巴掌。這一巴掌開啟兩家恩怨，鄉長動氣，以致詞的分貝向母親說，妳不要亂編故事，我兒子以後還要娶老婆。父親把母親拉回家，說妳是不是看錯了？

過一段時間，父親已經把賣地的錢都投資到咖啡上了。這次是在頂樓，父親看到鄉長的獨子，兩手抓著一個小男孩的後腦勺。兩家激烈爭吵，鄉長說要找律師告他們毀謗。父親母親不懂，甩他巴掌，餵予拳頭，下賤，這麼髒的事你都敢。違約撤資之後，父親每天都打他。他哭著說要跟父親一起去中國賣咖啡賣凍頂烏龍茶，父親甩開他，把他推進廁所反鎖。

風。

突然有非常猛烈的風，從帆布縫隙灌入。風熱辣，桌上的湯品起漣漪，有瓦斯味飄散。

母親看著他，專注凝視，撥他頭髮，理他襯衫。你怎麼在這裡？你說要吃魚，但沒有魚。

狂風起，整個喜宴雨棚劇烈搖晃，突然整個帆布頂被風掀開，天空烏雲從各地趕來，擠在這個小地方上空，或許也想吃豪華宴席吧。枯草乾葉隨狂風竄入，佛跳牆打翻，食客緊抓著手上的碗。

群眾熱，奔逃，躲桌下，找小孩，但他依然冷，穩坐，看著一切。

狂風持續灌入，帆布持續被掀開，大型空調倒下，壓垮一桌好菜，鋼架即將解體。電視臺攝影師持續拍著首富前任鄉長緊抱著尖叫的電子琴比基尼花車女郎，罵著風水師。幾乎從來不說話的前鄉長夫人抓著沒電的麥克風，像是在致詞，可惜風沒把她的話傳遞出去。鎖匠緊抱著鋼柱，彷彿他一鬆手整個臨時帆布屋就會解體，他大吐一口檳榔汁，紅色汁液隨狂風四射。新娘的哭喊被淹沒，她的敬酒禮服上也是一桌盛宴，有魚蝦有肥肉，狗不凶了，在她禮服上吃著大餐。輪椅撞桌撞人，上面的阿媽不見了。新郎也不見了。一切都快轉，風讓一切都加速。

大事總是很快發生，沒事才會分秒緩慢，日子死水。就像那年，他被父親毒打關進廁所，跟鬼在密閉的空間裡短暫共處，被母親放出來之後，父親已經去中國，隔壁鄉長一家搬走。不是才關五分鐘，怎麼出來大家都不見了？母親持續對他說，有鬼，有鬼喔。廁所反鎖，童年結束，此後慢速，不，龜爬，慢慢冷成屍體的過程。此刻，一切竟然又快起來了。

母親一直還在吃，大餐下肚，飽足微笑。她用盡全身力氣，把他推入狂風中。

她笑著說，你走，現在。

——原載二〇一四年十二月十四～十六日《自由時報》副刊
本文獲二〇一四年第十屆林榮三文學獎短篇小說獎首獎

附錄

一〇三年年度小說紀事

邱怡瑄

一月

・二日，《聯合文學》舉辦三十周年暨改版茶會。《聯合文學》創辦於一九八四年，二〇一三年十一月轉由聯經出版發行，並於二〇一四年一月起，轉型為文學生活類型雜誌。

・四日，財團法人龍瑛宗文學藝術教育基金會於新竹縣文化局縣史館舉行成立大會，第一屆董事長為龍瑛宗次子劉知甫。學者陳萬益、林瑞明、彭瑞金、呂興昌、封德屏等蒞臨。

・六日，小說家郭良蕙之子孫啟元於松山文創園區舉辦「遊子心攝影展——我的母親郭良蕙」，由呂秀蓮、司馬中原等主持開幕。

・六日，文化部公布第三十三屆行政院文化獎得主，由小說家白先勇、建築師王大閎獲獎。

・七日，臺北書展基金會公布年度之書，小說類得獎名單為王定國《那麼熱，那麼冷》、林宜澐《海嘯》、曹冠龍《紅杜鵑》。

・十一日，《中國時報．開卷》舉辦開卷好書頒獎典禮，中文創作類獲獎小說有張大春《大唐李白》、王定國《那麼熱，那麼冷》、蘇童《黃雀記》、黃碧雲《烈佬傳》。

・十一日，武俠小說家、編劇朱羽逝世，享壽八十一歲。朱羽一九三三年生，國防部情報學校畢業。創作以小說、劇本為主，著有小說《堂口》、《生死門》等。

・二〇一三年十二月，臺大出版中心出版「慢讀王文興」叢書七冊，由康來新、洪珊慧、黃恕寧主編，集結一九六〇年代以來評論王文興作品篇章。並自一月十二日起舉辦「慢讀王文興四講」講座。

・二十八日，國立臺灣文學館主辦《魏清德全集》新書發表會，主編黃美娥、魏清德家屬等出席。全集歷時四年，計五卷八冊，含小說卷二冊。魏清德習詩文舊學，又長於通俗偵探小說創作。

二月

・二日，《亞洲週刊》公布二〇一三年十大小說，得獎者有蘇童《黃雀記》、閻連科

《炸裂志》、陳冠中《裸命》、黃錦樹《南洋人民共和國備忘錄》、王定國《那麼冷，那麼熱》、冬筱《流放七月》、顏忠賢《寶島大旅社》、余華《第七天》、王兆軍《把兄弟》、朱國珍《中央社區》。

・七至十六日，白先勇經典長篇小說《孽子》改編舞臺劇於國家戲劇院演出，由曹瑞原導演，施如芳編劇。

・十日，資深小說家郭嗣汾逝世，享壽九十五歲。郭嗣汾，一九一九年生，曾任海軍出版社總編輯、臺灣電影製片場主任祕書、中國文藝協會理事長、創辦錦繡出版社。創作近六十部作品，其中小說達四十餘部，其小說《黎明的海戰》為臺灣戰後最早海洋小說。著有小說《失去的花朵》、《雲泥》等。

・十八日，靈鷲山佛教基金會、世界宗教博物館、《聯合報・副刊》主辦的第十二屆宗教文學獎公布得獎名單，短篇小說組首獎蔡宗佑、二獎林明萱、三獎丘末露，佳作撒比娜、黃羊川。

・二十二日，臺南市政府、成功大學合辦「兩個文學家的世界——陳之藩與葉石濤特展」，展出兩位文學家手稿、書籍，以及重現其生命場景。

・二十三日，由臺積電文教基金會主辦「二〇一三臺積電文學賞」舉行頒獎典禮，正賞費瀅、副賞馬恒臻、楊君寧。

三月

・三日，資深出版人、小說家姚宜瑛逝世，享壽八十七歲。姚宜瑛，一九二七年生，上海法學院新聞系畢業，來臺後曾任《經濟日報》記者、《中國文選》主編，於一九七二年創辦大地出版社，為文學出版社「五小」之一，一九九九年轉讓給吳錫清經營。創作有小說《煙》、《明天的陽光》等。

・三日，九歌出版社主辦「一〇二年度文選新書發表會暨贈獎典禮」年度小說獎得主為李桐豪〈養狗指南〉。

・七日，臺灣文學館公布翻譯出版補助名單，小說作品有《山林地景——當代原住民文學短篇小說集》英文版出版計畫、臺灣鄉土小說英譯、東西跨界文化共賞——王瓊玲《美人尖：梅仔坑傳奇》、臺灣現代小說家系列之一蔡素芬《橄欖樹》翻譯計畫等十四種。

・三月十六日至六月十九日，由文化部主辦，身心障者藝文推廣協會承辦的「無障礙閱讀推廣首部曲——文學與劇場」，包含改編自康芸薇同名小說「我帶你遊山玩水」舞臺劇，以及十場文學閱讀講座。

・二十二、二十三日，由屏東縣客家事務處主辦，六堆文化傳播社承辦的「鍾理和文學作品學術研討會」於大路關舉行。邀請學者張良澤演講，且針對鍾理和的原鄉書寫、鍾理和的滿洲書寫、鍾理和的農村體驗等進行討論。

四月

- 二十六日，《幼獅文藝》舉辦六十周年紀念茶會，並宣布改版，希望以「類型文學」打造發表空間，並與文化部合作推動「青年作家類型文學發表平臺」。
- 十二日，中華民國筆會與趨勢教育基金會、東華人文社會科學院主辦「臺灣與馬來西亞文學交流會暨《臺灣與馬來西亞短篇小說選》新書發表會」，兩地共精選十二篇小說，分別以中文、馬來文出版，為首次互譯出版活動。
- 四月十五日至八月三十一日臺灣文學館舉辦「朱西甯捐贈展」，展出小說家朱西甯著作、手稿、照片、器物等。
- 二十八日，作家、新聞人陳正毅逝世，享年六十二歲。陳正毅，一九五二年生，世新大學新聞系畢，曾任《中央日報》總經理，於新聞界服務超過四十年。著有小說《下雨天》。

五月

- 四至二十四日，高雄市立圖書館舉辦「大陸海派作家王安憶系列作品展暨講座活動」，邀請大陸作家王安憶駐館，余光中、高嘉謙、黃錦樹、駱以軍、張錦忠、黎紫書等進行講座。

・五日，小說家李渝在美逝世，享年七十一歲。李渝，生於一九四四年，臺大外文系畢業，美國柏克萊加州大學中國藝術史博士，曾任美國紐約大學東亞系教授。與作家郭松棻為夫婦，曾共同參與保釣運動。著有小說集《溫州街的故事》、《應答的鄉岸》、《金絲猿的故事》等。

・十、十一日，由中正大學臺文所、韓國嘉泉大學合辦「斯卡羅人的吟唱：第六屆經典人物巴代暨原住民周邊國際學術研討會」，討論小說家巴代及其原住民文學書寫與社會文化相關議題。

・二十四日，臺北市定古蹟紀州庵舉辦開館揭幕。紀州庵原為日式料亭，站後轉作公家宿舍，為臺灣小說家王文興少時居所，並以此地為背景寫下經典小說《家變》。一九九〇年代歷經兩次大火，剩下目前的離屋，二〇一三年由臺北市政府重新修復。

・嘉義邀請小說家李昂任駐市作家，五月三十一日起至七月二十三日，於宏仁女中、嘉義中學、嘉義文化局、嘉義市文化公園等，分享飲食文學與美食探險體驗。最後則出版嘉義市美食專書。

・三十一日，臺中市文化局主辦的第三屆臺中文學獎舉行頒獎典禮，小說類第一名為跳舞鯨魚，第二名葛愛華，第三名盧慧心，佳作王正良、陳榕笙、黃致中、劉紹鈴。

・《聯合文學》主辦的「聯合文學小說新人獎」於二〇一四年停辦。創辦於一九八七年的「聯合文學小說新人獎」為鼓勵年輕作家創作而設，因完成階段性任務而停辦。

・桃園龍潭文學館籌備工作站於六月十四日至七月十三日，以鍾肇政長子鍾延豪小說《高潭村人物誌》為名舉辦藝術季，讓文學與藝術在龍潭盛開如花。

・二十三日，國藝會主辦「第十八屆國家文藝獎」公布得獎名單，文學類由資深作家王鼎鈞獲得，獲獎理由為「持續創作六十多年，寫作類型包含詩、散文、小說、傳記，內容反映時代，具歷史視野、文化反思與社會關懷」。

・二十八日，明道中學、明道文藝、明道文教基金會主辦的「第三十二屆華文學生文學獎」舉行頒獎典禮，高中組極短篇得主第一名洪婕倪、第二名葉幸慈、第三名蔡芳宜，佳作陳顥仁、王妍凌、林琬瑄、沈欣蘋、李慈恩。

・二十九日，臺灣第一家以偵探小說為主題的二手書店「偵探書屋」舉辦開幕茶會，希望以書店為根據地，分析臺灣的偵探小說市場、寫作方法，作為偵探小說閱讀與

六月

七月

小說平臺。

．紀州庵文學森林於七月五日至二十七日舉辦「彩虹年代：臺灣同志文學展」，呈現六〇年代後同志文學代表作品，以大事記為軸線展出。並有郭正偉、劉粹倫對談「同志文學的創作可能：談同志出版與其他」、許佑生主講「同志文學與同志生活」。

．十六日，資深作家黃美之在美逝世，享壽八十四歲。黃美之，一九三〇年生，一九四九年來臺，受白色恐怖牽連入獄十年，解嚴後平反，以冤獄補助金在美國洛杉磯創「德維文學協會」。創作以散文、小說為主，著有小說《流轉》、《烽火儷人》等。

．十八日，由臺積電文教基金會、《聯合報》主辦的「二〇一四臺積電青年學生文學獎」得獎名單公布，短篇小說首獎蔡幸秀、二獎蘇語柔、優勝獎陳威羽、黃俐榛、蘇圓媛、劉耀璘、連品薰。

．金門縣文化局舉辦的第十一屆金門浯島文學獎公布得獎名單，小說組第一名從缺，第二名魯子青、第三名沈眠，佳作李炎宗、張慧玲、郭桂玲。頒獎典禮於七月二十六日舉行。

八月

・「誰是李榮春」文學講堂八月起至十二月底於宜蘭頭城李榮春文學館共舉辦六堂，由陳麗蓮、唐毓麗、葉永韶、藍建春、黃怡、邱若山等分別闡述小說家李榮春的文學世界。

・《文訊》雜誌企畫製作「傾聽長篇小說的聲音——近十年長篇小說生態發展」專題，回顧新世紀以來的臺灣長篇小說，邀請學者陳建忠、陳昌明分析討論，以及調查報告。

・八日，臺中市文化局徵選的「二〇一三臺中市作家作品集」出版，計有八本，其中小說達三本，作者為紀小樣、謝承廷、梁金群。

・由莊華堂策劃主辦的「二〇一四種一坵魯冰花——鍾肇政文學營」於十六至十八日舉行，分少年營、社區營、青年營、教師營。由鍾肇政、張良澤、彭瑞金、林瑞明、張捷明、劉正偉、羅秀玲、馮輝岳、邱傑、謝鴻文等學者作家擔任師資。

・十七日，宜蘭縣文藝作家協會主辦的「第十三屆蘭陽青年文學獎」舉辦頒獎典禮暨作品集新書發表會。小說類首獎為沈欣蘋、優選張嘉佩、曾貴麟，佳作陳冠伶、謝諄羽、賴相儒。

・十九日，明基友達基金會主辦、《中國時報・人間副刊》協辦的「第四屆BenQ華文世界電影小說獎」舉行頒獎典禮，首獎常凱、二獎洪茲盈、三獎張邇瀚，佳作呂志鵬、高國書。

・十二、十三日，原住民族委員會主辦、臺灣原住民族文化發展協會承辦的「第五屆臺灣原住民族文學論壇」，分五場論壇，討論年輕世代的原住民文學研究、原住民文學的教育實踐、臺灣原住民族文學獎作品回顧、原住民文學中的族群意識、原住民女性書寫的對話、原住民文學與展演、原住民文學與傳播。

・二十二日，第四屆紐曼華語文學獎公布由臺灣小說家朱天文獲獎。該獎由美國奧克拉荷馬大學美中關係研究院設立。於二〇一五年三月六日舉行頒獎典禮。

・二十三日，臺灣文學館舉辦詩人小說家王昶雄捐贈展，展出藏書、閱讀筆記、創作手稿等。展期至二〇一五年一月十一日結束。

・二十九日，散文小說家趙雲逝世，享壽八十一歲。趙雲一九三三生於越南，一九五七至臺，曾任教臺南大學。著有小說《沉下去的月亮》，散文《男孩．女孩和我》等。

十月

・一日至三十日，臺師大舉辦「跨國華人書寫．文化藝術再現——施叔青國際學術研討會暨作品手稿特展」系列活動，十七、十八日研討會參與學者有李歐梵、白先勇、李瑞騰、李昂、平路、陳義芝、施淑、范銘如、馮品佳、林芳玫、單德興、陳芳明、簡瑛瑛、汪其楣、廖炳惠等。

- 二日，《中國時報．人間副刊》舉辦之「第三十七屆時報文學獎」得獎名單公布，短篇小說組首獎陳又津，評審獎邱靖巧、盧慧心。
- 小說家王瓊玲梅山汗路系列作品改編為豫劇《梅山春》，十月起於中正大學、嘉義、臺北等地巡演。由林正盛導演，豫劇皇后王海玲主演。

十一月

- 一日，臺南市文化局為慶祝葉石濤文學紀念館兩周年與葉石濤八十九歲冥誕，以其短篇小說〈巧克力與玫瑰花〉為題，舉辦藝文表演與文學講座、特展等。
- 七至九日，偶偶偶劇團改編已故兒童文學作家林鍾隆短篇小說《蠻牛的傳奇》，於臺北市政府親子劇場首演《蠻牛傳奇》，由謝鴻文編劇，薛美華導演。
- 八日，苗栗縣第十七屆夢花文學獎頒獎，短篇小說獲獎者為張英珉、蘇瑞虎、葉士瑜、陳文偉、梁金群、涂月華。
- 十四日，由吳三連基金會主辦之第三十七屆吳三連獎舉行頒獎典禮，本屆文學獎得獎者為小說家蔡素芳、林文義。
- 十五日，由林榮三文化公益基金會主辦，《自由時報》協辦之第十屆林榮三文學獎舉辦頒獎典禮，短篇小說獎首獎為陳思宏、二獎邱末露、三獎陳大中。

十二月

・十七日，彰化市中山社區微電影「在八卦山下遇見賴和」在彰化市立圖書館舉辦首映會，由大葉大學視覺傳達設計學系馮偉中助理教授導演，結合臺灣新文學之父賴和與八卦山周邊景點，傳達中山社區的風景人文故事。

・五日，明日工作室舉辦「第十屆溫世仁武俠小說大獎」頒獎典禮，並舉行「武俠六十」紀錄片內部試映會，且宣布停辦。得獎名單：長篇武俠小說獎首獎從缺，二獎廖文綺《荊都夢》，三獎沈信呈《武俠主義》、謝岸融《飛花》、張淑俠《大鵬天書》；短篇武俠小說獎首獎徐芷葳〈貓皮琴〉、二獎張硯涵〈後武林白兔記〉、三獎蔡坤霖〈四川潑婦〉。

・七日，由公益信託星雲大師教育基金主辦之「第四屆全球華文文學星雲獎」舉行頒獎典禮，文學星雲貢獻獎得主為香港作家西西。

・十三日，人間出版社主辦「當代大陸新銳作家系列與《橋》創刊號新書發表暨座談會」，出版兩岸當代文學期刊《橋》，以及《在雲落》、《愛情到處流傳》、《狐狸序曲：甫躍輝短篇小說集》等六本。更邀請兩岸小說家張楚、付秀盈、盧菁、伊格言、黃麗群等對談小說中的想像與現實因素。兩岸學者呂正惠、石曉楓、邱華棟、李敬澤、吳鈞堯等對談兩岸小說印象比較。

・許俊雅策畫，萬卷樓圖書公司出版《臺灣日治時期翻譯文學作品集》五冊，由許俊雅、李勤岸、顧敏耀主編，伊藤佳代、杉森藍等翻譯，收童話、小說、詩歌、劇本、散文等呈現日治時期臺灣對於世界文學的接受狀況。

・二十一、二十二日，政大臺文所主辦「臺日韓女作家跨國研討會」於政大百年樓文學院舉行，由學者陳芳明、范銘如、吳佩珍、崔末順、邱貴芬、紀大偉、劉亮雅等，作家中川成美、松浦理英子、蘇偉貞、津島佑子、申京淑、平路、陳雪等與會。

九歌文庫 1184

九歌103年小說選

Collected Short Stories 2014

主編　賴香吟
執行編輯　蔡佩錦
創辦人　蔡文甫
發行人　蔡澤玉
出版發行　九歌出版社有限公司
臺北市105八德路3段12巷57弄40號
電話／02-25776564・傳真／02-25789205
郵政劃撥／0112295-1
九歌文學網　www.chiuko.com.tw
印刷　晨捷印製股份有限公司
法律顧問　龍躍天律師・蕭雄淋律師・董安丹律師
初版　2015（民國104）年3月
定價　380元

書號　F1184
ISBN　978-957-444-989-7
（缺頁、破損或裝訂錯誤，請寄回本公司更換）
本書榮獲臺北市政府文化局贊助

國家圖書館出版品預行編目資料

九歌103年小說選 / 賴香吟主編. -- 初版. --
臺北市：九歌, 民104.03

352 面 ；14.8×21公分. --（九歌文庫；1184）

ISBN 978-957-444-989-7（平裝）

857.61　　104001916